ars vivendi
Krimi

Theobald Fuchs, Jahrgang 1969, studierte Germanistik, Mathematik und Physik und promovierte 1998 in Erlangen. Seit 1997 schreibt Fuchs Glossen für die Satirezeitschrift *Salbader*. Später begann er, im Magazin *Titanic* unter der Rubrik *Vom Fachmann für Kenner* lustige Miniaturen zu veröffentlichen und Beiträge für die Kolumne *Fürther Freiheit* in den *Fürther Nachrichten* zu erdichten. 2014 gewann er den Jurypreis des Fränkischen Krimipreises, zudem bespielt er seitdem eine monatliche Fotokolumne im Nürnberger Kulturmagazin CURT. 2016 erschien sein erster Kriminalroman *Niemand ruht ewig* bei ars vivendi.

Theobald O. J. Fuchs

ALTSTÄDTER FRIEDHOF IN ERLANGEN 14. MAI, 10 UHR 30, MEINE 35. BEERDIGUNG, DIE ZAHLREICHEN NACHKOMMEN STREITEN AM GRAB UM DEN FERNSEHSESSEL DES 73-JÄHRIGEN

Kriminalroman

ars vivendi

Originalausgabe

2. Auflage Mai 2018
1. Auflage Dezember 2017

www.arsvivendi.com

Umschlaggestaltung: FYFF, Nürnberg
Motivauswahl: ars vivendi
Coverfoto: © plainpicture/Hanka Steidle
Druck: CPI books GmbH, Leck
Gedruckt auf holzfreiem Werkdruckpapier
der Papierfabrik Arctic Paper

MIX
Papier aus verantwortungsvollen Quellen
FSC® C083411
FSC www.fsc.org

Printed in Germany

ISBN 978-3-86913-862-6

Altstädter Friedhof in Erlangen
14. Mai,10 Uhr 30, meine 35. Beerdigung,
die zahlreichen Nachkommen streiten am Grab
um den Fernsehsessel des 73-Jährigen

Alt, einsam, vergessen

Da es seit Tagen wie aus Kübeln goss, war allen klar, dass dieser Einsatz kein verspäteter Osterspaziergang werden würde. Im strömenden Regen würden wir über die glitschigen Steine der anderen Gräber hinweg den Sarg bis zur Grube wuchten müssen, die für ihn oder, je nach Betrachtungsweise, für die er bestimmt war. Die Seile würden triefen vor Nässe, unten in dem schlammigen Loch würden Stofffetzen, Holzsplitter und anderes Zeug, dessen Herkunft ich gar nicht so genau kennen wollte, im braunen Wasser schwimmen, und der Pfarrer, den ich schon von anderen Einsätzen hier in Marloffstein kannte, war alles, nur kein Mann der kurzen Rede.

So weit also nichts, worauf ich nicht vorbereitet gewesen wäre. Es war dies immerhin mein zweiunddreißigster Einsatz als Bestattungshelfer. Dass ich jedoch Tilda, die heute erst ihren dritten Auftrag als Blumenmädchen erledigen sollte, fünf Minuten, ehe es losging, dabei erwischte, wie sie sich an der aufgebahrten Leiche der alten Dame zu schaffen machte – das überraschte mich dann schon.

Der Pfarrer, der in seinem Kabuff hinter der Aufbahrungshalle noch eine Zigarette rauchte, sprach mit Hausmayr, dem einzigen festen Mitarbeiter unseres Bestattungsunternehmens, im Plauderton über eine Beerdigung in der Vorwoche, während der ein älterer Herr im Publikum einen Herzinfarkt erlitten hatte.

»Gott sei dank war'n die Sanitäter da. Ich hätt kei zweite Kiste dabeig'habt«, sagte Hausmayr.

»Ein Freund der Familie war es«, ergänzte der Pfarrer. »Ich wäre beinahe zu spät zu meinem nächsten Termin gekommen ...«

»So eine Sach kann echt den ganzen Ablauf durcheinanderbringen«, verkündete Hausmayr eine Erkenntnis, die er den vielen Hundert zurückliegenden Bestattungen seines bisherigen Berufslebens mühsam abgerungen hatte.

Ich raffte mich auf und wandte mich an meinen Chef: »Ich will Sie nicht unterbrechen, aber meinen Sie nicht, wir könnten nun langsam den Deckel zumachen?«

»Ja klar, da schaut etz niemand mehr nei«, sagte Hausmayr.

»Wieder so eine traurige Angelegenheit«, seufzte der Geistliche und blies eine Rauchwolke in die Luft. »Drei Mitbewohner aus dem Heim sind hier, wahrscheinlich die einzigen, die noch laufen können. Ansonsten: keine Angehörigen, nichts, niemand. Ich musste mir die Ansprache komplett aus den Fingern saugen.«

Ich ging derweil nach nebenan, wo der offene Sarg stand, in dem die alte Frau nun lag, kalt und starr in ihrem schwarzen Kleid, einen Rosenkranz zwischen den verschränkten Fingern, und kein Mensch schien sich für sie oder das Leben, das sie ja bis vor Kurzem wie auch immer auf ihre Weise gelebt hatte, zu interessieren. Offenbar niemand außer Tilda.

»Was tust du da?«, fuhr ich sie grob an, wobei ich mich des Flüstertons bediente, den wir alle instinktiv anschlugen, sobald wir uns auf dem Friedhof oder in den Kapellen und Aufbahrungsräumlichkeiten aufhielten.

Mit der größten Verblüffung, derer ich fähig war, sah ich, wie Tilda an dem Leichnam hantierte, wie sie sich ungeschickt abmühte, trotz des steifen Halses der Toten deren grauhaarigen Kopf anzuheben, um irgendetwas im Nacken zu erkennen.

Unsere Aufgabe war es, für einen würdigen und reibungslosen Transport der Verstorbenen aus der Aussegnungshalle hinaus auf den Gottesacker bis zum Grab zu sorgen, das ja trotz allem für jeden Einzelnen von uns irgendwo in der mehr oder weniger fernen Zukunft wartet. An den Verstorbenen herumzufummeln und mit den im Sarg gebetteten Körpern gymnastische Übungen anzustellen, stand definitiv nicht auf unserer To-do-Liste.

Tilda sah mich mit ihren undurchdringlichen blaugrauen Augen an.

»Äh, ich weiß nicht«, sagte sie, »ich dachte mir nur, ich schau mal, nicht dass sie nur scheintot ist oder so ...«

»Was?!«, fauchte ich, denn ich fühlte mich als oberster Sargträger natürlich für den reibungslosen und würdigen Ablauf der Veranstaltung verantwortlich. »Spinnst du?«

»Na ja, es könnte doch sein, dass da einer mit einer Spritze ins Genick gestochen hat.«

»Du bist wohl völlig bekloppt! Raus hier jetzt. Da kommt Henry, wir sind gleich an der Reihe und müssen noch den Deckel festschrauben.«

Zusammen mit mir traten an diesem Tag Georg-Wilhelm, Tobias und der große Henry an. Oben auf dem Marloffsteiner Berg lag links von der Hauptstraße, schon ortsauswärts in Richtung des Wasserturms, ein trauriger Friedhof. Sein unebener Boden bestand aus schwerem Lehm, weshalb auch die Grube, die man freundlicherweise vorbereitet hatte, nicht tiefer als ein Meter fünfzig und mit Wasser vollgelaufen war. Außen um das Grab waren schmierige Holzbohlen ausgelegt. Alles, was für eine traurige Feierlichkeit an einem traurigen Tag eben nötig war. Doch immerhin, als das erbarmenswerte Häuflein schwarz gekleideter Gäste den steilen Weg von der Kirche unten im Dorf zum Friedhof hinaufzockelte, hatte das Wetter ein Einsehen, und es hörte auf zu regnen.

Nur mit einiger Anstrengung schafften wir den Sarg die Treppe vor der Kapelle hinab, den schmalen Pfad entlang, der vom Hauptweg abzweigte, und übers Eck ans Grab. Die Seile reichten von der Länge her zwar zehnmal, aber als wir abgelassen hatten, waren sie über und über mit Schlamm verdreckt. Tobias konnte sein Seil nicht mehr herausziehen, da Henry es ungeschickt geworfen hatte, sodass es verkantete. Georg-Wilhelm schaffte es zwar, seines nach oben zu ziehen, aber es war durchtränkt vom Wasser in der Grube, und gerade während wir uns verbeugten, rutschte es schön langsam wie eine Schlange von dem glitschigen Brett wieder hinab ins Loch. In unserer Verbeugung lag wie immer echtes Mitgefühl, denn keinem von uns war es möglich, ungerührt zu bleiben, wenn ein toter Mensch für immer unter der Erde verschwand. Nicht einmal Hausmayr, der ein Gemüt wie ein Metzgershund hatte, konnte sich der Traurigkeit dieses Augenblicks völlig entziehen. Then off we go and smile, dachte ich, als wir vom Grab zurücktraten. Irgendwie fühlten wir uns immer auch ein wenig wie Rockstars, nur dass niemand klatschte, wenn wir von der Bühne abgingen.

Den schwarz drapierten Wagen, mit dem wir den Sarg das erste Stück gefahren hatten, brachten wir zurück in den Werkzeugschuppen, dann versammelten wir uns draußen an der Friedhofsmauer und warteten auf Tilda, die noch die paar wenigen Blumengestecke auf dem flachen Erdhügel des Aushubs verteilte, den der Friedhofsdiener aufgeschüttet hatte.

Während wir so dastanden, schob die Sonne die Wolken zur Seite und schickte alles, was sie seit heute Morgen an Strahlen aufgespart hatte, herab zur Erde. Ich schloss die Augen und genoss die Wärme auf meinem Gesicht. Dabei gingen mir Tildas seltsame Äußerungen am Sarg der toten

Frau durch den Kopf. Eine Spritze im Genick, dachte ich, was für ein Unsinn! Zugleich fiel mir allerdings wieder ein, dass es erst vor Kurzem einen sehr unschönen Vorfall gegeben hatte, bei der Aufbahrung einer uralten Frau, die ganz ähnlich wie hier praktisch ohne Angehörige ihre letzte Reise angetreten hatte. Sehr lebhaft stand mir wieder das Bild vor Augen, wie Hausmayr, der schon den Sargdeckel herbeitrug, plötzlich und im krassen Kontrast zum pietätvollen Ambiente zu schimpfen begann wie ein Kesselflicker. Es gelang uns notdürftig, den rötlich schwarzen Blutfleck, der sich in der letzten Viertelstunde – von uns unbemerkt – ausgebreitet haben musste, vor den Blicken der drei wackeligen Greisinnen, die noch in der letzten Minute Abschied nahmen, zu verbergen, indem wir das weiße Kissen, auf dem der Kopf der Toten lag, einfach umdrehten. Hausmayr hatte sich später nicht mehr dazu geäußert, weswegen ich davon ausging, dass so etwas eben im Bereich des Normalen lag. Denn auch nach fast einem Jahr im Bestattungsgeschäft fühlte ich mich oft noch wie ein Lehrling, der gut daran tat, den Mund zu halten.

»Und, was habt ihr noch so vor?«, fragte Henry und zündete sich eine Zigarette an.

»Ich fahr zurück in die Stadt, muss noch ein paar Präparate fertig machen«, sagte Tobias, der im zehnten Semester Biologie studierte. Seine Leidenschaft war die Botanik, und nicht selten wies er uns auf interessante Gewächse hin, die zwischen den Gräbern gediehen. Es war deshalb auch nicht verwunderlich, dass er innerhalb unserer Clique der Experte für pflanzliche Rauschmittel im Allgemeinen und Cannabis im Speziellen war.

»Ich komme mit dir«, sagte Georg-Wilhelm, der sich, um Spötter zu entwaffnen, mit sozusagen vorauseilender

Ironie selber gerne »Der Zweite« nannte. Er studierte Politik und Geschichte mit Schwerpunkt zwanzigstes Jahrhundert, wobei er seit dem Fall des Eisernen Vorhangs vor wenigen Jahren sich intensiv mit den Landstrichen beschäftigte, die ehemals zur k.-u.-k.-Monarchie gehört hatten: Tschechien, Galizien, Slowenien, Siebenbürgen, Ukraine, Kroatien und so weiter – in kürzester Zeit war er schon überall hingereist und hatte abenteuerliche Geschichten mitgebracht.

Hausmayr erschien in der Pforte, gefolgt von Tilda. Er kam zu uns rüber, drückte mir den Umschlag mit dem Lohn für alle in die Hand und verabschiedete sich bis in drei Tagen, wenn wir in Steudach unseren nächsten Einsatz haben würden.

Ich verteilte das Geld: dreißig Mark für jeden Träger, zwanzig für das Blumenmädchen. Trinkgeld hatte es diesmal nicht gegeben, aber auch so war unsere Bezahlung fürstlich für die insgesamt vielleicht vierzig Minuten Arbeit, da konnte auch nicht irgendein anderer Job in der Spedition oder auf der Messe mithalten.

»Und du?«, fragte ich Tilda. »Jetzt, wo das Wetter mit einem Mal so schön ist, sollten wir das würdigen. Hast du noch Bock auf Biergarten, gleich drüben in Adlitz?«

Tilda runzelte die Stirn, sie schien verschiedene Möglichkeiten gegeneinander abzuwägen. Endlich traf sie eine Entscheidung: »O. k., warum eigentlich nicht. Auf ein Bier aber nur, ja?«

Während Tobias sich für Auswärtseinsätze den Wagen seiner Mutter auslieh, besaß Tilda ein eigenes Auto. Ich machte mir in meiner jugendlichen Einfalt keine großen Gedanken darum, ob sie wirklich großen Genuss dabei empfand, uns durch die Gegend zu kutschieren, sondern sah vor allem den Vorteil für uns alle, wenn wir einen Gig außerhalb der Stadt hatten.

Carpe diem, hatte einer dieser alten Römer dazu gesagt, pflücke den Tag, das war mir vom Lateinunterricht im Gedächtnis geblieben. Das Frühjahr stand in voller Blüte, am gestrigen Montag hatte das Sommersemester begonnen, ich sah cool aus in meinem schwarzen Anzug mit dem weißen Hemd und der schwarzen Krawatte – was konnte jetzt noch verhindern, dass wir einen wunderbaren Nachmittag zusammen verbringen würden?

»Hey, wenn das so ist, komme ich mit in den Biergarten«, rempelte in dieser Sekunde Henry meine idyllischen Gedanken über den Haufen.

Zehn Minuten später streckten wir unsere Beine unter einen Tisch im Biergarten *Zur Ludwigshöhe* und stießen mit den Gläsern an. Tilda hatte sich oben am Ausschank ein Radler bestellt, und mir war aufgefallen, dass sie sich etwas misstrauisch umgesehen hatte, als wir auf der anderen Straßenseite die kurze Treppe auf die geschotterte Terrasse hinabgestiegen waren. Vielleicht hatte ich mich auch getäuscht und sie war lediglich von dem ihr unbekannten Ort verunsichert, wobei ihr die landauf, landab berühmte grandiose Aussicht weit hinaus in die Fränkische Schweiz natürlich imponierte. Das gehörte sich schließlich auch so, wenn man aus Nürnberg kam und das erste Mal in Adlitz einkehrte.

»Na, wie war das heute für dich?«, fragte Henry und nahm einen großen Schluck.

Tildas Blick wanderte zwischen Henry und mir hin und her. Ich lächelte ihr auf eine bestimmte Art und Weise zu, mit der ich ihr versichern wollte, dass ich mit Henry kein Wort über den Vorfall vorhin am offenen Sarg gesprochen hatte.

»Gut«, sagte sie schließlich. »War aber auch nicht viel zu tun.«

»Ja, aber das ist nicht immer so«, lachte Henry. »Letztes Jahr, ich glaube, im Oktober, hatten wir eine lokale Berühmtheit, einen Alleinunterhalter, der sich totgesoffen hatte, da sind die beiden Frauen von der Gärtnerei kaum mit den Bergen von Blumen zurande gekommen ... Ich meine, Hausmayr hatte heute einfach viel mehr Leute erwartet.«

»Ich aber auch«, mischte ich mich ins Gespräch. »Weil Frau Duschner noch gesagt hatte, das ganze Altenheim würde da sein.«

Es war wohl ein nur allzu menschliches Bedürfnis, die Vorgänge während der Bestattung hinterher Revue passieren zu lassen. Eine Art Spielkritik war uns bald zur Gewohnheit geworden, während wir nach der Begegnung beim Bier zusammensaßen. Nur dass wir im Gegensatz zu den Profifußballern nicht über aufgezeichnete Fernsehbilder verfügten.

»Aber der Pfarrer sagte dann ja schon vorher, dass die verstorbene alte Frau ein vollkommen ereignisloses Leben geführt hätte«, ergänzte Henry dementsprechend.

Ich zog den Beipackzettel aus der Tasche meines Jacketts: »Geboren 1907«, las ich vor, »gestorben am 1. Mai 1992, evangelisch, ledig. Am Tag der Arbeit also«, fügte ich hinzu, »seltsam, finde ich, am Tag der Arbeit zu sterben, wo doch alle freihaben ...«

Eine vertrocknete alte Jungfer, die den anderen den Spaß verdirbt, dachte ich unwillkürlich und schämte mich sogleich für meinen ätzenden Zynismus, den ich trotz meiner besten Absicht nicht zuverlässig unterdrücken konnte. Es war mir schon bald bewusst geworden, dass ich nicht anders konnte, als mir das Leben unserer Klienten (wie wir zu den kalten Körpern der Verstorbenen sagten) auszumalen, und zwar oft bis in abseitige Details, und ich hatte mir schon des Öfteren vorgenommen, die anderen zu fragen, ob in ihnen ähnliche Vorgänge abliefen.

Henry leerte schwungvoll sein Glas und stand auf.

»Eins geht noch, oder?«, verkündete er und machte sich auf zum Tresen. Endlich konnte ich mit Tilda unter vier Augen sprechen.

»Entschuldige bitte, dass ich dich vorhin angeblafft habe. Aber was sollte das denn werden?«

Sie zögerte zu antworten, zuckte stattdessen mit den Schultern und spreizte den Mund zu einem Lächeln, als wäre sie ein kleines Mädchen, das etwas Verbotenes getan hat, aber bereits weiß, dass man ihr verzeihen wird.

»Ich meine das schon ernst«, hakte ich nach. »Weil ...«

Sie spielt auf Zeit, alles klar, dachte ich – verdammt! Vielleicht ist sie ja irre im Kopf, aber ich würde sie deswegen niemals aus der Truppe schmeißen, dafür ist sie viel zu scharf, ein Missverständnis wird es gewesen sein, und warum musste dieser Dämlack von Henry mitkommen, ich wäre jetzt zu gerne alleine mit ihr, aber habe ich überhaupt noch etwas zu sagen hier ...?

»Das mit dem ›scheintot‹ war nur ein Witz«, unterbrach sie in diesem Moment meine galoppierenden Gedanken.

»Ist schon o. k.«, sagte ich mehr an mich selbst als an irgendjemand anderen gerichtet. »Es ist nur so, dass ich ...«

»Et voilà!!«, röhrte Henry dazwischen, der mit drei vollen Gläsern vom Ausschank zurückkehrte.

Schlussendlich und global betrachtet verlief der Besuch im Biergarten nicht so, wie ich erhofft hatte. Enttäuschte Erwartungen – wie tausendfach erprobt der wichtigste

Quell für schlechte Laune. Tilda machte, als wir zurück in Erlangen waren, unmissverständlich klar, dass sie noch etwas zu erledigen habe, setzte uns am Lorlebergplatz ab und sauste davon.

»Du, Ferdinand, du rufst mich beim nächsten Mal wieder an, ja?«, hatte sie zum Abschied gesagt, und irgendwo hatte mich der Befehlston geschmerzt, den ich aus diesem Satz herauszuhören glaubte. Mir blieb keine Ausflucht mehr: Ich hatte mich in sie verguckt und keinen Plan, was ich nun tun musste, um ihr Herz zu gewinnen.

Zum krönenden Abschluss der ganzen Misere fand ich meinen schwarzen Anstecker mit dem weißen Schriftzug »Bestattungsunternehmen Duschner« nicht mehr, ich musste ihn während der Schlammschlacht irgendwo verloren haben ... da stand ich dann mit meinem schwarzen Anzug am Anfang der Marquardsenstraße, meine Schuhe mit Lehm verkrustet, und hatte nichts weiter vor. Weshalb ich, wie es nicht anders zu erwarten war, mit Henry im *Cycles* landete, mir von meiner Gage noch ein oder zwei Bier leistete und mich in ein endloses Gespräch über die neue Platte von The Cure verwickelte. Meine Übungsaufgaben für die Statistische-Thermodynamik-Vorlesung am nächsten Tag würde ich wie gewöhnlich irgendwann in der Nacht erledigen.

In das kleine Notizbuch, in dem ich die wichtigsten Einzelheiten einer jeden Bestattung festhielt, schrieb ich an diesem Abend: »Marloffstein, eine Frau, 85 Jahre, keine Angehörigen. Das Grab ist ein einsamer Ort, aber ein erschreckend großer Teil unserer Kundschaft scheint bereits die letzten Lebensjahre mutterseelenallein zu fristen.«

Tildas Interesse für den Leichnam der alten Dame fand ich in diesem Moment nicht weiter erwähnenswert, doch später musste ich mir eingestehen, dass es besser gewesen wäre, ich hätte hartnäckiger nachgehakt. Denn auch, wenn es nie geklärt wurde, muss ich heute davon ausgehen, dass wir, ohne es zu ahnen, ein Mordopfer beigesetzt hatten.

Sehr schwer und viel zu früh

Neben meinem Studium an der Friedrich-Alexander-Universität in Erlangen arbeitete ich seit Oktober 1991 für die Firma Duschner. Etwa zwei oder drei Mal pro Woche ging es auf einen der Friedhöfe in der Stadt oder in den Vororten und Gemeinden in der Umgebung: zum Westfriedhof in Steudach, zum Zentralfriedhof oder dem Altstädter Friedhof, nach Büchenbach, Eltersdorf oder Bruck, nach Frauenaurach, Kriegenbrunn, Langensendelbach, Dechsendorf, Spardorf oder Marloffstein. Das Bestattungsinstitut hatte seine Geschäftsräume im Süden der Stadt, wo ich nach einiger Zeit auch im Sarglager oder im Büro aushalf.

Angefangen hatte es mit einer tiefgreifenden Störung meines bisherigen Studentendaseins, in dem ich es mir behaglich eingerichtet hatte: Unweigerlich war der Augenblick gekommen, in dem ich eine Diplomarbeit anfertigen musste. Das bedeutete, dass ich ab diesem Sommersemester jeden Tag am Lehrstuhl für Experimentalphysik verbringen würde. Jeden Tag, von früh bis spät, als würde ich dort einen regulären Arbeitsplatz haben. Den ich genau genommen ja auch hatte – nur eben ohne dafür bezahlt zu werden. Das Konzept einer vorlesungsfreien Zeit im Frühjahr, Spätsommer oder Herbst gehörte von nun an ebenfalls der Vergangenheit an. Es bestand also keine Möglichkeit mehr, vier oder sechs Wochen hintereinander zu arbeiten wie ein Ochse, um dann wieder drei Monate unbeschwert von dem Ersparten zu leben.

Es war gewiss nicht so, dass es für Studenten keine Arbeit gab. Ich hatte in der Vergangenheit schon als Umzugshelfer beim Spielzeughändler Vedes in Nürnberg oder als

Nachtwächter in der Erlanger Heinrich-Lades-Halle gearbeitet, wo man im Jahr zuvor vorübergehend Asylbewerber untergebracht hatte. Und nicht einmal schlecht verdient hatte ich dabei. Doch entweder empfand ich die Arbeit rasch als unerträglich – ab morgens um halb sieben stapelweise Kartons aus einem Gebäude in ein anderes tragen, das exakt so aussah wie das alte –, oder der Job war befristet, da man in Windeseile ordentliche Unterkünfte für die Menschen aus Bulgarien, Ghana und dem Irak aufgetan hatte. Freilich hätte ich auch jederzeit bei meinem Vater in der Baufirma arbeiten können, aber diese Option entbehrte jeglicher Coolness. Ich hätte in meinem alten Zimmer im Hause meiner Eltern gewohnt, jeden Tag mit meinem Vater ein freudloses Frühstück vertilgt, begleitet von lieb gemeinten, aber auf Dauer nervtötenden Spötteleien über den »Herrn Akademiker« oder den »Meister Studiosus«, der wohl noch nicht ganz wach sei.

Nein. Ich war felsenfest überzeugt, dass sich rechtzeitig eine bessere Möglichkeit ergeben würde, und so befand ich mich nach Abschluss der letzten Vorlesungen, die ich in diesem Semester besucht hatte, auf der notorischen Suche nach einem regelmäßigen Job, der mit möglichst wenig Arbeit möglichst viel Geld einbringen sollte.

Lars, der mit mir im selben Semester das Physikstudium angetreten hatte, und ich waren in der Mensa gewesen. Es hatte ein Reismatschgericht mit Hühnerknorpeln und Paprika aus der Dose gegeben. Wir stocherten angewidert in den Zähnen, während wir, wie nun schon seit Wochen, die Aushänge am Schwarzen Brett des Studentenwerks musterten und nach neuen Angeboten suchten. Im Anschluss wollten wir unsere tägliche Partie Billard spielen, im Keller des Wohnheims, gleich nebenan in der Henkestraße, wo

Lars hauste und wo auch der Getränkeautomat stand, der uns mit zwei eisgekühlten Flaschen Coca-Cola zum Nachtisch beglücken würde. Obwohl ich nun schon seit vier Jahren nicht mehr zu Hause auf dem Dorf wohnte, lag in der simplen Tatsache, dass ich rund um die Uhr und ohne mir endlose Vorträge zur Schädlichkeit der Limonade für meine Gesundheit anhören zu müssen, ganz einfach für je achtzig Pfennig eine Flasche Coke nach der anderen kaufen konnte, immer noch ein Quell unermesslicher Freude.

Wir wollten gerade losziehen, da entdeckte ich den Aushang des Beerdigungsinstituts. Lars hatte den Zettel schon vor mir gelesen, die Annonce jedoch für einen Scherz gehalten. »Junge Männer zur Mithilfe auf dem Friedhof gesucht«, stand da. »Angemessene Bekleidung wird vorausgesetzt. Fürstliche Entlohnung garantiert!«

Wir telefonierten vom Münztelefon des Studentenwerks aus mit Frau Duschner, der Inhaberin des Bestattungsinstituts. Sie zeigte sich erfreut, da sie seit Tagen vergeblich auf den ersten Anruf gewartet hatte, und lud uns ein, sofort zu ihr ins Büro zu kommen, um alles zu besprechen. Sie sei gerade vor Ort und rein zufällig auch nicht »wegen der Betreuung eines unserer Klienten« unabkömmlich.

Lars, den manche auch den »Freak« nannten, sah mich mit gerunzelter Stirn an. »Was, wenn das eine Falle ist? Wenn sie uns tötet und zu Wurst verkocht?«

»Du Scherzkeks«, entgegnete ich. »Du liest zu viele schlechte Horrorromane.«

»Hey, nichts gegen Stephen King!«

Lars war fanatischer Anhänger des Grusel-Genres, das wusste jeder, und wir verdächtigten ihn regelmäßig, selbst an einem Splatter-Trash-Zombie-Epos zu werkeln, was Lars jedoch hartnäckig leugnete.

Ich hatte keine Lust, mich auf eine der endlosen Diskussionen einzulassen, für die Lars berühmt war. Wenn er von etwas überzeugt war, verteidigte er seinen Standpunkt vehement und so ausdauernd, bis seinen Gegnern Blut aus den Ohren kam. Es sei denn, jemand verweigerte das Gespräch. Dann folgte Lars denen, die handelten.

Wir bestiegen also die Räder und fuhren hinaus in die Schenkstraße, wo uns die Inhaberin des Familienunternehmens Duschner-Bestattungen in dem schattigen, schwarz verhangenen und ausnahmslos in dunklen Farben gehaltenen Zimmer empfing, das gleichzeitig Büro der Geschäftsführung, Beratungsstelle für Angehörige und Pausenraum Herrn Hausmayrs war.

Frau Duschner thronte hinter einem absolut leeren, großflächigen und aus graubraunem Holz gefertigten Schreibtisch, der wie ein Granitblock das gesamte Interieur mit Schwerkraft versorgte. Frau Duschners Äußeres dürfte sich mit »extravagant« noch am ehesten charakterisieren lassen. In Gestik und Mimik eine vollendete Dame Mitte der fünfzig, gekrönt von einer gewagt-geschwungenen Dauerwelle, gewandet in aufgeplusterte Rüschenblusen und wallende Faltenröcke, ihr Gesicht stets hinter einer fingerdicken Schicht Make-up verborgen. Gold- und Silberschmuck, der bei jeder Bewegung klimperte, ließ ihre ganze Erscheinung von Kopf bis Fuß glitzern und funkeln, ein Effekt, der natürlich perfekt auf die höhlenartige, gedeckte Dumpfheit der Räumlichkeiten abgestimmt war.

Frau Duschner verheimlichte in keinem Augenblick ihr Faible für junge und – wie sie es ausdrückte – »noch knackige« Männer. Sie zwinkerte uns verschwörerisch zu (wobei zwei oder drei Bröckelchen Tusche aus ihren Wimpern kullerten) und stellte uns vom Fleck weg ein.

Konkret erhielten wir den Auftrag, eine ausreichende Anzahl junger Herren – bevorzugterweise Studenten – aufzutun, die in der Lage waren, jeder für sich seinen Körper in einen schwarzen Anzug zu hüllen und in Gruppen zu vieren gemeinsam eine schwere hölzerne Kiste über eine Strecke von höchstens zweihundert Metern zu tragen.

Die Dienste als Träger, aber auch als Helfer für diverse Aufgaben vor und während Bestattungen, Aussegnungen oder beim Einsargen, würden kurzfristig angefordert werden, Frau Duschner erachtete zwölf Stunden Vorwarnzeit für mehr als ausreichend.

»Der Tod schläft nicht, wissen Sie?«

Lars und ich wurden zu Ansprechpartnern ernannt: Man würde uns telefonisch Orts- und Zeitkoordinaten durchgeben, woraufhin wir in Eigenregie das Team zusammenstellen und die Verantwortung dafür übernehmen würden, dass die angeforderte Anzahl korrekt gekleideter junger Männer zur rechten Zeit auf dem jeweiligen Friedhof bereitstünde.

»Man kann eine Beerdigung nicht wiederholen« – so lautete der Leitspruch des Unternehmens.

Die Bezahlung, die uns in Aussicht gestellt wurde, war für die damalige Zeit, als man für sechs fünfzig oder sieben Mark die Stunde in der Druckerei Prospekte falten durfte, geradezu pervers gut: dreißig Mark für einen Standardeinsatz, zusätzliche Hilfsdienste fünfzehn Mark, für den Vermittler, also Lars oder mich, fünf Mark extra, plus üblicherweise für alle ein Trinkgeld von den Angehörigen. Lars und ich mussten nicht lange nachdenken, diese Sache war genau nach unserem Geschmack.

Zurück im Wohnheim machten wir uns daran, eine Liste der potenziellen Träger zu erstellen. Wir sammelten alle verfügbaren Telefonnummern auf einem karierten Blatt

Papier aus meinem Ringbuch. Mindestens zehn bis zwölf Leute waren Voraussetzung, denn davor hatte uns Frau Duschner gewarnt: Man würde immer auch damit rechnen müssen, zwei Leichen zur selben Uhrzeit an verschiedenen Orten verarzten zu müssen.

Zum Telefonieren radelte ich rüber in meine Bude, die ich in der Marquardsenstraße hatte. Wir wohnten zu fünft im ausgebauten Dachboden eines vierstöckigen Hauses, mit einem Klo und keiner Dusche, aber mit einem Telefon, dessen Schnur lang genug war, dass sie in jedes Zimmer reichte. Als ich ankam, telefonierte gerade meine Nachbarin Magdalena mit ihrem Freund in Freiburg.

Als sie sich nach zehn Minuten endlich leer geplappert und die Einheiten ihres Anrufs in die Kladde, die unter dem beigebraunen Telefonapparat der Deutschen Bundespost lag, eingetragen hatte, schnappte ich mir das Ding und telefonierte bis beinahe Mitternacht. Zwei Mal klopfte jemand, der auch gerne jemanden angerufen hätte, an der Tür und fragte, wie lange es bei mir noch dauerte, und ich gab meine übliche Antwort: »Ewig nicht mehr, aber schon noch eine Weile.«

Mein Nachbar Matthias, der mit Lars und mir im selben Semester studierte, kam vorbei und fragte, ob er sich ein Buch über Elektrodynamik ausleihen dürfe. Ich überlegte kurz, ob ich ihn auch anheuern sollte, aber Matze war einfach einen Tick zu vergeistigt. Er angelte sich das Theoriebuch aus dem Regal, legte sich damit auf mein Bett und begann in den Formeln zu schmökern. Er vergaß seine Umwelt und verschwand erst dann wieder, als ich ihn darauf aufmerksam machte, dass er sich momentan nicht in seinem eigenen Zimmer aufhielt. So gern ich ihn mochte, aber wenn es jemand schaffen würde, sich selbst in einem Grab zu vergessen, dann er. Nein, ausgeschlossen.

Herrn Hausmayr lernten wir dann bei unserem ersten Einsatz kennen, der »Feuertaufe«, wie er dieses Ereignis nannte. Hausmayr war ein Kerl wie ein Pfund Wurst: ebenso hoch wie breit, mit einer bürstenförmigen Rotzbremse, die unter seiner Nase prangte. In seinem Kopf moderten unsortierte Überbleibsel der zwölf Jahre, die er bei der Bundeswehr verbracht hatte – ein entlassener Kasernenhof-Tyrann, ein ewiger Spieß, ein menschlicher Holzklotz, aber im Kern seines Wesens ein gutmütiger und herzlicher Mann, der uns mit Liebe und Geduld in das Bestattungswesen einführte.

Eine von Hausmayrs Aufgaben war, auf unsere Kleidung zu achten. Ich erschrak beinahe zu Tode, als er mich zum ersten Mal wegen meiner Krawatte ansprach, deren Knoten ihm nicht hundertprozentig gefiel.

»Darf ich sie anfassen?!«, brüllte er, und ich zuckte zusammen. Ich dachte im ersten Moment nur, Hausmayr wolle mir die Faust ins Gesicht rammen.

Ohne meine Antwort abzuwarten, zog und zerrte er an der Schlinge um meinen ungedienten Hals, bis ich so aussah, wie er es haben wollte.

Vom ersten Augenblick an war Tobias sein absoluter Liebling. Der war zwar auch nicht bei der Bundeswehr gewesen, da er sehr weitsichtig war und zum Lesen eine starke Brille brauchte. Aber Tobias legte bei allen Gelegenheiten großen Wert auf seine Garderobe, selbst im Schwimmbad oder im Chemielabor. Und er wusste, dass viele Frauen seine seidigen Haare bewunderten, die er mit Hingabe pflegte. Es versteht sich von alleine, dass er in unserer Clique der modische Anführer war – er gab vor, welche Frisuren angesagt waren, welche Schuhe und welche Hemdkragen. Ganz uneitel war er dabei nicht, aber er musste sich einfach nicht anstrengen, jemanden von seiner Geschmackssicherheit zu überzeugen, es reichte ihn zu sehen und zu wissen, was chic war und was nicht.

Von Anfang an war klar gewesen, dass es unseren Auftraggebern vor allem um Äußerlichkeiten ging, die körperliche Eignung für die nicht selten schwere Arbeit war hingegen kein Kriterium. Lars und ich waren kleiner als der männliche Durchschnitt und beide dürr wie indische Fakire, was mit unserer spartanischen Lebensweise im Zeichen der Mathematik vollkommen harmonierte. Weder von fern noch von nah machte einer von uns den Eindruck, als wäre ihm der Beruf des Möbelpackers von der Natur auf den Leib geschrieben worden.

Umso heterogener setzte sich schlussendlich die Kerntruppe zusammen. Während der nächsten Tage sprachen wir nach den Vorlesungen wahllos Kommilitonen und alle im Wohnheim an, die nicht, ehe wir bis drei zählen konnten, um die nächste Ecke geflüchtet waren. Außer Tobias waren von Anfang an Henry, Georg-Wilhelm und Richard, ein übergewichtiger Kumpel von Lars, dabei.

Henry war eine Nummer für sich, baumlang und schlaksig wie ein Zirkusartist, sein Spitzname: »Kolben«. Ein Student der Biochemie, der behauptete, Gefühle alleine mit chemischen Prozessen erklären und seinen Gemütszustand in einem Erlenmeyerkolben nachkochen zu können. »Stress, Angst, Freude, Müdigkeit?«, verkündete er. »Das sind unwissenschaftliche Beschreibungen aus der vorwissenschaftlichen Vergangenheit. Was wirklich zählt, sind Adrenalin und Cortisol, Endomorphine, Lithium und Insulin. Die mische ich dir zusammen, so wie du es gerade brauchst!«

Hinzu kamen im Weiteren noch Nachbarn aus dem Wohnheim: unter anderem zwei etwas kleiner geratene

Jürgen (Kragel und Nacke mit Nachnamen), der eine Jurist, der andere ein durch und durch unauffälliger, um nicht zu sagen langweiliger Elektroingenieur. Ferner waren in der ersten Auflage unseres Mitarbeiterverzeichnisses mehrere Freunde von Jürgen Kragel aufgelistet, ein Geologiestudent, dessen Namen ich vergessen habe, und noch zwei oder drei andere, denen weder Lars noch ich zuvor jemals begegnet waren. Und später, aber dann sehr regelmäßig, der Mathematiker Egidius, der allerdings einen tragischen Hang zur Speckigkeit hatte.

Unsere erste Beerdigung fand dann am 2. Oktober in Steudach auf dem jeglichen Prunk entbehrenden Westfriedhof statt, also am Tag vor dem neuen Nationalfeiertag der Deutschen Einheit, den wir instinktiv ablehnten, da wir ja jung, links und gegen alles waren. Die Frau, die wir bestatteten, starb jung, lebte gerade mal von 1949 bis 1991, war aber schwer wie ein Sumoringer. Außerdem war der Sarg aus edlen, schweren Hölzern gefertigt und mit einem überbordenden Blumenbukett beladen.

Beim Beerdigen von Erwachsenen gab es wie in der belebten Natur zuallererst und vorherrschend ein Kriterium zu beachten: War es ein Mann oder eine Frau? Diese Unterscheidung war sehr wichtig, wie wir im Verlauf der Monate lernten, denn Männer sind im Schnitt schwerer, und bei Männern ist das Gewicht anders verteilt, das Fußende ist meistens sehr viel leichter als das Kopfende. Freilich kam uns ab und zu auch eine Frau mit starkem Übergewicht unter, aber das war zu jener Zeit noch extrem selten. Richtig adipöse Menschen kannten wir nur aus dem Fernsehen, in Berichten aus Amerika.

Die Trauer der Familie war herzzerreißend. Für uns war es ein Job – für sie war es ein brutaler Schicksalsschlag, brutaler als alles, was sie sich in den schlimmsten Albträumen hatten ausmalen können. Uns wurde richtig elend zumute, obwohl wir de facto nur unbeteiligte Statisten waren, uns quasi als die Kulisse dienstbar machten, vor der der Abschied vollzogen wurde. So gut konnten wir den Schmerz der Hinterbliebenen nachempfinden, dass wir hinterher noch eine Stunde oder länger kaum ein Wort mehr als notwendig redeten. Unser Auftritt war beendet, wenn der Sarg in der Grube ruhte und der Transportwagen wieder im Schuppen verstaut war. Völlig ausgeschlossen war es, dass der Bestatter oder seine Helfershelfer jemals am Leichenschmaus teilgenommen hätten.

Sofort nachdem ich wieder in der Stadt war, kaufte ich mir das schwarze Notizbuch, um fortan ein Beerdigungstagebuch zu führen. Darin verzeichnete ich, dass die Verstorbene Gisela Schewtschenko geheißen hatte und dass Lars, der Freak, zwei Mädchen aus der weiteren Verwandtschaft gekannt hatte. Mit der Pfarrerin waren wir alles andere als einverstanden gewesen, und obschon sie natürlich nichts für ihre kreischende Stimme konnte, machte sie auf mich den Eindruck einer herrischen Fuchtel, vielleicht, weil sie mich an eine Deutschlehrerin am Gymnasium erinnerte, die mich regelrecht gefressen hatte. Als Schmankerl – vom Fachmann für den Kenner sozusagen – zeigte uns Herr Hausmayr hinterher noch das Grab der Frau von Prof. Schlechtenschleiß, die letztes Jahr bei einem Verkehrsunfall ums Leben gekommen war. Einen wirklich auffallend schönen und gewiss sehr teuren Stein hatte sie bekommen. Das Volk, vertreten durch Hausmayr, munkelte: zur Wiedergutmachung, da der Unfall vom Ehemann verschuldet gewesen sein soll.

Der junge Selbstmörder

Tilda war mir gleich aufgefallen, denn sie saß alleine in der letzten Reihe, während der Pfarrer sich merklich schwer damit tat, tröstliche Worte zu finden für die Angehörigen des jungen Selbstmörders, den wir unmittelbar nach Ostern, am Dienstag, den 21. April, auf seinem letzten Weg begleiteten.

Ich vermutete zunächst, dass Tilda den Verstorbenen gekannt hatte oder irgendwie zum weiteren Freundeskreis gehörte, aber sie hielt sich auffällig fern vom Rest der Trauergesellschaft, wechselte nicht ein Wort mit einem der anderen Gäste, schien sich kaum für den Sarg und das Grab zu interessieren, sondern beobachtete hinter einer riesigen Sonnenbrille hervor niemanden anderes als – uns.

Sehr gut erinnere ich mich auch an die Schmerzen in meinem Kopf, die ich an diesem Tag hatte. Ich hatte mich am Abend zuvor auf einer Verkleidungsparty übel zugerichtet, in Nürnberg. Anlass war das Osterfest, »Philosophie« das Motto und Gastgeberin Johanna gewesen, eine Schulfreundin, die in ihre WG nach Gostenhof eingeladen hatte.

Ich kannte viele der anderen Partygänger noch vom Gymnasium in Hersbruck, aber es waren auch ein Haufen neue Leute anwesend.

Wie auch immer – es gab bunte Ostereier, Pizza und Eierlikör bei Johanna, die Gäste hatten sich als Sokrates, Aristoteles oder Epikur verkleidet, ein paar kamen auch als »Dialektik« oder als »Antithese«, wobei dies erst auf Nachfrage so richtig klar wurde. Es dauerte nicht lange, da waren alle angetrunken, zumal noch ein Karton Rotwein aufgetaucht war, aus den Boxen dröhnten Violent Femmes und natürlich Nirvana, deren *Nevermind*-Album bei uns seit Monaten die absolute Nummer eins war.

Ich redete den halben Abend lang mit einem alten Kumpel aus Hersbruck, Klaus – den wir seit einigen Jahren »Speichel« nannten, weil er auf der Berlinfahrt in der elften Klasse betrunken in seinem Stockbett gelegen hatte und ihm die Spucke aus dem Mundwinkel auf ein völlig durchgeweichtes Kopfkissen getropft war. Ich fürchte, ich hatte keinen unwesentlichen Beitrag dazu geleistet, dass sich der Spottname etablierte, denn Speichels Steckbrief in unserer Abiturzeitung, der diesen peinlichen Vorfall thematisierte, stammte aus meiner Feder. Natürlich redeten wir über Musik, so wie neunundneunzig Prozent aller unserer Gespräche Musik zum Thema hatten, und über den brandneuen Film von Jim Jarmusch, *Night on Earth*, der uns alle begeisterte. Wobei man rückblickend sagen muss, dass es wohl einfach zum kulturellen Kanon unserer Clique gehörte, gewisse Bands, Bücher und Filme ohne zu hinterfragen gut zu finden, schlichtweg, um als vollwertiges Mitglied der Gruppe akzeptiert zu werden, und nicht, weil man nach gründlicher Analyse und komplexen Abwägungsprozessen dieses oder jenes Kulturprodukt der Popindustrie als überlegen oder wertvoll identifiziert hätte.

Klaus hatte einen Typen im Schlepptau, der auch in Erlangen studierte; als Max Schmitt stellte er sich mir vor, »Schmitt mit Doppel-T«. Sein seltsames Gehabe irritierte mich anfangs, aber später, als er von seinem Medizinstudium erzählte, fand ich Max an sich recht sympathisch, wenn auch kein Zweifel daran bestand, dass er stilistisch in unserer Clique völlig fehl am Platz war. Er trug stonewashed Bundfaltenjeans wie ein DDRler, ein dunkelblaues Hemd, als wäre er Elektroingenieur bei Siemens, und zu allem

Überfluss einen über die Schultern drapierten weißen Pullover, dessen Lacoste-Emblem jedem im Raum sofort ins Auge gestochen war. Eine der Insignien des Poppers, das Krokodil-Symbol des Markenwahns. Die hellbraunen Mokassins fielen da kaum noch ins Gewicht.

Wir anderen waren natürlich alle Underground: schwarze, hautenge Röhrenhosen, schwarze Hemden, buschige Koteletten, schwarze Jacketts und die berüchtigten Doc Martens. Asymmetrische Frisuren, der eine oder andere Mann geschminkt mit rotem Lippenstift und schwarzem Kajal auf den Lidern. Punk und Wave hießen unsere Leitsterne, die Sex Pistols, Pixies, The Damned, Depeche Mode und The Cure waren wie Götter für uns.

Max stammte aus Eschenfelden, also aus der benachbarten Oberpfalz, und kannte dieselben Ecken wie ich: die Disco in Auerbach, die Kommune in Neuhaus, das Freibad in Hirschbach, den Stausee in Happurg, sodass wir uns auf Anhieb miteinander vertraut fühlten.

Er war zudem der Einzige unter den Anwesenden, der sich bereitwillig auf ein Gespräch über Leichen, Friedhöfe und Bestattungen einließ, das mehr als zwei Minuten lang am Laufen blieb. Bei den anderen Feiernden war ich auf überhaupt kein Verständnis gestoßen, obschon ich mich zu Hause in Erlangen beinahe täglich mit diesen Themen beschäftigte. Darüber hinaus wusste Max auf jene ganz bestimmte Art und Weise, die Medizinern eigen ist, über ungewöhnliche Krankheiten und Todesfälle zu berichten. Er bewies nicht nur Sinn für schwarzen Humor, was mir gleich gut gefiel, sondern gestand auch ein, als ich wiederholt nachfragte, dass er sich vor allem für die Forensik interessierte, darin auch gerne seinen Facharzt machen wollte und derzeit schon eine Famulatur in der Gerichtsmedizin absolvierte.

Und da begriff ich auch endlich, wieso er mir vom ersten Moment an bekannt vorgekommen war. Ich hatte im Wintersemester eine Vorlesung besucht, die Hörern aller Fakultäten offenstand: »Einführung in die Rechtsmedizin« lautete der Titel, jeden Montag von dreizehn bis fünfzehn Uhr. Friedhöfe, Beerdigungen, Gräber und Särge hatten mich schon seit meiner Kindheit interessiert. Vor etwa fünfzehn Jahren hatte mein Vater, ein Bauunternehmer, bei zwei Grabungsarbeiten in Folge die skelettierten Überbleibsel zweier Mordopfer entdeckt. Diese Funde hatten mich noch lange Zeit danach schwer beschäftigt, zudem die Fälle offiziell nie aufgeklärt worden waren. Während des letzten Wintersemesters, das begann, kurz nachdem Lars und ich den Dauerauftrag beim Beerdigungsunternehmen eingefädelt hatten, war ich auf diese Veranstaltung aufmerksam geworden, die im Gebäude der Rechtsmedizin, am sogenannten »Eck der Toten«, stattfand. Dort, an der Universitätsstraße, standen die Gebäude des Anatomischen Instituts, der Pathologie und der Rechtsmedizin einander direkt gegenüber.

Wir hörten jede Woche eineinhalb Stunden über ein spezielles Thema. Die Dozenten wechselten, offenbar je nach Expertise. Der eine dozierte über Selbstmord, ein anderer über Kindstötung. Es gab je eine Doppelstunde über Schussverletzungen, über Giftmord, Leichenstarre und die Bestimmung des Todeszeitpunkts, über Fingerabdrücke und Blutspuren und so weiter.

Der Institutschef war ein Holländer, dessen Akzent mich jedes Mal unweigerlich an Rudi Carrell erinnerte. Als Kind hatte ich mit großer Begeisterung Carrells Fernsehsendung *Am laufenden Band* geschaut, mit der ganzen Familie, und später *Rudis Tagesshow*, die mir so gut gefiel, dass ich mir lange Zeit nicht vorstellen konnte, dass es noch etwas Lustigeres auf der Welt geben könnte. Der Professor für Rechtsmedizin, der in Erlangen das Institut leitete, ähnelte auch rein äußerlich dem Fernsehstar, war groß und schlaksig, hatte ein schmales Gesicht und einen prachtvollen Überbiss.

»Dein Boss ist nicht zufällig der Holländer, der die Vorlesung über Drogen hielt ...?«, fragte ich Max.

»Ja, genau. Du warst dabei?«

»Jetzt weiß ich, wo ich dich schon mal gesehen habe«, erklärte ich. »Bei einer der Obduktionen im Anschluss an die Vorlesung, stimmt's? Du hast zu Beginn die tote Frau in den Saal geschoben, die man nackt in der Küche gefunden hatte, während auf dem Herd die Milch in den Topf einbrannte und deswegen ein Anwohner die Feuerwehr rief, in der Artilleriestraße war das ...«

»Ich glaube, ich weiß, welche Leiche das war, richtig. Da bin ich eingesprungen. Du hast dir das alles gemerkt? Respekt ...«

Es war nämlich so, dass je nachdem, ob gerade zufällig ein ungeklärter Todesfall vorlag, im Anschluss an die Theorie die Zuhörer eingeladen waren, an der Leichenöffnung teilzunehmen. Am Anfang drängten sich also zwanzig oder mehr Schaulustige um den Tisch aus Edelstahl, auf dem unter einem grünen Tuch der tote Mensch lag. Damals, bei der nackten Achtundsechzigjährigen, hatte sich schließlich im Gehirn, das der holländische Professor, während es in seiner behandschuhten Hand ruhte, wie eine Pastete sorgfältig in dünne Scheiben schnitt, ein Blutgerinnsel gefunden. Die letzten drei Zuhörer, die bis dahin durchgehalten hatten, quittierten diese Erkenntnis mit großem Hallo. Zwei Polizisten waren das gewesen – und ich. Der Rest hatte sich längst mit bleichen Nasen und schreckgeweiteten Augen leise davongestohlen.

Obduziert wurden alle diejenigen, bei denen der Notarzt keine offensichtliche Todesursache feststellen konnte, also zum Beispiel, wenn jemand, der alleine gelebt hatte, tot in der Wohnung aufgefunden wurde. Dass das immer häufiger vorkam, war im Bestattungsbusiness traurige Realität. Dass einige Menschen sehr schnell ein Auge auf die Habe der Verstorbenen warfen, nun, da die rechtmäßigen Besitzer sie nicht mehr benötigten und bedauerlicherweise auch nicht mehr darauf aufpassen konnten – das hatte mich anfangs nicht wenig schockiert.

Ich weiß gar nicht mehr, wie wir Sargträger zum ersten Mal auf diese Problematik zu sprechen gekommen waren, aber bei unserem dritten oder vierten Einsatz hatte jemand das – freilich abgedroschene – Bild vom letzten Hemd, das keine Taschen habe, angeführt und hinzugefügt: »Was spricht dagegen, beim Abholen ein Souvenir einzustecken? Ich hätte kein schlechtes Gewissen ... die brauchen das doch alles nicht mehr ...«

Damals hatte ich meine Meinung für mich behalten. Jedoch im Nachhinein, als wir unter uns waren, hatte ich mit Lars darüber gesprochen, der mit mir absolut übereinstimmte. Dann hatten wir beschlossen, dass wir insbesondere eine bestimmte Person ... doch alles der Reihe nach!

***

Einen Zwischenfall gab es noch auf der Party. Irgendjemand, der erst gegen zehn Uhr auftauchte, hatte am Hauptbahnhof einen Ungarn aufgegabelt und kurzerhand mit auf die Party gebracht, einen Kerl in unserem Alter, der nur sehr schlecht Englisch sprach und einen großen, grauen Pappkarton unter dem Arm trug.

Als er den Karton auf den Küchentisch knallte und den Deckel abnahm, erhob sich ringsumher ein Chor von Ahs und Ohs. Die Schachtel war voll mit menschlichen Knochen: ein Becken, Oberschenkel, Rippen, Wirbelkörper, Schulterblätter, Oberarme, außerdem zahllose Kleinteile aus Händen und Füßen. Nur einen Schädel gab es nicht, und so hatte keiner Lust, die hundert Mark zu zahlen, die der Ungar für die Gebeine forderte. Aber für beste Laune hatten die Knochen gesorgt, jeder wusste etwas vorzuschlagen, was man damit alles bauen könnte, ein Xylophon, einen Sonnenhut oder einen Katzenkäfig, ein Windspiel oder ein Mobile.

Jemand rief lautstark nach mir: »Hey, Dino! Kannst du da nicht helfen und uns einen Ersatzschädel besorgen ... du buddelst doch jetzt Gräber und so, oder?«

Da beschloss ich, mich auf den Heimweg zu machen.

»Na dann«, sagte ich zum Abschied zu Max, »man sieht sich!«

Für einen kurzen Moment glitt, wie der Schatten einer Wolke, Verständnislosigkeit über sein Gesicht, dann grinste er. »Ach so, klar. Sag dem Sekretariat Bescheid, wenn du vorbeikommst, die wissen, wo ich stecke.«

Am nächsten Tag jedenfalls, im Anschluss an die Beerdigung des Selbstmörders, hatte mich Tilda angesprochen, ob sie bei uns mitmachen könne. Frau Duschner hatte zwar von Anfang an ausgeschlossen, dass wir Frauen ins Sargträgerteam aufnahmen, aber da war noch die Sache mit den Blumen. Vor der Kapelle stand stets ein spezieller Wagen bereit, auf den die Leute ihre Kränze, Blumenbuketts, Liliensträuße und anderweitige Gebinde ablegen konnten, wenn sie auf dem Weg zum Grab die Hände frei haben wollten. Hinzu kamen die Abschiedsgaben derjenigen, die nicht persönlich anwesend waren und eine Gärtnerei beauftragt hatten. Standardmäßig gehörte es zu unseren Aufgaben, im Anschluss an die Versenkung des Sarges den Wagen zum Grab zu bringen. Frau Duschner fasste mit hin, wenn es notwendig war, häufig jedoch bestellte sie bei uns zusätzlich eine junge Dame in angemessener Kleidung, die den Job als sogenannte Blumenfrau bekam – vor allem dann, wenn mit so viel Blumengaben gerechnet wurde, dass wir Sargträger das nicht nebenbei erledigen konnten.

In mein Notizbuch schrieb ich: »Die Trauerfeier ging uns allen wieder gewaltig an die Nieren. Der Selbstmord des Jungen, der in meinem Alter war, hat die Familie in tiefe Verzweiflung gestürzt. Wir waren Viertel vor eins in Büchenbach aufgekreuzt, Lars und ich im Auto des dicken Richard. Der schöne Tobias mit dem metallic-grünen Golf seiner Mutter war schon vor uns da. Frau Duschner hatte am Telefon noch von einer ›großen Sache‹ gesprochen, aber die Show wäre rein technisch auf eine Routineangelegenheit hinausgelaufen, wenn Lars nicht böse gepatzt hätte.«

Nur vorher war viel zu tun gewesen, zum einen mit den Kerzen, zum anderen, weil wir den Weg auskundschaften und die Gesangsbücher verteilen mussten. Der Sarg war unter einer außergewöhnlichen Menge von Blumengebinden und Kränzen nur noch teilweise zu erkennen gewesen. In weiser Voraussicht hatte Frau Duschner bei mir gleich zwei Blumenfrauen angefordert. Esther und Elvi, die wie Lars im Wohnheim zu Hause waren, hatten sich schon beinahe einen Tick zu schick gemacht, mit viel Lippenstift und hochhackigen Schuhen, die nicht gerade ideal zum durchgepflügten Untergrund passten.

Die Trauergemeinde war dann allen Erwartungen zum Trotz spärlich, der noch junge Verstorbene hatte anscheinend nicht viele Freunde gehabt, aber die Eltern, deren einziges Kind er gewesen war, waren am Boden zerstört, ein steinerweichendes Elend!

Der Pfarrer sülzte ewig und drei Tage lang und wiederholte – wie unter Zwang – permanent den Konfirmationsspruch des Dahingeschiedenen. Lars hatte zusätzlich den Job des Kreuzträgers übernommen und machte seine Sache, man kann es schlecht beschönigen, hundsmiserabel. Erst vergaß er überhaupt, das Langholz mit dem Kruzifix an der Spitze aus dem Lagerraum in die Kapelle mitzunehmen, dann kam er zu spät zur eigentlichen Aussegnungsfeierlichkeit und vergaß am Ende erneut das Kreuz, genau dort, wo er es, ehe er mit uns den Sarg abließ, am Grab in den Erdhaufen gesteckt hatte! Frau Duschner war sauer auf ihn, weil die sakrale Stange ständig so verloren herumstand. Doch der eigentliche Grund ihres Ärgers war, dass Lars gar nicht gut aussah an diesem Tag: seine markanten Koteletten, deren Spitzen er bis zum Mundwinkel wuchern ließ, waren einem Ausschlag zum Opfer gefallen, und nun wirkte der Ärmste so unerfahren und hilflos wie ein geschorenes Schaf, das im kalten Regen steht und nicht weiß, wie ihm geschieht. Gutes Geld – aber schwer verdient.

Ich hätte aus Stein sein müssen, wenn ich imstande gewesen wäre, Tildas Bewerbung abzulehnen. Zum einen schmeichelte es meinem Ego gewaltig, dass ich die Macht hatte, Jobs zu vergeben – oder auch nicht. Die Situation hatte sich völlig umgekehrt: Wo ich mich früher selbst bewerben musste und oft genug eine Absage bekam, suchten jetzt mich die Leute auf und bettelten darum, mitmachen zu dürfen. Und zum anderen, wenn ich schon dabei bin, meine niedrigsten Beweggründe zu offenbaren, kann ich auch gleich noch gestehen, dass ich vom ersten Moment an komplett auf Tilda abfuhr, mich vom Scheitel bis zur Sohle in sie verknallte.

»Tilda? Ein ungewöhnlicher Name«, sagte ich.

»Es ist nur mein Spitzname, meinen eigentlichen Namen kann ich nicht leiden: Hilde steht in meinem Ausweis, wenn du es genau wissen willst.«

»Ist schon in Ordnung. Wir werden ja für die Performance bezahlt, nicht für unsere Vornamen.«

Ich hoffte, wie ein richtig abgebrühter Typ rüberzukommen, aber sie lächelte nur andeutungsweise und fragte erneut: »Und? Kann ich mitmachen? Rufst du mich an beim nächsten Mal?«

Keine Ahnung, was ich gesagt hätte, wenn mir zu diesem Zeitpunkt klar gewesen wäre, in welch wilde Verwicklungen sie mich bald hineinziehen würde. So sagte ich nur: »Gibt es eine Telefonnummer, unter der ich dich zuverlässig erreichen kann?«

Ich hatte gleich den Eindruck gewonnen, dass Tilda etwas älter war als wir. Auf vielleicht dreißig schätzte ich sie.

Sie war anders als die Frauen, die ich üblicherweise kennenlernte. Reifer, zielstrebiger, selbstbewusster. Meine eigenen Regungen überraschten mich, diesen Zug hatte ich an mir selbst zuvor nie bemerkt.

»Du bist keine Studentin, oder?«, fragte ich.

»Nein, das nicht.«

»Wo arbeitest du? Ich meine, wenn du dich nicht gerade auf einem Friedhof herumtreibst?«

»Ach, in einem langweiligen Amt. Halbtags, ganz schlecht bezahlt. Da dachte ich, ich könnte mir etwas dazuverdienen.«

Ich sagte ihr ohne zu zögern zu und versprach obendrein, sie so oft einzusetzen, wie es mir möglich sein würde. Dabei war mir egal, dass es Beschwerden von Esther und vor allem von Elvi geben würde. Die hätte ja sowieso am liebsten das Geld gekriegt, ohne überhaupt etwas dafür zu tun, sondern nur fürs Dastehen und Sexy-Aussehen.

Ich ging einfach davon aus, dass Tilda die regelmäßige Konfrontation mit Tod und Trauer aushalten würde. Bisher hatte nur ein einziger Sargträger den Job wieder hingeschmissen, weil ihm die ganze Szenerie zu sehr an die Nieren ging. Klaus, der letzthin von der Party in Nürnberg mit mir zurück nach Erlangen gefahren war, hatte sich als nicht zum Bestatten geeignet erwiesen. Ihm war es nicht geglückt, den Tod und den Schmerz der Hinterbliebenen nicht zu nahe an sich heranzulassen, sondern in einem gewissermaßen emotional sicheren Abstand zu halten. Vielleicht lag es auch daran, dass er vor einigen Jahren an Diabetes erkrankt war, und zwar an der harten Variante der Zuckerkrankheit, die ihn zu täglichen Insulinspritzen nötigte.

Tildas erster Einsatz vier Tage später war dann auch gleich ein »ganz großer Bahnhof«, wie Hausmayr es nannte. Ein überregional bekannter Politiker war gestorben, Vorsitzender des Landesverbandes einer der Volksparteien, ehemaliger Bürgermeister, Mitglied des Landtages, Vorsitzender des Vertriebenenverbands, Schirmherr der Freiwilligen Feuerwehren, selbst aktiv im Männergesangs- und Altstadtverein – eine nicht enden wollende Liste von Titeln, Ämtern und Ehrungen. Und dabei mindestens drei Zentner – also das, was bei Schlachttieren als Lebendgewicht angegeben wird.

Der Friedhof in Frauenaurach lag etwas oberhalb der Ortschaft und bot von allen Friedhöfen, die wir bespielten, den besten Blick. Es war ein klarer, kalter Tag. Der Winter hatte sich noch einmal zu Wort gemeldet und in der Nacht zuvor für Frost gesorgt. Die Menschenmenge, die zusammenkam, war gleichwohl riesig, und drei Blumenmädchen waren nötig, um die Menge an Gestecken, Kränzen und Buketts zu bewältigen.

Einem Gefährt wie dem Blumenwagen begegnet man im Alltag nur sehr selten. »Was soll denn das für ein Klappergestell sein?«, erstaunte sich Tilda denn auch, als wir ihr das Arbeitsgerät zeigten. »Ein Abfallprodukt aus der Raumfahrt hätte ich mir anders vorgestellt.«

Im Prinzip ist der Blumenwagen nämlich eine Art rollendes Regal. Auf eine hölzerne Plattform, die auf vier Schubkarrenrädern fährt, sind an beiden Enden hochkant dreieckige Stahlrohrwinkel montiert, zwischen denen Bretter als Ablageflächen aufgehängt sind.

Wer auch immer diese Gefährte gebastelt hatte – der Friedhofswärter nach Feierabend? Der Pfarrer während der Osterferien? –, hatte dafür gesorgt, dass es vorne ein Gelenk gab, an dem eine Art Deichsel hing, und an die Rückseite sowie an die – meistens grün angestrichenen –

Stahlrohre zahlreiche Haken geschweißt, an die Kränze und Buketts gehängt wurden. Da die Achsen starr und nicht gefedert waren, war die Handhabung des Wagens mühsam und kräftezehrend, und wenn man das ganze Grünzeug am Ende glücklich zum frisch beschickten Grab gezerrt hatte, wurden die Kränze und Sträuße dabei so gründlich durchgerüttelt und -geschüttelt, dass keine lose Nadel und kein Körnchen Blütenstaub mehr daran hängen blieben. Was in Hinsicht auf die schwarze Bekleidung aller Beteiligten recht vorteilhaft war.

Meinen schwarzen Anzug hatte ich am Tag, nachdem wir bei Bestattungen Duschner angeheuert hatten, in einem Fachgeschäft für gebrauchte Berufskleidung gekauft. Er saß perfekt, wenn man davon absah, dass der Oberkellner, der der Vorbesitzer gewesen war, dreißig Kilo mehr als ich auf den Rippen gehabt hatte. Ich fand nichtsdestotrotz, dass ich darin exzellent aussah, und Lars gab mir recht, weil ich umgekehrt zuvor seinen Konfirmandenanzug gelobt hatte. Lars war insbesondere stolz darauf, dass ihm sein Anzug nach zehn Jahren noch wie angegossen passte.

Für Frau Duschner war einer der Gründe, das bis dahin in der Stadt noch nicht da gewesene Experiment mit den studentischen Sargträgern zu wagen, dass die seit Generationen auf den städtischen und dörflichen Friedhöfen tätigen Träger für ihren, Frau Duschners, Geschmack nicht nur pietätlos, grob, mundfaul, unhöflich, versoffen und schlichtweg überaltert waren, sondern vor allem unwürdig gekleidet.

Für uns Jungs war schwarze Kleidung nichts anderes als Kleidung, die schwarz war. Und ich konnte mich oft des Eindrucks nicht erwehren, dass für die meisten Gäste auf den Beerdigungen das gleiche Kriterium galt. Bei den Blumenmädchen lag die Sache anders. Sie legten sich für ihre Auftritte schwer ins Zeug, insbesondere Elvi. Und ich schwöre Stein und Bein, dass ich völlig unvoreingenommen bin, wenn ich sage: Tilda sah phantastisch aus, wie sie den rollenden Blumenberg zum Grab zog, angetan mit einem langärmligen, schwarzen Kleid, die Haare am Hinterkopf zu einer geometrisch beinahe perfekten Kugel geflochten, die kräftigen Füße in schwarzen ledernen Schnürschuhen mit flachem Absatz. Ein wenig, als sei sie aus einer Schwarz-Weiß-Fotografie aus dem neunzehnten Jahrhundert gesprungen.

Sie machte ihre Sache hervorragend und steuerte den Blumenwagen mit einer Souveränität, als sei es ihr in die Wiege gelegt worden. Nachdem sie zuvor noch über das Wägelchen gespottet hatte, musste ich annehmen, dass sie schlechtweg ein Naturtalent war. An der Zeremonie insgesamt schien sie allerdings völlig desinteressiert zu sein, während der Ansprachen am Grab beobachtete ich aus dem Augenwinkel, dass sie einige Male ein Gähnen unterdrückte.

Die Bestattungsfeier für den Politiker war die größte Veranstaltung, die wir bis dahin ausgerichtet hatten. Und es war eine der seltenen Gelegenheiten, bei denen wir Herrn Duschner zu Gesicht bekamen. Auf den ersten Blick wirkte er sehr verbraucht mit seinem zusammengeknüllten, von roten und violetten Adern durchzogenen Gesicht, der unförmigen und partiell angeschwollenen Nase und den gelben Augenringen hinter den dicken Gläsern seiner Brille, welche die Augen ganz grotesk vergrößert darstellten. Er erwies sich als sehr entspannt, fast ein wenig gelangweilt, als sei er ein müder alter Mann, der schon alles erlebt und gesehen hat und dem Hobby seiner exaltierten Frau gegenüber wohlwollend, wenn auch bisweilen mit einem leicht spöttischen Beiklang eingestellt ist.

Als alles vorbei war, standen wir draußen auf dem Parkplatz und rauchten. Tilda nahm kommentarlos ihren Anteil am Lohn entgegen und sagte, sie müsse leider gleich weiter, wir würden ohne sie zum rituellen After-Show-Bier einkehren müssen. Doch versicherte sie, ich könne sie jederzeit anrufen, wenn es wieder Arbeit gebe, sie sei mehr interessiert denn je.

»Ja, klar«, sagte ich und fühlte mich dabei wie ein Volltrottel, weil mir partout nichts einfiel, womit ich Tilda zu einer Verabredung hätte locken können, zu einer privaten, romantischen Verabredung, woanders als auf einem Friedhof.

Kaum war sie um die Kurve zur Erlanger Straße verschwunden, meldete sich Richard zu Wort.

»Das ist eine ganz schöne Wuchtbrumme, die Neue«, schwärmte er, »wo hast du die denn aufgegabelt, pscheprascham?«

Herr Duschner, der unbeteiligt an seiner Zigarette genuckelt hatte, horchte auf.

»Sprichst du wohl Polnisch?«

Der dicke Richard war im vorletzten Sommer mit einer der ersten Reisegruppen der Uttenreuther Pfadfinder in Polen gewesen, in Krakau im katholischen Jugendzeltlager, und seitdem behauptete er, jede slawische Sprache sprechen zu können.

»Ja, gewissermaßen«, antwortete er stolz, »ich habe mir eine Art slawisches Esperanto zugelegt, damit komme ich überall durch.«

Herr Duschner erwiderte mit einem mindestens zwei Minuten langen Satz auf Polnisch, in dem ich nur die Wörter »Niederschlesien« und »Kattowitz« erkannte. Jedenfalls war ich froh, dass er das Gespräch so rasch von Tilda abgelenkt hatte. Am Ende sah Herr Duschner Richard erwartungsvoll an.

»Ja, klar«, stammelte der, »im Prinzip schon.«

Jetzt mischte sich Georg-Wilhelm, der manchmal ein schrecklicher Klugscheißer sein konnte, ins Gespräch: »Du kannst genauso viel Polnisch wie ich Französisch: riäne wa plü!«

Er begann schallend zu lachen, sodass ich ihm den Ellenbogen in die Rippen rammen musste, denn gerade trotteten die ersten Trauergäste mit gesenkten Häuptern an uns vorbei, heraus aus dem Friedhof, in die helle Welt der Lebenden.

»Abmarsch, Leute! Die Show ist vorbei«, mahnte ich die anderen und ging voraus zu meinem Fahrrad. Der Eintrag, den ich am Abend in mein Notizbuch schrieb, vermeldete Folgendes: »Der kugelrunde Pfarrer sprach so langsam, dass er, als er seine Predigt nach zehn Minuten beendete, mit seiner tiefen Stimme, die von ganz unten aus seinem fetten Bauch herauskam, nur vier oder fünf Sätze gesagt hatte. Wieder einmal schläferte uns dieser getragene Singsang in halber Geschwindigkeit ein, paralysierte uns geradezu, sodass wir zusammenzuckten, als plötzlich Stille eintrat und die Gemeinde, ohne dass der Pfarrer noch einmal mit Weihwasser in die Runde spritzte, sich zum Gottesacker aufmachte. Während des Gottesdienstes saß just in der Reihe vor uns (also der vorletzten), eine alte Dame mit bayerischem Lodenhut samt aufgesteckten grünen Fasanenfedern, die im warmen Luftzug des Heizlüfters zitterten und wehten, als ob sie lebendig wären. Zumal der Luftzug ansonsten kaum merklich war, trug die Betrachtung der flatternden Federn nicht unwesentlich zu unserem hypnotischen Zustand bei.«

Im ersten Moment begriff ich praktisch überhaupt nichts. Ein Serienmörder sollte sein Unwesen treiben? Hier im friedlichen Erlangen, wo es vor vergeistigten Akademikern nur so wimmelte? Wo man drei Jahre lang leben konnte, ohne auch nur einmal mit einer eingeborenen Familie Bekanntschaft zu machen? Wo die Gerüstbauer und Landschaftsgärtner aus Forchheim und Dormitz in die Stadt eingeflogen werden?

»Ich meine«, erkundigte ich mich vorsichtig, »es ist in meinem laienhaften Verständnis schon ein Unterschied, ob man jemanden, der gestorben ist, ausraubt, oder diesem Menschen vorher beim Sterben hilft, damit man ihn ausrauben kann.«

»Damit hast du auch vollkommen recht«, lautete die Antwort, »doch halten sich Verbrecher in den seltensten Fällen an das Rechtsverständnis von naiven Landeiern wie dir.«

Ich bemühte mich, die Ironie, die mir entgegengebracht wurde, zu ignorieren. Wenn man uns im Studium etwas beigebracht hatte, dann, ein unbekanntes Problem von allen Seiten zu beleuchten. Und ob es sich dabei um seltsame Effekte bei lichtschnellen Elementarteilchen in dichten Medien oder um tote Omas handelte, war im Prinzip unmaßgeblich. Intuitiv schaltete ich meinen analytischen Apparat an.

»Gut. Die Tochter einer Frau, die tot in ihrer Wohnung aufgefunden wurde, vermisst gewisse Wertgegenstände. Die Polizei hält den Verdacht, dass ein Raubmord stattgefunden habe, für übertrieben, da es keinerlei Indizien gibt. Auf dem Totenschein steht: Herzinfarkt, keine Fremdeinwirkung. Und du schließt daraus auf einen Serienmörder ...«

»Einspruch! Erstens hält nicht jeder Polizeibeamte diesen Verdacht für falsch. Ich jedenfalls glaube den Leuten. Und zweitens gab es eine weitere, sehr ähnliche Meldung, die allerdings von den zuständigen Beamten hier in Erlangen leider ebenfalls als unbegründet abgetan wurde.«

Was mir in den nächsten Wochen klar werden sollte, war, dass die Polizei im echten Leben nicht funktionierte wie sonntagabends im *Tatort*. Die echte Polizei strotzte vor Faulheit, Desinteresse und gegenseitigem Zuschieben von Verantwortung. Und es gab Vorurteile, Dummdreistigkeit und persönliche Ziele, die sich manchmal diametral widersprachen.

Doch all diese Erkenntnisse gewann ich erst später. Genauer gesagt: etwa sechs oder sieben Bestattungen später.

***

Kein Mensch ist wie der andere, also ist auch keine Beerdigung wie die andere. Doch sowohl die Rollen der beteiligten Personen sind im Wesentlichen festgelegt, wie auch die räumlichen Verhältnisse vor Ort im Großen und Ganzen einheitlich sind.

Etwa eine Viertelstunde vor Beginn der Zeremonie und wenn möglich, ehe die Verwandten und Bekannten der oder des Verstorbenen eintrudeln, treffen sich die vier Sargträger, der Friedhofsdiener – in der Regel ein städtischer Angestellter –, gegebenenfalls eine Abordnung der für die Blumen zuständigen Gärtnerei, der Priester, das Hilfspersonal, wie Organist, Ministranten oder Kreuzträger, sowie ein Vertreter des federführenden Bestattungsunternehmens. Jeder dieser Beteiligten war ein Spezialist in seinem Fachgebiet, und Frau Duschner sah sich als eine

Art Hohepriesterin des traditionellen Bestattungsritus', die dafür sorgte, dass alle mit größter Hingabe ihre Aufgaben erledigten. Was sie freilich nicht daran hinderte, mit Leib und Seele Unternehmerin zu sein. Im Grunde war sie niemals außer Dienst.

Dennoch war sie natürlich auch ganz normale Einwohnerin von Erlangen und Nachbarin ihrer Nachbarn – und erfuhr so einiges über die ihrem Institut anvertrauten Klienten, was ihr Bekannte und Verwandtschaft unter dem Siegel der Verschwiegenheit mitteilten. Uns gegenüber gab sie niemals auch nur ein Sterbenswörtchen weiter, Herr Hausmayr allerdings konnte, wenn er einen guten Tag hatte, auch schon mal redselig werden.

Wie zum Beispiel bei dem Kieferchirurgen, der mit seinem roten Porsche 911 – ein unverzichtbares Statussymbol bei tatsächlich Reichen und solchen, die vorgaben, zu den oberen Zehntausend zu gehören – innigste Bekanntschaft mit einem Brückenpfeiler gemacht hatte.

»Derhutzt hat er sich, der Doldi, sonst nix«, so lautete Hausmayrs prägnante Zusammenfassung des tragischen Geschehens. Worauf er sich lang und breit über die Schwierigkeiten ausließ, die er damit gehabt hatte, dem Toten ein ansehnliches Äußeres hinzuschminken. Beim Aufprall waren eben doch einige tragende Strukturen im Gesicht zu Bruch gegangen, wie er uns erläuterte.

Tilda war zum zweiten Mal dabei, ich hatte sie dazu nötigen müssen, da Esther krank war und Elvi sich als unerreichbar erwiesen hatte.

»Wer ist es denn?«, fragte Tilda am Telefon. Sie hatte einen eigenen Anschluss mit Nürnberger Nummer und meldete sich unwiderruflich mit: »Hier Schönwiesner?« Nie ging jemand anderes als sie an den Apparat.

»Ein Kieferorthopäde, wenn ich mich recht entsinne, wahrscheinlich Selbstmord«, hatte ich geantwortet. »Aber ist das so wichtig?«

»Na ja, du weißt ja, ich stehe eher auf alte Omas«, scherzte sie, aber ich spürte Unlust zwischen ihren Worten, als sei sie wirklich nicht interessiert. Irgendetwas stimmt da nicht, sagte ich mir, diese Mischung aus Interesse und Gleichgültigkeit, die Tilda an den Tag legte, kam mir irgendwie komisch vor, aber ich konnte dieses Gefühl nicht näher benennen.

Letzten Endes ließ sie mich nicht hängen, und die Story, die uns dann Hausmayr, den einen Ellenbogen lässig auf den Sarg gestützt, völlig ungeniert auftischte, während wir hinter der Schiebetür zum Versammlungsraum warteten, fand auch Tildas Gefallen. Es hieß nämlich – und wir dürften natürlich unter keinen Umständen irgendjemandem davon erzählen –, dass die Witwe des »Kieferkönigs«, wie er unter Kollegen spöttisch genannt worden sei, ihn seit Jahren wegen seiner Impotenz verspottet und beschimpft habe. Gleichwie – der Mann hatte seine Frau aufrichtig geliebt. Seine Zuneigung ging so weit, dass er sie des Nachts mit besagtem Porsche zu einem in einschlägigen Kreisen gehandelten Parkplatz an der A73 zwischen Eltersdorf und Fürth kutschierte und dort im Auto sitzend warten musste, bis sie sich bei einem x-beliebigen Lkw-Fahrer besorgt hatte, was sie dringend gebraucht hatte.

Außer unserem Klienten warteten an diesem Tag in Dechsendorf noch vier oder fünf andere Verstorbene auf ihre Bestattung. Ihre Särge standen auf rollbaren Podesten in den gekühlten Kammern, die den hinteren Teil des Nebenraums ausfüllten. Die kühle Luft roch nach Staub und dem süßlichen Duft der weißen Lilien, die über den hohen Vasen ihre langen Staubblätter spreizten.

Die Glastüren zu den klimatisierten Nischen waren mit dezent dunkelgrauen Jalousien verhängt, aber durch die Ritzen erkannte man, ob dort nicht schon der nächste Auftrag bereitstand, um den wir uns in den kommenden Tagen kümmern würden. Meistens sahen die Hinterbliebenen zu, dass am direkt darauffolgenden oder, vor allem im Sommer, am besten noch am Tag der Anlieferung am Friedhof die Bestattung stattfand. Doch gab es auch Umstände, die es nötig machten, eine Leiche sehr viel länger in der kostspieligen Kühlung aufzubewahren, wenn die Verwandten zum Beispiel mehr Zeit für die Anreise benötigten oder die Bürokratie noch keine Freigabe erteilt hatte.

Den Aufbahrungsraum, in dem wir warteten, trennte eine breite Falttüre von der eigentlichen Kapelle, die zweckdienlich ausgestattet war mit einem Dutzend Stuhlreihen, einem Rednerpult sowie einem Harmonium oder einer kleinen Orgel für die musikalische Unterstützung der Zeremonie. Ich schob mein Gesicht ganz nahe an den Spalt zwischen den beweglichen Plastikpaneelen und spähte hinaus ins Publikum, um mit ein bisschen Glück einen Blick auf die Witwe zu erhaschen, die ich nur zu gerne etwas genauer gemustert hätte. Denn wenn ich mir das hoffnungslos verfahrene Verhältnis der Eheleute ausmalte, lag für mich ziemlich klar auf der Hand, dass der Kieferchirurg nicht enden wollende Vorwürfe über sich hatte ergehen lassen müssen, dass ihn seine Frau so lange beschimpft und als Totalversager heruntergeputzt hatte, bis er es einfach nicht mehr ausgehalten hatte. Wahrscheinlich hatte er noch ihre Stimme im Ohr, noch die Bilder des letzten nächtlichen Abstechers auf den Lastwagenrastplatz vor Augen, als er ein Stück voraus den Brückenpfeiler erblickt und seinen Beschluss gefasst hatte. Und sich wohl mit einem Schlag frei, geradezu erlöst gefühlt ...

»Irgendwie traurig, so jung ...«, flüsterte Tilda, als bemerke sie erst in diesem Moment, wo sie sich aufhielt und was wir hier taten.

»Jung – wie man's nimmt«, sagte ich. Für mich waren damals zweiundfünfzig Jahre ein stattliches Alter, geradezu unvorstellbar, ein Alter, in dem man vielleicht schon Lust hatte zu sterben, wo alles erledigt war, alles geschehen und erlebt, wo der Abschied am Ende ganz leicht und quasi wie nebenbei passierte.

An jedem Sarg ist eine Art Lieferschein, auch »Beipackzettel« genannt, unter den Deckel geklemmt oder an einen seitlich angelehnten Blumenkranz geheftet; vom ersten Einsatz an begann ich diese Lieferscheine, die sonst abgerissen und achtlos zerknüllt wurden, sobald alle Beteiligten den richtigen Toten identifiziert hatten, zu sammeln. Diese vorgedruckten Formulare enthielten Felder mit den Geburts- und Sterbedaten und einen Hinweis auf die zuständige Gärtnerei und das betreuende Bestattungsunternehmen. Nur die Todesursache nannten sie nicht, obwohl mich das oft am meisten interessiert hätte.

Und ich war nicht alleine mit meinem Interesse.

»Sagen Sie«, wandte sich Georg-Wilhelm an Hausmayr, »ist Ihnen eigentlich schon mal ein echter Mord untergekommen?«

»Des Opfer meinst du g'wiss? Soweit ich's weiß, nicht.«

»Na ja«, lachte Georg-Wilhelm, »das soll doch vorkommen, dass ein Mord gar nicht bemerkt wird, nicht wahr?«

»Hm«, grummelte Hausmayr, »schon möglich ... die von der Polizei sind ja auch nicht immer die Hellsten. Aber freilich, aber natürlich!« Sein Gesicht heiterte sich blitzartig auf, seine blauen Äuglein strahlten. »Einmal, da hab ich eine Leich abholen sollen, fürs Krematorium. Da waren noch die ganzen Stecken drin, die wo sie vergessen ham, rauszumziehen.«

Dank meiner fleißigen Teilnahme an den Gerichtsmedizinvorlesungen wusste ich, was er meinte, und konnte daher Georg-Wilhelm und Richard, die ratlose Gesichter machten, aufklären.

»Bei Schussverletzungen ist das üblich. Bambusstäbe oder Ähnliches werden in die Wunde gesteckt, um abzuschätzen, aus welcher Richtung die Kugel kam.«

»Genau, das war da so«, bestätigte Hausmayr. »Fünf Löcher hatte der Bursche in der Brust. Ein Italiener. Die Mafia, hieß es später in der Zeitung. So, und ich schau etz mal, wo der Pfarrer steckt, es könnert allmählich losgehen ...«

Sprach's und verschwand.

»Und? Was meinst du?«, fragte Tilda. Ich sah mich kurz um, wen sie meinte, denn die anderen saßen direkt neben uns auf ein paar Stühlen und blätterten wieder gelangweilt in Gesangsbüchern.

»Zu was?«, entgegnete ich.

»Na, zu den Mordopfern. Ich habe schon öfter gehört, dass ein Mord unentdeckt bleibt, weil die Ärzte, die den Totenschein ausstellen, nicht sorgfältig genug hinsehen.«

»Keine Ahnung ... darüber habe ich mir noch nie Gedanken gemacht.«

Ein komplexes Problem, überlegte ich. Man nimmt an, dass sich etwas ereignet hat, ohne aber auch nur den geringsten Hinweis darauf zu haben, dass es das hat. Die Annahme beruht quasi nur auf dem Bild des Menschen, das sich derjenige gemacht hat, der von mehr verbrecherischen Akten ausgeht, als bekannt werden.

»Vermutlich ist es wie mit den Atomkraftwerken ...«, begann ich.

»... hundertprozentige Sicherheit gibt es nicht«, beendete Georg-Wilhelm meinen Satz. Von allen Lehramtsstudenten, die ich kannte, war er derjenige, der schon jetzt dem Bild eines Oberstudienrats am genauesten entsprach. Er beendete die Sätze, die andere begannen, sobald er wusste, wie der Schluss lautete. Umgekehrt sprach er seine eigenen Sätze nicht zu Ende, wenn er das Gefühl hatte, dass seine Botschaft angekommen war. Sparsamkeit im Ausdruck nannte er das, und ich muss gestehen, er fiel mir oft auf die Nerven mit seiner gestelzten Ausdrucksweise, mit seiner Sucht, alle penibel zu verbessern, seiner Arroganz, mit der er die Deutungshoheit an sich riss. Ich ging ihm aus dem Weg, wann immer ich konnte. Als ich jedoch schon vor einigen Monaten angedeutet hatte, ihn aus der Truppe entfernen zu wollen, nannte Lars mich überempfindlich. »Wir sind Profis, oder nicht?«, beliebte Lars zu argumentieren. »Und auf der Bühne klappt es mit ihm reibungslos, er liefert tadellose Leistung.«

Ich wollte eben Georg-Wilhelm entgegnen, dass ich auf seine Zuarbeit dankend verzichtete, da stupste mich Tilda an die Schulter.

»Ich glaube, das ist sie«, wisperte sie hastig, »dort, die Dritte von links, ganz vorne.«

Ich presste ebenfalls mein Auge an den Spalt. Ja, da saß sie, die Witwe. Irgendetwas an ihrer Haltung, an ihrem Gesichtsausdruck zeigte, dass sie es genoss, der Mittelpunkt dieser Feierlichkeit zu sein – zumindest, was die Lebenden anbetraf. Sie hatte sich die Haare rot gefärbt, trug einen engen, schwarzen Pullover und lächelte allen, die ihr kondolierten, mit sehr großen, wie vergilbtes Porzellan leuchtenden Zähnen zu, als bekäme sie Glückwünsche für den bravourösen Vortrag einer Opernarie. Ihre langen, rötlichen

Finger mit den spitz zugefeilten Nägeln, die ihr insgesamt ein gieriges und anmaßendes Gepräge gaben, nestelten nervös an einem silbernen Halskettchen. Vielleicht lag sie in Gedanken längst auf der Terrasse des Ferienhäuschens auf Teneriffa, das sie sich von dem Erbe sicherlich kaufen würde.

»Die dürfte jetzt ausgesorgt haben«, murmelte Tilda, »bis ans Ende ihrer Tage ...«

Wenige Minuten später zogen wir gemessenen Schrittes den Wagen über den Kiesweg, vor uns bildeten der Pfarrer und der Kreuzträger die Spitze des Zuges, hinter unseren Rücken schluchzten und jammerten die Trauernden.

Niemand treibt seinen Schmerz und seine Trauer mutwillig auf die Spitze. Dennoch verstärken sich die Gefühle der Angehörigen während der Bestattungsfeier gegenseitig, in einer Gruppe Gleichgesinnter muss sich niemand zurückhalten, den Tränen kann, ja soll freier Lauf gelassen werden. Es beginnt damit, dass viele erst wirklich im allerletzten Augenblick endgültig zu begreifen scheinen, was geschehen ist, wenn sie weinend am offenen Sarg stehen: Witwen, Witwer und Waisen. Sie zerquetschen Taschentücher, reiben ihre roten, verquollenen Augen, fassen nach den kalten, steifen Händen, die von Hausmayr oder seinen Zunftgenossen überall in der Welt stets mit militärischer Genauigkeit über dem Bauch der Leiche gefaltet werden. Immer braucht es das Zureden des Pfarrers oder eines entfernteren Verwandten, um die Trauernden vom offenen Sarg fortzuziehen und zu den Stühlen in der Kapelle zu drängen. In diesem Fall schließen die Sargträger unmittelbar, bevor der Gottesdienst (oder eines der selteneren freikirchlichen Rituale) beginnt und der Sarg nach innen in die Kapelle auf einen geschmückten Tisch oder Holzblock getragen werden muss, über dem wächsernen, grauen und eingefallenen Gesicht den Deckel und befestigen ihn mittels einer Handvoll Flügelschrauben.

Das Schließen des Sarges markiert einen Schritt, der nicht rückgängig gemacht werden kann, und ist somit ein symbolischer Akt, der wie ein Nachhall den physischen Tod eines Verstorbenen aufgreift. Der dritte und wohl dramatischste Moment ist dann gekommen, wenn der Sarg im Grab verschwindet, gleichsam unwiderruflich vom Boden verschluckt wird.

In diesen Augenblicken spürten auch wir quasi körperlich die Kraft der Gefühle, während alle Augen auf uns gerichtet waren und wir so langsam, wie es die Schwerkraft zuließ, die Kiste mit dem Kunden darin in die Grube abseilten.

Alles klappte einwandfrei an diesem Tag, als wir den Kieferkönig versenkten und Georg-Wilhelm sich nach unentdeckten Morden erkundigte. Er schien damit einen verborgenen Nerv bei Hausmayr getroffen zu haben, denn als wir uns auf dem Vorplatz von Tilda verabschiedeten, hielt er uns zurück.

»Nur, weil du g'fragt hast – was freilich schon mal vorkommt, sind Leut, wo mer net genau weiß ...«

»Wie sie gestorben sind, meinen Sie?«, ergänzte Tilda.

»Ja. Weil es kommt scho vor, dass einer im Straßengraben licht. Des hatt ich scho zwei oder drei Mal. 'N Landstreicher, nimmer viel übrig. Mit eim festen Plastiksack musste ich den abholen, total auseinandg'laufen ist der im Sommer, nach fünf Wochen in der Sonn ...«

»Praktisch nur noch Matsch, schätze ich«, fügte Tilda seelenruhig hinzu, »und der Geruch erst ...!«

»Wääh! Jetzt reicht's aber ...«, miaute Richard. »Was kümmert uns das? Unser Job ist es nicht, die Todesursache zu hinterfragen. Irgendwie muss jeder sterben, es gibt doch auch wahrlich ausreichend Möglichkeiten zur Auswahl ...«

»Let's go!«, rief derweil Georg-Wilhelm in die Runde und stapfte los zum Auto.

»Bis gleich«, entgegnete ich, »und denkt an den Kieferkönig – fahrt vorsichtig!«

Inzwischen hatte sich Tilda noch mal verabschiedet, Richard trabte zu den anderen, und auch Hausmayr startete schon das »Bestattungsmobil« der Firma Duschner (so hatte Lars das Leichenauto getauft).

»Den Hausmayr graust es anscheinend vor gar nichts!«, sagte ich zu Tilda, während ich ihr in Richtung Parkplatz folgte, wo auch mein Fahrrad stand. »Aber egal. Hast du Lust, noch mit zu Richard in die WG zu kommen? Eine frische Lieferung ist da.«

Tilda runzelte die Stirn: »Du sprichst von Drogen?«

»Quatsch. Doch keine Drogen, nur was zu kiffen. Vom Marokkaner.«

»Und wo soll die Sitzung stattfinden?«

»Schuhstraße, gleich bei den Bullen«, grinste ich.

»Nein, lass mal. Ich muss weg. Bis dann!« Sie hatte es plötzlich merkwürdig eilig, davonzukommen.

Seltsam, seltsam, dachte ich, mit dieser Tilda stimmt etwas nicht. Ganz zu Anfang, als sie sich anheuern lassen wollte, war mir spontan in den Sinn gekommen, ob sie nicht vielleicht eine gewisse Neigung zur Nekrophilie besaß. Sie hatte auf mich so begierig, so versessen darauf gewirkt, als ob es sie auf irgendeine dunkle Weise befriedigen würde, weit näher an die Leichen heranzukommen, als es dem gewöhnlichen Publikum möglich war. Zumal im Kontrast zu Elvi oder Esther, die ganz unverhohlen scharf auf das Geld waren. Eine kleine perverse Neigung würde mich natürlich nicht im Geringsten etwas angehen. Außer natürlich in Anbetracht dessen, dass dies Auswirkungen auf mein Interesse an Tilda haben würde. Doch verschwendete ich diesmal keine großen Gedanken daran, was sie mir wohl verschweigen mochte. Eine halbe Stunde später saßen wir zu fünft im Wohnzimmer einer Wohnung in der Schuhstraße, Altbau, zweiter Stock.

Hier war alles für einen einzigen Zweck ausgerichtet: in aller Ruhe total stoned zu werden. Breite Sofas standen an jeder Wand bereit, ein großer Fernseher und eine hochwertige Stereoanlage ergänzten die Wohlfühleinrichtung. Die Fenster, die zur Straße gingen, wundersamerweise genau gegenüber der Erlanger Polizeiwache, waren mit Schallplattenhüllen abgedichtet, natürlich lauter psychedelische Bands, Grateful Dead, Bob Marley and the Wailers, Bonzo Dog Doo-Dah und selbstverständlich Pink Floyd. Ich fand ja, dass man den Sichtschutz kaum auffälliger hätte gestalten können, aber seit Jahren hatte sich die Polizei nicht für die Aktivitäten in ihrer Nachbarschaft interessiert, vielleicht, weil sie schlichtweg zu nahe an der Höhle des Löwen stattfanden. Richard fackelte nicht lange und präsentierte uns das dunkelbraune Brettchen Haschisch, so groß wie eine Tafel Vollmilchschokolade.

Er war der Einzige von uns, der nicht studierte, da er auf den letzten Metern sein Abitur versemmelt hatte, schlicht und einfach weil er den Prüfungen ferngeblieben war. Er schlug sich mehr schlecht als recht durch, indem er als Fahrer für eine Apotheke jobbte und alte Leute zu Hause mit Medikamenten belieferte.

Wir mochten ihn alle, aber Lars und ich setzten ihn relativ ungern ein, da auch er nur schlecht zu erreichen war. Er brachte es fertig, sich tagelang nicht zu melden, nachdem man ihm hatte ausrichten lassen, dass es diesen oder jenen Termin gebe.

»Wollte dich schon noch anrufen ...«, lautete seine übliche Entschuldigung.

Und es war auch Richard, den wir stillschweigend auf die Liste derer gesetzt hatten, die wir nicht für absolut vertrauenswürdig hielten. Eine gedankliche Liste zwar nur, aber für spezielle Jobs wie die Einsargung in häuslicher Einsamkeit Verstorbener kam einfach nicht jeder in Betracht.

In einem war Richard mit Sicherheit uns allen überlegen: Er konnte kolossale Mengen kiffen, ohne auch nur die mindesten Ausfallserscheinungen zu zeigen. Seiner Sache absolut sicher legte er die *Wish you were here*-LP auf, zündelte am Bong und nahm schließlich, als er mit der Rauchentwicklung zufrieden war, einen langen, blubbernden, genussvollen Zug. Er reichte das Gerät weiter und ließ sich in die Polster sinken.

Bekifft Musik hören, das empfand ich immer so, als würde mir einer mit einem sanften Bohrer ins Ohr stoßen und den Sound wie eine lauwarme Flüssigkeit direkt ins Gehirn gießen. Wahnsinnig angenehm war das, ich fühlte mich total und unendlich frei. Machte ich die Augen zu, hatte ich die Band im Kopf. Ohne Zeitverzögerung, vom Musiker in mein Gehirn. Punkt.

»Es geht doch darum, wer als Erstes vor Ort ist, wenn jemand gestorben ist«, überlegte ich. »Ich meine, in solchen Fällen, in denen ein alter Mensch sich alleine und in seiner eigenen Wohnung auf den Weg in die ewigen Jagdgründe gemacht hat. Die Nachbarn? Die Sanitäter? Die Polizei? Die Bestatter?«

»Ziemlich genau in dieser Reihenfolge, würde ich schätzen. Die Feuerwehr vielleicht noch, wenn man die Tür aufbrechen muss.«

»Und wie häufig passiert es deiner Meinung nach? Ich meine, der Täter – falls es ihn gibt – braucht ja auch immer wieder eine Pause, in der er das Geld ausgeben kann.«

»Jemand, der heimtückisch mordet, um sich zu bereichern, hat nie genug Geld.«

Dieser Logik hatte ich nichts entgegenzusetzen. Bloß dass mir die ganze Angelegenheit insgesamt konstruiert erschien, auf grundlosen Annahmen aufgebaut, so wie im neunzehnten Jahrhundert die Theorie des alles durchdringenden Äthers. Ich beschloss, eine alternative Story ins Spiel zu bringen: »Und wenn die Wertsachen nur gestohlen werden, um vom richtigen Motiv abzulenken: pure Mordlust?«

»Jetzt bist du es aber, der phantasiert. Kein Motiv für schwere Verbrechen ist häufiger als Geldgier. Schaust du nicht fern?«

Nein, in der Tat: Ich sah seit Jahren nicht mehr fern. Ich besaß in meiner kleinen Bude gar keinen Fernsehapparat, und ich vermisste diese Maschine, die unersättlich die Lebenszeit ihrer Besitzer auffraß, nicht im Geringsten.

Spontan hätte ich gesagt, dass es zwei Sorten von Verbrechen gibt. Die normalen, die aus Hass, Geldgier, Machtstreben, Angst oder Liebe verübt werden. Für diese Motive hat ein jeder ansatzweise Verständnis, da sie sich rational nachvollziehen lassen. Doch dann sind da noch die anderen, die wahrhaft abscheulichen Gewalttaten, die von Psychopathen verübt werden. Unnachvollziehbare Taten, die den untersten Etagen einer Hölle entsteigen, in der die Seele des Täters unaussprechliche Qualen leidet. Hier wird es für meinen Geschmack mit dem Mitgefühl in der Regel schwierig.

»Ich neigte von Beginn meines Studium an nicht dazu, meine naturwissenschaftlichen Fähigkeiten zu überschätzen«, sagte ich. »Aber wenn meine Neugierde erst einmal geweckt ist, dann hält mich so leicht nichts mehr auf. Und wenn ich etwas gelernt habe im Studium, dann in einen verwirrenden Haufen Informationen Ordnung zu bringen. Ich hoffe, das gleicht meine mangelnde Kenntnis der populären Kriminalliteratur aus.«

»Na, da kommst du mir ja wie gerufen.« Der ironische Unterton war unüberhörbar.

»Genau. Und deswegen sag ich dir, wie's ist: Es gibt keinen Serienmörder«, rief ich erbost. »Vielleicht einen Einbrecher, aber nicht einmal das ist sicher. Du brauchst Fakten – harte Indizien! Alles andere ist doch Quatsch.«

»Gut. Dann besorgen wir uns eben diese Fakten. Wann ist der nächste Einsatz?«

***

Der nächste Auftrag führte uns am Freitag der Folgewoche wieder nach Steudach, es galt eine wirklich uralte Greisin zu Grabe zu tragen, die von einer ganzen Kompanie Enkel, Urenkel und einem bereits frisch geschlüpften Vertreter der Ururenkel-Generation verabschiedet wurde. Es war einer der ersten richtig warmen Tage des Jahres. Steudach war der Einsatzort, der am weitesten draußen gelegen war, praktisch schon auf dem flachen Land. Felder säumten die Straße dorthin. Jenseits des Wendehammers für den städtischen Bus und des Besucherparkplatzes lag ein Wäldchen; vom Eingang des Friedhofs aus sah man in der Ferne die Hochhäuser am Kanal und noch weiter über das Regnitztal hinweg den fernen Reichswald. Eine Stromtrasse, die von Frauenaurach kam, lief mitten durch das weitläufige Friedhofsareal, einer der Masten stand zwischen den Gräbern in einer abgelegene Ecke, wo ein halbes Dutzend Erlanger Muslime ihre letzte Ruhestätte gefunden hatten. Deren Gräber, unzweifelhaft an den türkischen Halbmonden zu erkennen, waren nach Mekka ausgerichtet, das, so wie es aussah, genau in Richtung der Stromleitungen lag.

Unangenehm war, dass ich im Anschluss Elvi aus dem Team werfen musste. Sie hatte mir fest zugesagt – und war dann nicht aufgetaucht. Obwohl es mich Überwindung gekostet hatte, hatte ich Tilda diesmal nicht gebucht, eben damit auch die anderen ihre Chance bekamen.

Wir gaben unser Bestes und bereiteten der Hundertjährigen ein absolut würdiges Begräbnis. Georg-Wilhelm übernahm den Blumendienst, Frau Duschner grummelte ein wenig in ihren kaum vorhandenen Bart, akzeptierte dann aber auch, was man nicht ändern konnte, und fasste mit an. Ich versprach ihr, zuverlässigen Ersatz für Elvi zu besorgen.

Überhaupt erledigten wir alles sehr entspannt und wie im Vorübergehen, denn das Wochenende stand an, und wir waren alle sehr aufgekratzt, weil es am Samstag eine richtig große Party geben sollte, an einem ungewöhnlichen Ort obendrein, nämlich im elften Stockwerk eines der Hochhäuser in der Gerhart-Hauptmann-Straße, wo Kumpels von Henry, die Lars und ich auch schon im Chemiepraktikum kennengelernt hatten, eine neu gegründete WG einweihten. Praktisch die halbe Stadt war eingeladen, und alle Sargträger würden vorbeikommen.

Ich war also in Gedanken schon um einen Tag voraus und beschäftigte mich hauptsächlich mit der Frage, ob ich Tilda anrufen und ihr vorschlagen sollte, auch mit zur Party zu kommen, oder ob das eher aufdringlich wirken und sie nur abschrecken würde, überhaupt jemals irgendetwas mit mir außerhalb einer Trauerfeierlichkeit zu unternehmen. Es waren nichts anderes als die üblichen Selbstzweifel, die einen plagen, wenn man sich verknallt hat und nicht weiß, wie man das dem Gegenstand des Begehrens beibringen soll.

Was ich daher nur am Rande zu Kenntnis nahm, waren die beiden Heavy-Metal-Typen, die bei der Bestattung auftauchten. Die beiden standen lediglich in ihrer gewöhnlichen Aufmachung am Grab herum und hätten doch kaum etwas anderes tun können, um noch mehr aufzufallen. Mit Haaren, die bis zum Gürtel reichten, schwarzen, wenngleich mit Logos und Tourdaten irgendwelcher Schwermetall-Bands bunt bedruckten T-Shirts, der eine mit dunkelbraunen Lederhosen, der andere in schwarzen Jeans, die so eng waren, dass er beim Gehen die Knie nicht abwinkeln konnte und daher stelzte, als schritte er auf zwei Beinprothesen.

Ich kannte die beiden vom Sehen, bildete mir ein, sie regelmäßig in der Independent-Disco des *E-Werks* erspäht zu haben, wo sie wie ich und die anderen an den Dienstagen abhingen. Ich hatte nicht die geringste Ahnung, was sie hier zu suchen hatten, aber mir gefiel der Gedanke, dass sie Zeugen unserer ziemlich perfekten Performance wurden – und unseren Ruhm auch im *E-Werk* verbreiten würden, wenn wir uns dort wieder über den Weg liefen.

Obwohl – einen unangenehmen Vorfall gab es, auch wenn die Gäste davon nichts mitkriegten. Hausmayr hatte, wie es eben seine Art war, kurz bevor es losging, Jürgen Nacke grob angeschnauzt, weil dieser in der stickigen Luft der Aufbewahrungshalle seine schwarze Jacke ausgezogen hatte: »Mir sind hier fei net im Freibad, wo alle rumlaufen wie die Nacktfrösch.«

In diesem Moment begannen draußen Orgeltöne zu erklingen und dazu die Glocken der Kapelle dezent zu läuten, sodass alle weiteren Diskussionen auf später verschoben wurden. Und Jürgen dachte nicht im Traum daran, den Rüffel auf sich sitzen zu lassen. Kaum hatten wir uns auf dem Parkplatz versammelt, schoss er zurück: »Wie schaut's aus? Hitzezulage? Es wird Sommer ...«

Hausmayr kniff die Augen zusammen und musterte Jürgen von oben bis unten. »Heiß ist es dann, wenn ich es sage. Du ...«

Doch ließ er den Satz ohne die deftige Beleidigung, die ihm sicherlich auf der Zunge lag, ausklingen. Ich ärgerte mich über Jürgen, denn wir standen alle füreinander ein. Gut, das hätte natürlich umgekehrt er auch sagen können, aber zum einen hatte er seine Forderung nicht mit uns vorab besprochen, und zum anderen fand ich es weder zu heiß noch die Bezahlung zu gering. Ich tröstete mich mit dem Gedanken, dass es nicht Hausmayr war, der über unser Benehmen entschied, sondern Frau Duschner. Und die, dessen war ich mir sicher, war sehr zufrieden mit uns.

Was ich zu diesem Zeitpunkt noch nicht wusste, war, dass Tilda am frühen Vormittag schon in Eltersdorf gewesen war, als Zaungast bei einer der ersten Bestattungen an diesem Freitag. Ich erfuhr davon spätabends, als ich schon im Bett lag und Übungsaufgaben rechnete. Ich beschäftigte mich zu dieser Zeit intensiv mit relativistischer Kinematik und war zu der Erkenntnis gelangt, dass ich diese Nuss entweder durch ausdauernde Übung würde knacken müssen oder schnell die Finger davon lassen sollte. Ich hatte mich für Ersteres entschieden.

Zwar hatte ich das Telefon klingeln hören, aber da mich so gut wie nie jemand anrief, hatte ich gewartet, bis jemand anderes den Hörer abhob.

»Eine Frau Schönwiesner«, wurde auf meine Frage, wer zum Teufel so spät am Abend noch etwas von mir wolle, entgegnet.

Ein Wink des Himmels, dachte ich, der bedeutete, dass ich Tilda einladen sollte, mich auf die Party zu begleiten.

Doch kaum hatte ich den Hörer am Ohr und mich mit »Ferdinand Degenhardt am Apparat« gemeldet, begann Tilda aufgeregt zu schimpfen. Sie war aufgebracht, weil ich sie nicht engagiert hatte.

»Eine alte Frau!«, polterte sie. »Genau mein Ding!«

»Langsam, langsam! Hör mir doch erst einmal zu«, versuchte ich sie zu beruhigen. »Ich kann nicht ausschließlich dich einsetzen. Esther stand schon lange vor dir auf der Payroll, und wir müssen jetzt sowieso zusehen, dass wir noch eine dritte Kandidatin auftun, da Elvi ab sofort nicht mehr ...«

Sie unterbrach mich, als interessiere sie das alles überhaupt nicht. »Ist dir nichts aufgefallen an der alten Frau? Waren die beiden Sanitäter wieder da?«

»Welche Sanitäter?«

»Zwei langhaarige Rocker«, antwortete Tilda genervt. »Sie arbeiten als Rettungssanitäter beim Roten Kreuz. Hingen auch schon heute Morgen in Eltersdorf ab.«

»Was hattest du in Eltersdorf zu tun? Arbeitest du am Ende noch für einen anderen Bestatter? Für den Hunold vielleicht, der uns vom Zentralfriedhof fernhält?«

Aber auch meine frühere Nekrophilie-Vermutung ging mir da wieder durch den Sinn. War es denkbar, dass sie erneut einen unbeobachteten Moment abgepasst hatte, um am offenen Sarg ihre merkwürdigen Fummeleien an der Leiche anzustellen?

»Nein, jetzt kannst du dich abregen«, sagte sie beschwichtigend, ehe ich mir überlegt hatte, wie ich sie am geschicktesten darauf ansprechen konnte. »Nichts als reine Neugier. Ich mag diesen Job, das ist alles. Aber noch mal – waren diese beiden Typen jetzt da oder nicht?«

»Seltsam, dass du mich das gerade heute fragst. Tatsächlich hingen da zwei Metal-Freaks ab, während der Beisetzung. Wie Rettungssanitäter sahen die mir nicht aus. Aber was willst du denn von den beiden?«

»Nichts, gar nichts«, wiegelte Tilda ab, aber Glaubwürdigkeit war etwas anders. Sie versuchte das Thema zu wechseln: »Wie war's bei euch denn so?«

»Ach, wie immer.«

»Jetzt komm schon! Erzähl mal!«, forderte sie mich auf.

»Wie immer. Eine Hundertjährige, die aus dem Fenster gesprungen ist …« Ich wusste wirklich nicht, worauf sie hinauswollte.

»Sehr lustig! Gab es besondere Vorkommnisse?«

»Nein, natürlich nicht. Willst du wissen, wie es für mich war?«

»O. k. – auch gut.«

»Es hat Spaß gemacht, weil uns alles fehlerfrei von der Hand ging. Auch das Singen war schön, nur das Gerede vom Pfarrer war zum Heulen. Aber sonst musste niemand richtig heulen, dafür war die Dame einfach schon zu alt.«

»Wie haben die Angehörigen auf dich gewirkt? Hatten die Geld? Oder ist dir irgendetwas aufgefallen, an der Toten vielleicht?«

Ich überlegte, ob ich ihr sagen sollte, dass sie da sehr seltsame Fragen stellte, aber dann verwarf ich die Idee. Stattdessen schlug ich ihr vor, mit auf die Party zu gehen. Wir würden dort in Ruhe darüber reden können, wann und wie sie eingesetzt werden wollte. Überhaupt über alles reden, über die Bestattungen, über die anderen Sargträger, über Musik. Mir war es egal, worüber, Hauptsache, Tilda käme mit.

Doch sie lehnte hartnäckig ab, sagte, sie stehe nicht auf Partys, brachte die lange Fahrt von Nürnberg nach Erlangen ins Spiel, argumentierte, dass sie viel zu alt für die Gesellschaft einer Horde überdrehter Studenten sei – alles, was ich dagegen ins Feld führte, half nicht.

»Es wird langsam spät«, sagte sie schließlich. »Tschüss! Viel Spaß auf der Feier – bis nächste Woche!« Und legte auf.

***

Auf der Party herrschte großes Getümmel, denn obwohl die Wohnung mit vier Zimmern überdurchschnittlich geräumig für drei Mieter war, füllten unzählige Leute jeden Winkel und verstopften die Flure. Mindestens drei Stereoanlagen wetteiferten miteinander; Pearl Jam trat an gegen die Ärzte und Monster Magnet.

Irgendwann stolperte ich über Esther, die mich gleich fragte, ob ich Tobias gesehen hätte. Hatte ich aber nicht. Dass Elvi nicht mehr dabei sei und dass ich nach einer Ersatzfrau suchte, berichtete ich ihr.

»Lustig, dass du das sagst«, antwortete Esther, die gegen die laute Musik anschreien musste. »Meine Schwester Laura wollte sich sowieso mal bei dir melden. Sie fand die Sache total spannend, als ich davon erzählte.«

Henry, Georg-Wilhelm und Tobias tauchten auf, sie waren schon heftig angetrunken und schrien, als träfen wir uns an einem stürmischen Tag an einem Nordseestrand. Wobei der perfekt frisierten Tolle auf Tobias' Kopf weder die Party noch der fiktive Sturmwind das Geringste anhaben konnten. Henry hatte am Morgen seine fünfundzwanzigste Bestattung absolviert und traditionsgemäß – so lange widmeten wir uns schon dem Sargtragen, dass sich erste Traditionen eingeschliffen hatten – in *Alberts Kaffeehaus* eine Runde Bier ausgegeben.

»Hey, Alter, wir sind im dreizehnten Stock, ich hatte die fünfundzwanzigste Leiche und wir sind zu viert! Wenn uns das nichts sagen möchte?«, schrie mir Henry direkt ins Ohr.

»Unser Freund hier steckt seine Nase seit Neuestem nicht mehr in seine Kolben, sondern in die Kabbala, scheint mir«, drängte Georg-Wilhelm nach, der wie sein Freund bereits merklich schwankte.

Tobias leerte mit einem langen Zug seine Bierflasche und schlug Esther vor, ihn in die Küche zu begleiten. Das ließ sie sich nicht zweimal sagen, und fort waren die beiden.

»Schätze«, lallte Henry und hickste, dass ihm die grünen Augen aus den Höhlen traten, »wir brauchen bald einen Ersatzmann für den …«

»Aber du hast Glück, mein Freund!«, fuhr Georg-Wilhelm an seiner Stelle fort. »Hier – ein cooler Typ, der passt zu uns.«

Und wie ein Zauberkünstler auf einem Kindergeburtstag zog er aus dem Nichts einen kleinen Kerl mit lockigen, schwarzen Haaren, Nickelbrille und hängenden Schultern heran, den ich während des Gesprächs bisher irgendwie übersehen haben musste, als hätte er sich gewissenhaft hinter Henrys Rücken versteckt.

»Das ist Egidius. Der hat uns vorhin erklärt, wie er das Jahr 2100 erreichen will – lebendig!«

»Hi«, sagte Egidius.

Meine Gedanken drifteten kurz ab, denn ich versuchte nachzuvollziehen, was sich seine Eltern wohl dabei gedacht hatten, als sie ihn so nannten.

»Bis zum Jahr 2100 willst du leben? Spinnst du? Das sind noch hundertacht Jahre – wie willst du das schaffen?«

»Ja, geht doch. Bis dahin: kein Fleisch, kein Kaffee, kein Alkohol, keine Zigaretten – kein Gift, ausreichend Sport und Schlaf. Ich halte mein Idealgewicht, ich fliege nicht, ich fahre nicht Rad, nicht Auto, ich schwimme nicht und klettere auf keinen Baum ... so schaff ich das!«

»Hast du *Rain Man* im Kino gesehen? Superfilm!«, spottete Georg-Wilhelm. Egidius bohrte einen verständnislosen Blick in den von Qualmwolken verhangenen Luftraum rechts oberhalb Georg-Wilhelms Kopf.

»Egal«, fuhr Georg-Wilhelm fort, »in der Ukraine werden die Leute auch uralt, indem sie nur vergorenes Brot schlürfen und selbst gebrannten Schnaps inhalieren.«

Historiker, der er war, geriet er unvermittelt in den Dozenten-Modus und setzte zu einem ausführlichen Monolog an, der sich wie üblich mit dem zusammenbrechenden Ostblock beschäftigte.

»Ich sag dir eins: Es ist cool, was die Leute da drüben, die gegen das kommunistische Regime protestierten, erreicht haben. Schluss mit Gulag, Militär, Seilschaften, Mangel, Umweltverschmutzung und so weiter. Aber ich sag dir auch: Ideologisch sind diese Leute, Havel, Biermann, Wojtyła und die alle, NICHT meine Freunde. Dort kippt's jetzt komplett um, von extrem links nach extrem rechts, wirst sehen! Da kommt der ganze alte Schamott wieder hoch: Kirche, Adel, Bonzen. Genau die Typen, gegen die ursprünglich die Revolution war, 1917 in Russland. Gegen eine Aristokratie, die sich für Menschen erster Klasse von Gottes Gnaden hielten, gegen Großgrundbesitzer, die keinen Unterschied zwischen den Tieren und den Menschen, die für sie schufteten, kannten. Gegen den Klerus, der die Gehirne mit Schrott vollstopft, der Versprechungen fürs Jenseits macht, die er nie erfüllen muss, und dafür die Hand aufhält.«

»Meine geliebte DDR!«, schrie Henry, der mittlerweile stockbesoffen war.

»Puh!«, sagte Egidius und grinste hinterlistig: »Diese Logik werde ich noch mal in Ruhe überdenken müssen. Aber für jetzt habe ich mir ein Bier verdient, finde ich.«

Womit sich auch die Ernsthaftigkeit seiner Methusalem-Strategie erübrigt hatte. Egidius' Telefonnummer, genauer: die Nummer seiner Eltern, wurde feierlich in dem schwarzen Notizbüchlein verzeichnet, das ich zusammen mit einem evangelischen Liederbuch gewohnheitsmäßig in der Innentasche meines schwarzen Jacketts bei mir trug.

Wie nicht anders zu erwarten, ging kurz nach Mitternacht der Alkohol aus. Die Betreiber der WG waren dem Irrtum aufgesessen, dass zwei Kästen Kitzmann für fünfzig Freunde und die Freunde dieser Freunde ausreichen würden, und nicht jeder Gast war so geistesgegenwärtig gewesen, selber

Bier oder Wein gegen den eigenen Durst mitzubringen. Wir sammelten Geld, und zusammen mit Georg-Wilhelm zog ich los zur Tankstelle, um Nachschub zu beschaffen. In der Tür stießen wir fast mit Richard zusammen, der von der Treppe zum Dach zurückkehrte.

»Hey, Mensch, Ferdi! Voll cool!«

»Hi, Richard, warst du *telefonieren*?«, wollte ich wissen, indem ich unser Codewort für Kiffen benutzte.

»Ja, am Dach, hammermäßig dort oben«, verkündete Richard mit schleppender Zunge.

»Wir gehen schnell Alk einkaufen, kommst mit?«

»Ne, schon zu platt. Aber warte mal, was ich dich fragen wollte, äh ... Moment, gleich fällt's mir wieder ein ... ja, genau: die Braut, die du da aufgerissen hast, Tilda oder so. Was treibt die eigentlich so, wenn sie nicht die Blumenfrau mimt?«

»Keine Ahnung. Bei nem Amt arbeitet sie, sagte sie, in Nürnberg, halbtags oder so.«

»Ach so, na gut. Nur so, weil mir ist eingefallen, dass ich sie kenne, vom Sehen her. Aus dem *Komm* in Nürnberg, da hängt sie ab und zu herum, im *Libertee* oder im *Zentralcafé*.«

»Zum Kiffen oder was?«

»Nö, keine Ahnung. Hat wohl sonst nix zu tun. Aber ich habe mich wieder erinnert, dass ihr letzthin ein Typ an den Fersen hing, der war nicht ganz koscher, sagen alle, nagelneue Lederjacke, kurze Haare und so, weißt schon, riecht nach Zivilbulle. Hat sie irgendwie beobachtet.«

»Dann treibt sie Geschäftchen?«

»Weiß ich nicht. Wollte ich nur erzählen, weil sie ja jetzt dabei ist bei uns und so.«

Georg-Wilhelm zerrte mich weiter, wir hatten einen Auftrag zu erledigen. In der Aral-Tankstelle an der Straße nach Bruck kauften wir drei Flaschen Ouzo – etwas anderes hatten sie nicht, aber Leitungswasser war in der Wohnung ausreichend vorhanden, und die anderen waren schon ausreichend betrunken, sodass die konkrete Darreichungsform des Alkohols keine Rolle mehr spielen würde. Zurück im Aufzug waren wir erschöpft und beschlossen, uns zur Stärkung vorab einen Schluck aus der Flasche zu gönnen. Georg-Wilhelm stand mit dem Rücken zur Schiebetür, als der Lift überraschend – denn es war schon ein Uhr früh durch – im achten Stock anhielt und die metallisch blitzenden Blechwände zur Seite fuhren. Laute Stimmen drangen herein, sobald sich der Spalt öffnete, und bis wir in unserem Tran halbwegs reagieren konnten, stolperte, offenkundig gestoßen von einer Person, die draußen stand und in einer unverständlichen Sprache schimpfte, eine Gestalt herein und rempelte Georg-Wilhelm zur Seite. Dem rutschte die Flasche aus der Hand, und sie zerbrach auf dem geriffelten Metallboden. Ich versuchte schnell noch, einen Blick auf den Menschen im Treppenhaus zu werfen, und erkannte dort zu meiner größten Verblüffung den Chef der Gerichtsmedizin, jenen Professor mit dem holländischen Zungenschlag.

Dann erlosch draußen das Licht, die Tür schloss sich klappernd, und wir sahen uns den neuen Mitfahrer an. Er wiederum starrte zu Boden, wo sich um die Splitter herum eine klebrige Lache ausbreitete.

»Up or down?«, fragte der Typ, der eine olivgrüne Militärjacke trug und Cowboystiefel, mit einem Akzent, den er sich nicht in Oxford angeeignet haben dürfte.

»Up!«, antwortete Georg-Wilhelm und heftete den Blick fest in das pockennarbige Gesicht des Herren, auf dessen Kopf sich ölig glänzende Haare kringelten.

Schweigend fuhren wir in den elften Stock und stiegen mit den beiden verbliebenen Flaschen, die ich mir fest unter den Arm klemmte, aus.

»Sic transit gloria mundi«, sagte Georg-Wilhelm geistesabwesend. »Schade um den Schnaps. Das war ein Drogendealer, oder? Was meinst du?«

»Keine Ahnung«, sagte ich. »Ist nicht exakt meine Branche. Aber der andere ...«

»Der andere?«

»Ach, spielt keine Rolle«, wiegelte ich ab und drückte weiter kräftig auf den Klingelknopf, bis uns drinnen endlich jemand hörte und öffnete.

Wir wurden mit einem großen Hallo begrüßt, aber nur wenige Minuten später kippte die Stimmung. Ein großer Typ, vielleicht Ende zwanzig und schon vollständig kahlköpfig, nahm Anlauf, um Egidius eine leere Flasche über den Schädel zu ziehen. Dass es keine Verletzten gab, war nur zwei von Georg-Wilhelms Sportstudenten-Kumpels zu verdanken, die dem Aggressor in den Arm fielen und ihn zu Boden rangen.

Der Typ, der, wie irgendjemand zu wissen glaubte, Dieter hieß, brüllte herum, auch als er wieder auf seinen eigenen Füßen stand und nur mit den vereinten Kräften dreier Männer zur Wohnung hinausgeschoben werden konnte. Dass ihn der »miese Giftzwerg« beleidigt habe, schrie er, dass er ihm die »Gurgel umdrehen würde« und dass wir alle noch von ihm hören würden, wenn wir gerade nicht damit rechneten. Henry stellte lapidar fest, dass der Rasende, dessen linkes Ohr nicht voll ausgebildet war, sondern quasi nur wie ein rosaroter Kaugummi seitlich am Kopf klebte, unter dem Einfluss von etwas anderem als nur Bier und Cannabis stehen müsse. Er, Henry, tippe zu fünfundsiebzig Prozent auf

Speed. Dazu hätten auch die grotesk geweiteten Pupillen gepasst, aus denen Dieter unaufhörlich hektisch zuckende Blicke in die Versammlung schleuderte.

Zudem war mir sofort klar, dass unser Neuzugang mit einer scharfen Zunge ausgerüstet war.

Den nächsten Zwischenfall verursachte entgegen unser aller Erwartung nicht der windige Jürgen, sondern Tilda. Insgesamt war es eine denkwürdige Veranstaltung, über die ich in mein schwarzes Büchlein später folgende Notiz schrieb: »Altstädter Friedhof in Erlangen, 14. Mai, 10 Uhr 30, meine 35. Beerdigung, die zahlreichen Nachkommen streiten am Grab um den Fernsehsessel des 73-Jährigen.«

Was ich nicht aufschrieb, war das ekelhafte Gerede, das wir uns anhören mussten, als wir den alten Mann im Waldkrankenhaus abholten. Hausmayr hatte mich für diesen Job am Tag vor der Beisetzung angeheuert. Es kam hin und wieder vor, dass er einen zweiten Mann brauchte, um, wie er es ausdrückte, einen Kunden einzusammeln. Unter uns nannten wir diese Dienste, die weit weniger unangenehm waren, als man sich das vielleicht vorstellen mochte, »Eintüten«. Um halbwegs gerecht zu sein, gingen die Aufträge reihum an den harten Kern der Truppe: Lars, Henry, Tobias, Georg-Wilhelm, Richard und ich wechselten uns ab, wenn es fünfzig Mark bar auf die Hand zu verdienen gab.

Nachdem wir den Sarg im Kühlkeller des Krankenhauses auf der Edelstahlplatte eines rollbaren Tisches abgestellt hatten, trat der Hausmeister dicht an Hausmayr und mich heran und senkte die Stimme: »Einwas muss ich euch schon noch zeigen, eh ihr den Kerl mitnehmt.«

Der recht schmale und bleiche Mann, der sich einen grau gesprenkelten blonden Dreitagebart stehen ließ, schritt zur Regalwand mit den gekühlten Schubladen, in denen die Leichname verwahrt wurden. Zielsicher zog er an der quadratischen Frontplatte, welche die Nummer 61 trug, worauf nahezu lautlos ein Schlitten herausfuhr, auf dem unter einem weißen Tuch der Verstorbene lag.

»Schaut euch das an!«, rief er beinahe enthusiastisch und lüpfte schwungvoll das Tuch vom Unterkörper des Toten.

Da ich nie bei der Bundeswehr oder in einem anderen Männersportverein gewesen war, hatte ich bis dahin nicht wirklich oft das Vergnügen gehabt, die Fortpflanzungsapparate meiner Geschlechtsgenossen studieren zu können. Mir fehlte also jeglicher Vergleich, außer natürlich der mit meinem eigenen Pillermann, aber das Gerät, das sich da vor unseren Augen aus dem dunklen Winkel zwischen den Beinen bis beinahe hoch zu den Brustwarzen schlängelte, war in der Tat beeindruckend. Selbst Hausmayr, der mit Sicherheit tausendmal besser die Exklusivität dieses Anblicks einschätzen konnte, sah für eine Sekunde konsterniert drein, doch er besann sich schnell unseres Auftrages und der diesem angemessenen Pietät.

»Schön und gut«, raunzte er den Pfleger an, dessen Augen zwischen uns beiden erwartungsvoll hin- und herwechselten, als hätte er einen Applaus für diese schaustellerische Leistung verdient. »Mir nehma den etz mit, Sie können wieder geh'n, danke.«

Als wir am frühen Nachmittag auf direktem Weg vom Waldkrankenhaus kommend auf dem Friedhof eintrafen, schlug uns aus der Armenecke, wo die Habenichtse, Namenlosen und Vergessenen zur letzten Ruhe gebettet wurden, Geschrei und Lärm entgegen, wie er nur von einem mittelgroßen Menschenauflauf verursacht werden kann. Mit seinem riesenhaften Gemächt hatte dieser notorische Trinker und Lüstling dem Augenschein nach mindestens ein Dutzend Kinder gezeugt, die mit Sack und Pack und vor allem allesamt betrunken am lieblos gebuddelten Grab auf uns warteten. Der Friedhofsdiener hatte einige Mühe, diese Horde in die Kapelle zu scheuchen, wo anstandshalber eine kurze Andacht stattfinden sollte, auch wenn seitens der Verwandtschaft wohl keinerlei Bedarf danach geäußert worden war.

Und dann begann die Beerdigung meiner Sargträgerlaufbahn, bei der am allermeisten schiefging. Weder zuvor noch danach stellten wir uns jemals blöder an. Die Feierlichkeit in der Kapelle war stereotyp und langweilig. Wir warteten der Einfachheit halber gleich hinter dem Vorhang, bis der Geistliche den letzten Segen sprach, die ewig gleiche Parole, die für uns das Signal zum Aufbruch war: »... der Herr schütze deinen Eingang und deinen Ausgang. So lasst uns nun unseren Bruder (oder Schwester) Soundso zu seiner letzten Ruhestätte begleiten.«

Doch diesmal verpassten wir unser Stichwort. Das heißt, *ich* verpasste es, denn ich war der Anführer der Truppe. Tilda hatte es sich wie schon die Male zuvor nicht nehmen lassen, zu uns hinter die Schiebetür zu schlüpfen und aus der Deckung heraus das Publikum zu mustern, nachdem draußen alles erledigt war und der Pfarrer ans Rednerpult trat und das Harmonium die ersten Akkorde anschlug. Wir vier Träger beschäftigten uns während der Ansprache damit, uns gegenseitig noch einmal Krawatten und Hemdkragen geradezurücken, die Schnürsenkel zu kontrollieren und einen todernsten bewegungslosen Ausdruck ins Gesicht zu zwingen wie eine Maske aus Beton.

Ich stand mit dem Rücken zu Tilda, als sie plötzlich wisperte: »Ich muss hier fort«, und schon zur Hintertür in die Kammer des Geistlichen verschwunden war.

Keine zehn Sekunden später riss Hausmayr die Schiebetür zur Seite und scheuchte uns auf.

»Los geht's, nicht einschlafen!«

Wir hatten sogar die Glocke der Kapelle überhört, deren monotones Schlagen unmissverständlich die Endlichkeit aller Dinge beklagte. Ich sprang auf meine Position, vorne rechts in Fahrtrichtung. Als meine Kollegen jeweils ihren Griff in der Hand hielten, nickte ich kurz, und wir hoben die Kiste an. Immer von Neuem fühlte sich unsere Last schwerer an, als wir erwartet hatten. Als ob man unbewusst annähme, dass das Leben selbst einen merklichen Beitrag zum Gewicht eines Menschen leistete, dessen Leiche nach dem Tod folglich weniger wiegen musste.

Sorgfältig vorbereitet stand der übliche Karren vor der Kapelle, etwa hüfthoch und mit schwarzen Tüchern verhüllt. Darauf luden wir den Sarg, um ihn zum Grab zu rollen. Ich hatte Schwierigkeiten, mich auf unsere Choreografie zu konzentrieren, weil ich mich viel lieber auf die Suche nach Tilda begeben hätte. In meiner Verwirrung darüber, dass sie einfach davongelaufen war, gab ich nicht ausreichend acht, der Sarg geriet in eine üble Schieflage, und das große Blumenbukett rutschte vom Deckel. Ich konnte es gerade noch mit dem Rücken abfangen und musste bewegungslos darunter stehen bleiben, bis Tobias es wieder hochziehen konnte. Dieser kleine Lapsus, so hoffte ich, war kaum jemandem aufgefallen, doch nun ging der Salat erst so richtig los.

Der Sargtransportwagen fuhr auf relativ großen Speichenrädern, etwa vom Durchmesser eines Kinderfahrrades. Typischerweise ist eine Achse durchgehend und unbeweglich angebracht, die Räder auf der anderen Seite sind hingegen beweglich, sodass sich das Ungetüm eigentlich leicht lenken lässt. Zwei seitlich verschraubte Handläufe reichen aus, dass vier oder – bei ganz besonders aufwendigen Zeremonien – sogar sechs Begleiter anpacken können.

Die Steuerung des Wagens war nun fälschlicherweise nach hinten geraten, was wir viel zu spät begriffen. Während ich vorne vergeblich zur Seite zog, als es um die Kurve ging, schoben die Jungs hinten fröhlich an und bemerkten nicht, dass sie sich um die richtige Richtung kümmern mussten. Wir rutschten mit Karacho vom Schotterweg und mit einem Vorderrad in den sumpfigen Grasstreifen, hinter dem das größere der beiden Gräberfelder anfing.

Aus der Trauergemeinde, die vollkommen unbeeindruckt weiter zum nicht allzu weit entfernten und am aufgeschütteten Erdhügel erkennbaren Grab spazierte und uns einfach links liegen ließ, löste sich ein älterer Herr. Er ähnelte in mehrfacher Hinsicht Herrn Hausmayr, zum einen, weil er nahezu ebenso breit wie hoch und genauso kastenförmig war, und zum anderen, weil sein Gesicht unterhalb der Nase ein gewaltiger Pornobalken zierte, ein Schnauzbart, so buschig und ausladend wie ein Kehrbesen.

Hausmayr hatte seinerseits mit dem Kreuz in der Hand und dem Pfarrer hinterherstapfend eine Abkürzung quer zwischen den anderen Gräbern hindurch genommen und bereits hinter dem Haufen frisch ausgehobener Erde Position bezogen, über den eine Bahn Plastikrasen ausgebreitet war, dessen Zweck ich im Übrigen nie richtig verstanden habe. Wollte man den Aushub tarnen oder Reste eines Sarges oder sogar menschliche Überbleibsel verbergen, die in der fetten Erde stecken mochten?

Momentan war jedoch jener energische Herr unser Hauptproblem, der nun begann, mit mühsam gedämpfter Stimme auf uns einzuschimpfen.

»Seid ihr komplett bescheuert? Wo zum Teufel wollt ihr hinfahren, ihr Gehirnakrobaten?«

Wir starrten den Mann stumm an, keiner von uns konnte diese Erscheinung einordnen, keiner war imstande oder willens, jetzt und an diesem Ort über unsere Tätigkeit zu diskutieren.

Wir taten einfach so, als ob wir von Anfang an geplant hätten, den Wagen tatsächlich dort abzustellen, packten den Sarg und schleppten ihn hinüber zum Grab, um das sich inzwischen die ziemlich bunt gemischte Trauergemeinde verteilt hatte. Die Grube war – erschwerend zum großen Gewicht, das wir zu tragen hatten – sehr schlecht zugänglich, und so wie Georg-Wilhelm und der Lulatsch Henry die Kiste am hinteren Ende um die Kurve herumwuchteten, wäre eigentlich Szenenapplaus angebracht gewesen!

Die Friedhofsdiener hatten alles nach gutem alten Brauch vorbereitet. An den vier Seiten der Grube bildeten dicke Holzbohlen eine Art Rahmen, an der vorderen und hinteren Schmalseite hatte der Friedhofsdiener jeweils ein Seil über den Schacht geworfen, und neben den Seilen, die leicht durchhingen, lagen die üblichen zwei Balken quer über der Grube; auf diese stellten wir unsere Fracht ab, nachdem wir sie mühsam zwischen Grabsteinen und Blumenkübeln hindurchbugsiert hatten.

»Was macht ihr Blödiane denn jetzt?!«, fuhr uns die Stimme des kastenförmigen Herrn an. Er hatte sich hinter Henrys und meinem Rücken aufgebaut und schien wild entschlossen, das Kommando zu übernehmen – wer auch immer er sein mochte. Hausmayr konnte oder wollte uns nicht zu Hilfe eilen, falls er überhaupt mitbekam, dass am Sarg gestritten wurde.

Henry nahm seelenruhig sein Ende des Seils und fädelte es durch den vorderen Griff der Kiste.

»Die Seile werden nicht durchgefädelt! Das funktioniert nicht!«, fauchte der Mann und streckte tatsächlich schon den Arm aus, um mir das Seil aus der Hand zu reißen.

»Ich mache das jetzt zum tausendsten Mal und lasse mir von Ihnen überhaupt nichts sagen«, fauchte ich zurück. »Das geht Sie jetzt echt einen feuchten Scheiß an!«

»Du Bürschchen, dir werde ich zeigen, wer hier was zu sagen hat …«

»Und auf!«, kam das Kommando von Henry, und wir strafften die Seile.

Prompt geriet der Sarg beim Absenken in eine schwere Schieflage, sodass ich ihn schon überrollen und auf der Seite landen sah.

Unerwartete Unterstützung erhielten wir letzten Endes seitens der verwahrlosten Nachkommenschaft. Denn diese begann, noch während der Pfarrer die letzten Worte sprach, am offenen Grab zu streiten. Es war offensichtlich, dass der Verstorbene von wenig mehr als Sozialhilfe gelebt hatte, aber diese Angewohnheit schien er im Bündel mit einem gewissen Hang zum Alkoholismus und zu den schreienden Farben von Hawaii-Hemden sowie aller Wahrscheinlichkeit nach einer gewissen Auffälligkeit unterhalb der Gürtellinie der Nachkommenschaft vererbt zu haben – Letztere natürlich nur der männlichen.

Wieder erwies sich der kleine rundliche Friedhofsdiener mit dem weißen Haar und der dickwandigen Brille, die seine Augen zu zwei riesigen hellgrünen Klecksen verschwimmen ließ, als der Situation gewachsen; er stach kaltblütig in die rangelnde Meute, um denjenigen, der bereits begonnen hatte, Schläge an seine Blutsverwandten auszuteilen, am Kragen zu packen und in Richtung Ausgang zu schleppen.

Aus dem wilden Geschrei, das nach dem Zugriff des städtischen Angestellten abrupt verstummte, ließ sich erahnen, dass es um den Fernsehsessel des Alten ging, den jeder einzelne Nachkomme für sich beanspruchte, weil man große Mengen Bargeld vermutete, die der Verblichene dort versteckt haben sollte.

Der unfreundliche Herr, der uns zuvor hart zugesetzt hatte, war durch das Handgemenge so sehr abgelenkt worden, dass wir in Ruhe die Kiste bis zum Grund ablassen, die Seile problemlos herausziehen und uns mit der üblichen Verbeugung verabschieden konnten. Als der schnauzbärtige Rüpel sich uns wieder zuwenden wollte, waren wir von der Bildfläche verschwunden.

Stichwort Bildfläche: Wir kümmerten uns, sobald sich der zankende Pulk zum Friedhofstor hinausbewegt hatte, ganz unaufgeregt um die Blumen. Niemand ließ auch nur ein Wort über Tildas Verschwinden fallen, zu sehr waren wir noch damit beschäftigt, den unerhörten Tumult und den rabiaten Herrn zu verarbeiten, indem wir uns zu einer lebhaften Diskussion der Geschehnisse in den Biergarten am Röthelheimpark zurückzogen. Als ich dann noch das Detail von der anatomischen Ausnahmeerscheinung einstreute, die wir heute der Erde übergeben hatten, gab es kein Halten mehr, und alle versuchten sich gegenseitig mit Anekdoten über besonders große oder auch kleine Penisse zu übertrumpfen.

Nun, jedenfalls kam es noch am selben Tag zu einer Aussprache mit Tilda. Als ich gegen sechs Uhr nach Hause zurückkehrte, hatte ich schon ordentlich einen sitzen. Ich musste mich konzentrieren, um meinen Blick scharf zu stellen, denn ein gelber Post-it-Zettel klebte außen an der Tür meines Zimmers: Frau Schönwiesner bittet um Rückruf (Herzchen).

Wir trafen uns zwei Stunden später im Biergarten des *Kaiser Wilhelm* (über den in eingeweihten Kreisen auch gerne als »Ka-We« gesprochen wurde), gleich um die Ecke am Lorlebergplatz. Tilda war bereits da und saß alleine mit einer Flasche Spezi am hintersten Tisch, wo wir uns halbwegs ungestört unterhalten konnten. Ich hatte mir drinnen am Tresen ein Bier geholt und lächelte ihr zur Begrüßung zu, als ich mich setzte.

»Na?«, sagte ich dann. »Was war das denn für eine Aktion heute Morgen?«

Tilda erwiderte kein Wort, sondern zog ihre Geldbörse aus der Innentasche ihrer Jeansjacke und klappte sie vor mir auf.

»Der Kerl, der euch beschimpft hat, war mein Chef«, erklärte sie. »Der Verstorbene war sein alter Kollege, der vor dreißig Jahren oder so entlassen wurde. Weil er einen Junkie zusammengeschlagen hat, wie es heißt. Mein Chef darf nicht wissen, dass ich mich in Erlangen auf den Friedhöfen herumtreibe ... ich kriegte einfach Panik und musste auf der Stelle weg, verstehst du?«

Zwischen uns, in ihrem aufgeklappten Männerportemonnaie, lag ein Polizeiausweis.

Am Nachmittag eine alte und sehr einsame Frau

Esthers Schwester Laura hatte dann knapp zwei Wochen später ihren Einstand, am 26. Mai, einem Dienstag.

Relativ kurzfristig waren wir am Abend zuvor für einen Doppelschlag nach Bruck bestellt worden, gleich zwei Auftritte hintereinander, eine Aussegnung um elf Uhr, um dreizehn Uhr dann eine Erdbestattung. Wir trafen uns um exakt zwanzig nach zehn in der Sebaldussiedlung, in der Staudtstraße, wo ich am Lehrstuhl für Experimentalphysik an meiner Diplomarbeit werkelte. Lars und Henry waren ein paar Minuten zu früh dran und kamen mitten in unsere Gruppenbesprechung hereingeschneit, als es gerade um die potenziellen Beiträge zur Frühjahrstagung der Deutschen Physikalischen Gesellschaft ging. Es gab ein großes Hallo, als zwei Mann im schwarzen Anzug dazwischenplatzten, aber ich sparte mir alle Erklärungen und sagte nur, ich müsse los, und schon waren wir verschwunden. Jürgen Nacke trafen wir gleich draußen vorm Institut, und bereits um halb elf waren wir auf dem Friedhof. Bis Hausmayr eintraf, standen wir etwas verloren draußen vor dem schönen alten Friedhofsgebäude mit der dreiflügeligen Front herum, das ein wenig an einen Bahnhof aus der Gründerzeit erinnerte – und in gewisser Hinsicht auch eine ähnliche Funktion hatte.

Laura war fast zeitgleich mit uns in der Kapelle eingetroffen und hatte mit ihrem freundlichen Lächeln und ihrer sommersprossigen Stupsnase auf mich einen sehr sympathischen Eindruck gemacht. Mir war überhaupt nichts aufgefallen, doch aus einem mir rätselhaften Grund regte sich Jürgen, kaum dass wir vier Träger uns um die Ecke hinter die Kapelle verzogen hatten, schrecklich auf.

»Was ist das schon wieder für eine Scheiße?!«, polterte er.

Ich zog ihn am Ärmel in eine kleine Rumpelkammer an der Rückseite der Sakristei, im Kabuff nebenan saßen der Pfarrer und der Friedhofsdiener bei offen stehender Tür und rauchten.

»Spinnst du jetzt schon wieder?«, fragte ich mit möglichst ruhiger Stimme.

»Die neue Tante, die du da angeschleppt hast, hat nen Buckel!«

Ich stutzte und rief mir Lauras Gestalt vor Augen, wie sie gerade draußen am Blumenwagen stand und in einwandfreier schwarzer Kluft die Sträuße auf dem Wagen stapelte, als hätte sie im Leben nie etwas anderes getan. Ja – Jürgen hatte richtig gesehen, ich hatte nur unterbewusst registriert, dass etwas nicht stimmte mit Lauras Oberkörper, der irgendwie zu kurz geraten war im Verhältnis zu ihren wirklich langen und dünnen Beinen.

»Und selbst wenn es so wäre – was spielt das für eine Rolle? Was geht dich das an?«, entgegnete ich.

»Sehr wohl geht mich das was an! Schließlich erwarten die Leute, dass wir gut aussehen, und da passt wohl eine verwachsene Hexe überhaupt nicht dazu.« Jürgen fauchte seine Worte in mein Gesicht, als hätte ich ein unvorstellbares Sakrileg begangen.

Doch mir ging das jetzt endgültig zu weit, viel zu weit. »Das sagst ausgerechnet du? Du bist doch selber alles andere als ein Adonis mit deiner Kartoffelnase und deiner Wampe. Und im Übrigen: Ich bestimme, wer hier aufkreuzt, und nicht du. Klar?«

Lars drängte sich zur Tür rein. »Was ist los? Gleich sind die Duschner und der Hausmayr hier.«

Ich erklärte kurz und knapp, was das Problem war: »Herr Nacke findet es geschmacklos, dass wir ein Blumenmädchen mit verkrümmter Wirbelsäule auf dem Friedhof beschäftigen.«

Jürgen schnaubte und spuckte in eine Ecke. Lars hob die Augenbrauen, sein Mund klappte auf und wieder zu. Er mochte Jürgen sowieso noch weniger als ich.

»Du Lutscher bist wohl nicht mehr ganz dicht! Die Leute müssen sich in der Regel mit vier besoffenen alten Deppen abfinden, denen das Hosentürchen offen steht und die ständig Gefahr laufen, mitsamt dem Sarg in die Grube zu stolpern! Wieso sollte jemand Anstoß nehmen an einer hübschen Lady, die halt ein bisschen einen krummen Rücken hat?«

»Weil das ein Mordsbuckel ist! Als säße unter dem Umhang eine schwarze Katze auf ihrer Schulter!«, ereiferte sich Jürgen.

»Was studierst du – Mythologie oder Jura? Reaktionäres Arschloch ...«

Lars, der einen Kopf kleiner und zwanzig Kilo leichter war als sein Kontrahent, schickte sich an, Jürgen an die Gurgel zu springen. Aber da standen schon Frau Duschner und Hausmayr hinter uns und riefen uns ein fröhliches Hallo zu.

Frau Duschner interessierte sich nur für uns, ihre Jungs. Zu unserem neuen Blumenmädchen bemerkte sie bloß, dass sie dem Ort und dem Anlass sehr viel angemessener gekleidet sei als ihre Vorgängerin, deren laszive Art ihr nicht geschmeckt habe. Frau Duschner selbst war freilich souverän genug, um dem schönen Wetter einen schwarzen Minirock mit Rüschen, eine in weiten Teilen durchsichtige schwarze Bluse und fünfzehn Zentimeter hohe Stilettos entgegenzusetzen.

Hausmayr brabbelte gut gelaunt über Leute, die nicht in der Lage seien, sich ordentlich zu rasieren oder ihre Schuhe zu putzen. Das übliche Hintergrundrauschen, nicht von Belang. Der berüchtigte Nachmandl, ein städtischer Friedhofswärter und bekannt als Chef der Trägermafia vom Zentralfriedhof, war noch dabei, das Grab auszuheben. Er stand unten in der Grube, als wir diese besichtigten, und schnaufte demonstrativ, um seine Verachtung für das schwachbrüstige Studentenpack zu zeigen. Das Grab war immerhin flach (es würde also kein Problem mit der Länge der Seile geben), aber eng und ungünstig gelegen, mitten zwischen anderen Gräbern, weitab vom Weg, und es boten sich nur schmalste Durchgänge an, zudem ein maximal schwieriger Aufstieg zu den Bohlen, die auf einem kastenartigen Gestell lagen.

Darüber hinaus zeigte uns ein probeweises Anheben des Sarges, dass der verstorbene Mann, der nachmittags an der Reihe war, immens schwer war, mindestens zwei Zentner. Wir standen etwas betreten im Kreis herum, bis Lars die Stille brach, indem er seine Gedanken in drei Worten zusammenfasste: »Saudumm, dieses Grab!«

Das war Hausmayrs Stichwort, und er nutzte seine Chance, den großen Beerdigungsstrategen zu markieren: Er legte die Mappe mit den amtlichen Papieren, die wahrscheinlich den Sarg darstellen sollte, auf einen Granitblock, richtete sich zur vollen Größe von einem Meter fünfundsechzig auf sowie das imaginäre Grab in Ost-West-Richtung aus, also in die gleiche Richtung, in die er früher militärisch gedacht hatte. Mit seinem dicken Zeigefinger deutete er U-förmige Marschrichtungen, Sarg-Wendekreise, Blickschneisen, Kopf- und Stein-Positionen an. Derweil stand er da, mit zusammengeschlagenen Hacken, und fuhr mit der flachen Hand und gestreckten Fingern auf und ab, als ob er die Luft wie Brennholz zerhacken wollte. Nachdem er seinen Schlachtplan erläutert hatte, gab er Befehle aus, die wir aber zum überwiegenden Teil schon vergessen hatten, ehe die Show überhaupt begann.

Die Aussegnung, die als Erstes an der Reihe war, verlief absolut problemlos, quasi zum Aufwärmen. Doch hatte auch dieser Job seine Besonderheit, nämlich einen ziemlich auffälligen Pfarrer, der einen unwahrscheinlich langen Hals hatte (als ob sich heute alle Freaks in Bruck verabredet hätten). Er war noch jung, trug eine Brille und hatte sich exakt in der Mitte seines Kopfes einen scharfen Scheitel gezogen, vom Nacken bis zur Stirn, als wäre sein rötliches Haar das Meer, das Moses auf der Flucht vor den Ägyptern teilte.

»Mich laust der Affe!«, wisperte mir Lars ins Ohr, als wir in der letzten Bank saßen und dem »Lobet den Herren« der Gemeinde lauschten. »Ein eins-a Peniskopf!«

Nur mühsam konnte ich meinen Lachkrampf unter Kontrolle bekommen. Zu allem Überfluss hatte der Geistliche auch noch einen brutal fränkischen Zungenschlag, der ihm eine kindliche Aura verlieh: Er formte Worte wie »unserna Gebetna« und »Menschna sterbna an Grangheitna«. Zudem hatte er sich auch fast fünf Minuten zu spät materialisiert, wofür er sich bei der Gemeinde mit der Begründung »ein kleiner Stau auf der Autobahn« entschuldigte. Um unmittelbar anschließend mit dem üblichen »Im Namna des Vaters ...« fortzufahren.

Wir trugen den Sarg direkt aus der Kapelle zum Auto, und ab ging's mit dem Verblichenen ins Krematorium nach Regensburg, wo eine Einäscherung trotz des Aufwands für den Transport billiger war als in Nürnberg.

Nach dem ersten Akt verzogen wir uns in eine Bäckerei, wo ich hastig ein Schokoladen-Croissant verdrückte und einen brühend heißen Kaffee hinterherkippte, ohne recht darauf acht zu geben, was ich zu mir nahm. Die Gedanken in meinem Kopf kreisten um die Auseinandersetzung mit Jürgen Nazi-Nacke.

Es war meinem Ärger über ihn geschuldet, dass ich mir gerade mal den Namen und die wichtigsten Daten des Verstorbenen merken konnte, der in dieser Minute bereits auf der Autobahn unterwegs war, mit Hausmayr am Steuer des Leichenwagens. Es hatte sich um einen Herrn Karl Wahnfried gehandelt, katholischen Glaubens, geboren am 9. August 1921, gestorben am 23. Mai 1992.

So wie sich Jürgen benommen hatte, entschied ich im Stillen, wäre es am besten, sich umgehend von ihm zu verabschieden. Ich hatte zwei Möglichkeiten. Entweder ihm frank und frei zu sagen, dass er untragbar geworden war, oder das Problem auszusitzen und ihn einfach nicht mehr anzurufen, bis er von alleine merkte, dass es aus war. Ich wusste von Vorneherein, dass ich Letzteres tun würde, weil ich ein Feigling war.

Diese Veranstaltung würde mir in unangenehmer Erinnerung bleiben, aber der Einsatz am Nachmittag schaffte es, noch denkwürdiger zu werden, sodass die Querelen im Team dagegen verblassten. Denn bei der Erdbestattung war Tilda wieder am Start, und wir stießen auf etwas, das wirklich alles andere als in Ordnung war.

***

Am Abend, als sich mir Tilda offenbarte, saßen wir über zwei Stunden im Biergarten.

»Ich will herausbekommen, was in dieser Stadt vor sich geht«, sagte sie schließlich. Und dann zog sie eine Zeitung aus der Innentasche ihrer schwarzen Lederjacke, auf die ich ein wenig neidisch war. Sie entfaltete das Blatt und strich es auf dem Tisch glatt.

»Hier, das ist die Grundlage meiner Ermittlungen.«

Ich betrachtete die Seite aus den *Erlanger Nachrichten*. Mit rotem Stift waren ein halbes Dutzend Termine in der Liste der Bestattungen der nächsten Tage umrandet.

»Mehr als zwei oder drei pro Woche schaffe ich nicht. Ich checke die Anzeigen, wie viele Angehörige aufgeführt sind. Je weniger, desto geringer das Risiko des Täters.«

»Das ist nichts weiter als eine Arbeitshypothese, richtig?«

»Nenne es, wie du willst. Mehr habe ich nicht.«

Es ist nicht so, dass ich damals ohne Vorurteile gegen die Polizei gewesen wäre. Ich war jung und Student, demzufolge hielt ich den Staat für eine Diktatur des militärisch-industriellen Komplexes sowie die Vertreter des Rechtsstaates sämtlich für brutale Faschisten. Natürlich waren das alles Vorurteile und abstrakte Floskeln, persönlich war ich noch nie mit dem Gesetz in Konflikt gekommen, noch nicht einmal mein Führerschein war jemals kontrolliert worden. Doch was mir Tilda über ihren Chef erzählte, fand ich dann doch schockierend.

»Kurz nach Neujahr ist da dieses Ehepaar bei uns im Präsidium aufgetaucht«, so begann sie ihren Bericht. »Sie leben in Nürnberg, weshalb sie auch bei uns im Präsidium am Jakobsplatz vorstellig wurden, doch die Mutter der Frau hatte alleine in Erlangen gewohnt, zwei Zimmer, Küche und Bad in der Drausnickstraße. Die alte Dame sei noch rüstig gewesen, berichteten sie, und alleine gut klargekommen, doch in der Woche vor Weihnachten sei sie drei Tage lang nicht ans Telefon gegangen. Sie fanden sie tot im Wohnzimmer liegen, auf dem Fußboden. Der Hausarzt hatte von einem Herzschlag gesprochen, was nicht überraschend war. Die alte Dame hatte seit Jahren Herzrhythmusstörungen gehabt und die verschiedensten Medikamente genommen.«

Die Eheleute hätten des einsamen Todes der Mutter wegen zunächst ein schlechtes Gewissen gehabt, doch dann einen schrecklichen Verdacht geschöpft, als sie sich schweren Herzens daranmachten, die Wohnung in der Nachbarstadt zu räumen, und eben auf keinerlei Wertsachen stießen. Bargeld, Schmuck, Gedenkmünzen – nicht ein Krümelchen fanden sie.

»Und mein Chef!?«, fuhr Tilda fort. »Der spricht von ›überspannter Phantasie‹ und dass die Leute erst einmal ihre Trauer verarbeiten sollten und dass die Idee, es hätte ein Gewaltverbrechen gegeben, völlig an den Haaren herbeigezogen sei. Der entblödet sich nicht, mir zu erklären, dass man ›jedes Jahr in hunderttausenden Fällen‹ ermitteln müsste, wenn man jedes Mal, sobald eine alte Frau allein in der Wohnung stirbt, ein Verbrechen vermutet.«

Ihr Vorgesetzter blockte systematisch jeden Anlauf ab, der Sache offiziell nachzugehen. Er verweigerte ihr die Erlaubnis, alle Leute, die unmittelbar nach dem Tod der alten Dame in der Wohnung gewesen waren, gründlich zu befragen.

Er argumentierte, dass die Wohnungstür keine Spuren eines Einbruchs aufgewiesen habe und der Arzt an der Toten keinerlei Hinweise auf körperliche Gewalt habe feststellen können. Tildas Einwand, die alte Dame könnte doch den Täter selbst hereingelassen haben und nur eine Obduktion könne zweifelsfrei Fremdeinwirkung ausschließen, wurde brüsk abgewiesen: »Die Diskussion ist hiermit beendet, Ober sticht Unter – das ist Ihnen doch klar, Frau

Schönwiesner? Und lassen Sie mich künftig mit Ihren Miss-Marple-Phantasien in Ruhe, sonst lernen Sie mich von meiner unangenehmen Seite kennen.«

Es wurde ihr in den folgenden Wochen von Kollegen zugetragen, dass der Kriminaldirektor offen davon sprach, Frauen im Polizeidienst seien grundsätzlich Blödsinn, sie seien alleine schon emotional völlig ungeeignet für die harte Polizeiarbeit und sollten sich besser um Kinder und Küche kümmern. Es war nicht im Geringsten tröstlich, dass wenigstens von Kirche keine Rede war.

Zunächst einmal war ich baff und hatte Mühe, das soeben Gehörte zu verarbeiten. »Und du bist tatsächlich bei der Kripo – also Mordkommission oder was?«, fragte ich.

»Wenn du noch mehr so unfassbar scharfsinnige Einsichten hast, kannst du für den Nobelpreis kandidieren.«

»Wie schlau muss man sein, um Kriminalkommissarin zu werden?«

»Noch so eine blöde Frage! So schlau, wie es eben nötig ist.«

»Eines möchte ich aber noch wissen: Hast du deine Knarre dabei?«

»Jetzt hör mir mal gut zu«, sagte sie in mindestens um drei Grad ruhigerem Tonfall, ohne weiter auf die Waffenthematik einzugehen. »Ich ermittle auf eigene Faust, weil ich fest davon überzeugt bin, dass an der Geschichte des Ehepaares etwas dran ist. Und ich könnte dabei wirklich Hilfe gebrauchen. Wenn es einen Mörder gibt, will ich ihn überführen und hinter Gitter bringen. Deswegen bin ich Polizistin geworden.«

Es gebe, so setzte sie mir ausführlich auseinander, noch weitere Hinweise. In Erlangen war im März ein ähnliches Vorkommnis ruchbar geworden. Das hatte Tilda unter der

Hand von einer Kollegin, die sie noch von der Polizeischule her kannte, in Erfahrung gebracht. Ein Mann aus Berlin, der in der Wohnung seiner abgeschieden lebenden Mutter eine Münzsammlung vermisste. Auch die Erlanger Beamten hatten dem Sohn keinen Glauben geschenkt, woraufhin dieser enttäuscht und eingeschüchtert die Dienststelle verlassen und sich nie wieder gemeldet hatte.

Tilda hatte, erklärte sie, ihrem Chef gegenüber behauptet, sie müsse zur Krankengymnastik, wegen eines Rückenproblems. Die Praxis, an die man sie überwiesen habe, sei sehr gefragt, die Termine bekomme sie immer nur kurzfristig, und nach spätestens zwei Stunden war sie stets wieder zurück im Polizeipräsidium am Jakobsplatz in Nürnberg. In dieser Zeit fuhr sie dann so schnell sie konnte nach Erlangen zu den verschiedenen Friedhöfen und mischte sich anfangs unter die Trauergäste, bis sie bei uns die Rolle der Blumenfrau übernommen hatte.

Es war klar, dass sie nicht offiziell Akten zu den Todesfällen anfordern konnte. Aber sie ging ins Archiv der *Erlanger Nachrichten*, studierte die Zeitungen, sammelte die Todesanzeigen aus den letzten sechs Monaten, glich sie mit den Polizeiberichten ab, auf die sie Zugriff hatte. Meistens hatte der Hausarzt den Totenschein ausgestellt, aber bisweilen stieß sie auf Fälle, wo die Gerichtsmedizin eingeschaltet worden war. Stets mit dem Ergebnis: »Todesursache unbekannt«. Nirgendwo der kleinste Hinweis darauf, dass ein hypothetischer Bösewicht nachgeholfen haben könnte.

Bis wir, als hätten wir mit unserem Gespräch den Weltgeist herausgefordert, prompt über etwas stolperten, das nur schwer in das Konzept eines Sterbens aufgrund natürlicher Ursachen passen wollte.

***

Doch zurück zum zweiten Akt des Doppeleinsatzes in Bruck. Nach dem Mittagessen in der Bäckerei waren wir wieder pünktlich vor Ort, überpünktlich sogar. Der Friedhof lag verlassen da, alle Türen der kleinen Kirche waren verschlossen, und wenn nicht im Hintergrund der Verkehr auf der A73 gelärmt hätte, wäre es totenstill gewesen. Wir dachten schon, es würde dort überhaupt keine Trauerfeier stattfinden, da sich irgendjemand womöglich in der Zeit oder dem Ort oder beidem geirrt hätte. Und gerade noch rechtzeitig, als wir schon wieder aufbrechen wollten, um auf bloßen Verdacht hin Steudach anzusteuern, tauchten die ersten Gäste auf.

Ich übernahm in allgemeinem Einverständnis das Amt des Kreuzträgers. Die Angehörigen versammelten sich, dann traf auch der Pfarrer ein, den wir schon von anderen Bestattungen kannten: der fassleibige, weißhaarige Evangele mit der roten Hornbrille, deren dicke Gläser mit seiner Erscheinung harmonierten. Er ließ Gesangsblätter austeilen und deponierte seine schwarze Kappe für nachher, wenn wir den kurzen Weg unter freiem Himmel zurücklegen würden, in einem Fach unter dem Lesepult (was nur ich als Kreuzträger beobachten konnte).

Kurz zuvor, als Hausmayr uns den Sarg mit der Verstorbenen zeigte, hatten Tilda und ich die wenigen unbeobachteten Minuten genutzt und uns die Tote aus nächster Nähe gründlich angesehen. Tilda auf einer Seite, ich auf der anderen – da entdeckte ich zwei Pflaster, eines hinter dem Ohr des Leichnams und das andere, das ich beinahe übersehen hätte unter der grauen Dauerwelle, die wahrscheinlich erst ein paar Tage alt war, hinten am Nacken.

»Schau dir das an«, sagte ich aufgeregt, »hier ist echt was faul. Diese Pflaster stammen nicht von uns.«

»Was ist drunter?«, fragte Tilda, indem sie sich neben mich drängte.

»Nicht anfassen!« Doch meine Warnung kam zu spät.

»Das sind Schnitte! Oder Kratzer – die gehören da definitiv nicht hin, womöglich Verletzungen vom Kampf mit dem Mörder ...«

»Wir müssen hier jetzt weg. Hörst du nicht? Es geht los.«

Und tatsächlich erstarb das Gemurmel draußen hinter der Schiebetür, und das Harmonium knarzte, als sich der Musiker davor niederließ.

»Da steckt was im Ohr. Und da ist eine rötliche Kruste ...«

»Hausmayr, er kommt!«, flüsterte ich eindringlich, packte Tilda am Oberarm und zog sie heftig fort.

Im selben Augenblick kam auch schon unser Chefbestatter herein und griff, ohne lange zu zögern, nach dem Sargdeckel.

»So, ihr zwei Vögerl«, verkündete er aufgeräumt, »auf geht's mit'm Gschichterl. Da, hilf mir mal, der Deckel gehört auf den Topf!«

Es handelte sich um eine gewisse Hertha Schmitt, geboren 1915 in Stettin, die, so der Pfarrer, »sehr früh die Geschwister und die Eltern verlor« und dann im weiteren Leben Vertreibung und Krieg (oder umgekehrt) zu durchleiden gehabt hatte. Sie hatte über dreißig Jahre lang in Hamburg bei Verwandten gelebt, ehe die Heirat mit Herrn Schmitt stattfand, dem sie dann nach Erlangen folgte. Ich rechnete gleich nach und stutzte: Von 1945 bis 1975 sind es dreißig Jahre, damals war sie also schon sechzig Jahre alt! Ein stolzes Alter für die erste Hochzeit, aber genau genommen kannte ich mich nicht aus in solchen Angelegenheiten.

Ich stand da vorne, starrte entweder das silberne Kreuz vor meiner Nase an – auf dem ein Lamm modelliert war, das aussah, als sei es von zahllosen Kugeln aus einem Maschinengewehr durchlöchert worden, und auf dem sich die drei runden Knöpfe befanden, welche die Köpfe der Nägel im Fleisch des Gekreuzigten andeuten sollten, – oder ich glotzte auf den Boden und musterte dort intensiv die Dreckspuren und Blumenblätter, die von der vorangegangenen Trauerfeier zurückgeblieben waren. Diese auf den großflächig, verschiedenfarbig gefliesten Boden hingerotzten Reste erschienen mir wie ein Sinnbild für das ewige Rein und Raus in dieser Halle, die schon unzählige Tote beherbergt hatte und in Zukunft noch viel mehr beherbergen würde; diese Halle, die schon Tausende und Abertausende Trauernde betreten hatten, die meisten ein Häuflein Elend, tränenüberströmt, in schwarze Stoffe gehüllt, mit leeren Blicken.

Jetzt AC/DC hören, schoss es mir durch den Kopf, warum auch immer, und plötzlich begannen alle zu singen, und zwar ein hinreißend schönes Lied namens *Komm, gib mir Deine Hände* oder so ähnlich, das mein Herz schlagartig mit Rührung erfüllte, sodass ich den Wunsch zu weinen empfand und mutmaßlich ganz selig-verklärt aus der Wäsche und stur in die Ferne jenseits der geschlossenen Tür der Kapelle schaute – die wunderbarste Schmerzenssüße empfand ich!

Doch zurück zu Frau Schmitt. Der Ehemann starb schon nach fünf Jahren, und die Konsequenz hieß für sie, offenbar weil sie sich vom Leben nichts mehr erwartete, ins Seniorenheim zu ziehen. Sie war dort sehr aktiv, »unternahm noch eine Reise«, »aber eine schreckliche Krankheit« ereilte sie, gab der Pfarrer bekannt, und am Ende starb sie nach neun Tagen Krankenhausaufenthalt. Ein Leben wie viele, wenn nicht unendlich viele andere. Einmalig und doch absolut unbedeutend.

Zu den übrigen Umständen notierte ich später: »Es waren zwei Männer und vierzehn Frauen (alle uralt) als Trauergäste anwesend. Während der gesamten Dauer der Zeremonie donnerte es, und schwül war's, als ob der Herr einer brodelnden Unterwelt schon seine treue Dienerin erwartete!«

Zu meiner großen Enttäuschung war Tilda bereits wieder abgedüst, als ich in Begleitung des Pfarrers zurück in die Sakristei kam und das Kreuz an seinem üblichen Ort in der Nische neben einem der Schränke abstellte.

Die anderen warteten draußen auf der Straße auf mich. Lars drückte mir das Bündel Geldscheine in die Hand, das ich mir verdient hatte. Das Gespräch drehte sich um den Bombenanschlag in Italien, der einige Tage zuvor auf einen Untersuchungsrichter verübt worden war.

»Wie ist das nun? Ist diese Mafia in Italien so was wie die RAF?«

»Nein, ich glaube, eher von der anderen Seite.«

»Aber doch gegen den Scheißstaat?«

»Stimmt auch wieder ... Immerhin: eine halbe Tonne Sprengstoff, hieß es, hätten sie gezündet, ferngesteuert unter einer Autobahn.«

»Unvorstellbar! Aber lasst uns jetzt schnell ein Bier trinken gehen, ich habe Durst von dem Staub.«

Später, vor dem Zubettgehen, hörte ich die Nachrichten im Nachtprogramm. Es wurde immer noch von dem Anschlag in Italien berichtet. Was mich persönlich am meisten beschäftigte, war die Frage, wie sie den armen Kerl von Staatsanwalt wohl bestattet hatten. In meinem Gehirn jagten sich die unterschiedlichsten Gedanken: der atomisierte Staatsanwalt, die Auseinandersetzung mit Jürgen wegen Laura, die Pflaster am Nacken der Toten und darunter die Schnitte, Tilda und ihre verbissene Suche nach einem Serienmörder, den es vielleicht gar nicht gab. Das war zusammengenommen alles ein bisschen viel für den Moment, und langsam kroch die Befürchtung in mein Bewusstsein, dass ich mich inzwischen zu sehr in die morbide Welt der Toten hineingesteigert hatte.

Um das Chaos in meinem Kopf abzustellen, legte ich eine Kassette in den Radiorecorder und startete mein derzeitiges Lieblingslied. *Nothing compares 2 U*, gesungen von Sinéad O'Connor, der Frau mit dem provokanten Kurzhaarschnitt, die auf dem Plattencover mit stahlblauen Augen am Betrachter vorbei in die Unendlichkeit blickte. Na ja, von dieser kleinen Leidenschaft hatte ich vorsichtshalber keinem meiner Freunde erzählt, auch ein Punker durfte ja wohl ein Geheimnis haben, oder nicht?

Nebenan ein Kind

Es ließ sich kaum vermeiden, dass wir mit der Zeit anfingen, uns Gedanken zu machen, wie all die Verstorbenen, die wir zu Grabe trugen, gewesen waren, als sie noch gelebt hatten. All diese alten und uralten Menschen waren ja auch einmal jung gewesen, und ich versuchte sie mir als Kinder oder als Jugendliche vorzustellen. Umgekehrt fragte ich mich: Wie hatten die Verstorbenen sich eigentlich ihr Leben vorgestellt, damals, als es losging? Was wollten sie erreichen und was davon wurde wahr? Wobei bei den meisten Angehörigen der Generation, die buchstäblich durch unsere Hände ging, alle Hoffnungen und Wünsche erst einmal von Krieg, Flucht und Vertreibung vom Tisch gefegt worden waren.

Für meinen neununddreißigsten Einsatz ging es hinunter nach Bruck, wobei ich auf dem Fahrrad den Weg durch das Gewerbegebiet südlich der Felix-Klein-Straße nahm und die rauschende A73 auf der Fußgängerbrücke querte, um direkt am beschaulichen Kirchhof herauszukommen. In der Aufbewahrungs- und Aufbahrungshalle war neben unserem Toten auf zwei Holzblöcken ein Kindersarg aufgestellt. Es war das erste Mal, dass ich so eine kleine, schneeweiße Kiste im echten Leben sah. Wir wussten, dass ein Kind darin lag, cin ganz klcincs, vielleicht nicht einmal drei Jahre altes Kind, und dann saßen da die Eltern im Schatten des Portals. Oder zumindest zwei Leute, die ich für die Eltern hielt, einen Mann und eine Frau, relativ jung, mit scheuen Blicken und linkischer Haltung, zwei Menschen, die nicht im Geringsten begreifen konnten, was geschehen war, warum sie sich nun an diesem Ort wiederfanden. Zum ersten Mal war ich froh, dass keines der Blumenmädchen dabei war.

Während wir etwas ratlos und eingeschüchtert vor der Halle herumlungerten und die Sonne auf den staubigen Boden einschien, als bekäme sie's bezahlt, marschierte Hausmayr energiegeladen auf und ab, wie ein Soldat auf Wache. Wir kannten ihn inzwischen gut genug, um zu wissen, dass seine menschlichen Gefühle, die ihm peinlich waren, in ihm einen übersprunghaften Bewegungsdrang erzeugten, den er nicht unterdrücken konnte.

Und aus dem einzigen Grund, weil mich das wahnsinnig machte, fragte ich ihn, wie ein Kindersarg eigentlich ins Grab befördert wird. Hausmayr freute sich, mit Fachkenntnissen protzen zu können, und nahm Habachtstellung ein. Er berichtete stolz, dass er das praktisch komplett alleine erledigen könne. Nur beim Ablassen ins Grab müsse der Friedhofsdiener, der ja sowieso immer anwesend sei, an einem Seil mit Hand anlegen. Ich wusste damit mehr, als ich noch vor einer Stunde hatte wissen wollen. Sehr lebhaft konnte ich mir vorstellen, wie Hausmayr den Kindersarg wie eine Umzugskiste packen und auf das Podest wuchten würde. Vor meinem inneren Auge sah ich Hausmayr anschließend mit dem Kindersarg auf dem gebeugten Rücken zum Grab marschieren, und ich versuchte, rasch ein anderes Gesprächsthema zu finden.

»Und wen verarzten wir heute?«, fragte ich, aber Hausmayr tigerte bereits wieder vor der Kapelle hin und her.

Doch dann ging es auch bei uns endlich los, und wir hatten eine Aufgabe, auf die wir unsere geistigen Kräfte lenken konnten.

Meine Notiz zu unserer Bestattung lautete: »Der Radiologe Dr. Gunnar Deibl, Jahrgang 1940, nur vier Jahre jünger als mein Vater. Als ich den Lieferschein studierte, verlas ich mich, dachte, hier wäre einer ins Jenseits hinübergewechselt, der ›Debil‹ geheißen hatte, und grübelte bereits, wie schwer ein Leben mit einem solchen Nachnamen gewesen sein musste. Henry las den Zettel sorgfältiger als ich und korrigierte mich.«

Dr. Deibl hatte 1969 (mein Geburtsjahr) geheiratet und drei Kinder gezeugt – zwei Söhne und eine Tochter. Das Familienleben schien nicht besonders glücklich gewesen zu sein. Der ältere Sohn hatte vor etwa fünf Jahren unter Zuhilfenahme eines Föns in der Badewanne Selbstmord verübt, der andere Sohn schlenderte hinter dem Sarg einher und fiel uns durch sein schnöselhaftes Auftreten auf: Angetan mit Sonnenbrille und Geckenjacke bewegte er sich so, als sei er der Star dieser Veranstaltung. Seine Schwester wirkte wie das, was wir uns unter einer missratenen Tochter aus gutem Hause vorstellten: ramponierte Sandalen, beeindruckend lange, aber verfilzte Haare, ebenfalls eine Sonnenbrille wie ein Hollywoodstar, ein schlechtes Tattoo am Knöchel und Dutzende Hippieketten um den Hals. Alle zwei Minuten gähnte sie gelangweilt, ohne es für nötig zu erachten, die Hand vor den Mund zu halten.

Zu allem Überfluss saß in der zweiten Reihe, gleich hinter den insgesamt acht weiblichen und zwei männlichen Familienangehörigen, eine Frau mittleren Alters, deren knallrot bemalte Lippen ständig lasziv offen standen und deren langer und enger schwarzer Rock bis zu den Arschbacken geschlitzt war. Eine Geliebte des Radiologen? Die Chefsekretärin, die er regelmäßig in sein Ordinationszimmer zitiert und auf dem Schreibtisch vernascht hatte? Eine langjährige Stammprostituierte? Doch es war müßig, sich über solche Dinge den Kopf zu zerbrechen ...

Der freikirchliche Redner hielt es für angebracht zu erwähnen, dass der Tote ein vertrauensvolles Verhältnis zu seiner Frau gehabt habe und ein »enges und freundschaftliches« zu seiner Mutter. Diese uralte Frau war auch anwesend, und sie war die Einzige, die wirklich litt, denn sie beerdigte heute ihr drittes und letztes Kind. Sie tat mir unendlich leid. Wir erfuhren, dass der Röntgenarzt leidenschaftlicher Modellflieger und Freund prähistorischer Schriften sowie vorchristlicher Kulturen gewesen war.

Dr. Gunnar Deibl verstarb in der Nacht von vergangenem Montag auf Dienstag, einen Tag, nachdem er mit seiner Frau den fünfundzwanzigsten Hochzeitstag gefeiert hatte, standesgemäß bei einem Verkehrsunfall in seinem Porsche. Der Redner, ein großer, blonder Mann, der uns schon ein oder zwei Mal zuvor untergekommen war, fasste den Charakter des toten Radiologen in einem Satz zusammen: »Er war nicht jedermanns Freund, aber seine Freunde konnten sich völlig auf ihn verlassen.«

***

Da wir alle mit dem Fahrrad angereist waren, bildeten wir ein Rudel und strampelten durch die Innenstadt zum *E-Werk*, wo wir in unserer schwarzen Kluft wie eine Rockergang in den Biergarten einfielen. Tilda fuhr mit dem Auto voraus. Sie wirkte zuversichtlich und leutselig, so als hätte sie einen Grund zur Freude, den sie mir allerdings verschwieg.

Dann wurde mit den beschlagenen Gläsern angestoßen, und Egidius hielt uns spontan einen kleinen Vortrag über seine Sicht der Welt. Mit besonderem Schwerpunkt auf die zwischenmenschlichen Gefühle – das heißt, eigentlich hatte ich diesen Gegenstand »aufs Tablett« gebracht.

Ich hatte nämlich laut darüber nachgedacht, woher es kommt, dass wir über die Maßen betroffen sind, wenn Kinder sterben. Es sei nicht die Trauer um das Kind, das nie ein Leben führen würde, behauptete ich, und auch nicht die ständig präsente Mahnung an das eigene Ende. Es seien die Spiegelneuronen, die den Schmerz der Eltern, der kaum zu bemessen ist, direkt in unsere eigenen Köpfe übertrugen.

»Nur Zufall – reine Stochastik!«, meldete sich Egidius zu Wort und legte Nachdruck in seine Stimme. »Viel entscheidender finde ich, dass es so etwas wie ein Abklingverhalten von Gefühlen gibt. So wie das Abklingen von Leuchtvorgängen, in Atomgasen mit Lasern und so.«

Zu unser aller Verblüffung mischte sich hier Tilda ins Gespräch. »Du meinst, dass alle Gefühle irgendwann auch nachlassen? Aber können sie sich nicht auch gegenseitig verstärken, bis es eine Katastrophe gibt? Wenn zwei Leute nur lange genug etwas füreinander empfinden? Oder auch gegeneinander?«, fragte sie mit großer Ernsthaftigkeit.

Plötzlich waren alle in bester Feierlaune, hatten Lust, Witze zu machen und, angefeuert vom Alkohol, hochgebildeten Unsinn zu reden.

»Und?«, fragte ich Tilda in gedämpftem Ton, sodass es keiner mitbekam. »Was Neues?«

»Ne, nix«, sagte sie schnell und wandte sich wieder dem Gespräch der anderen zu.

»Ich denke«, meldete sich Henry zu Wort, »man kann das Mitfühlen nie abschalten, weil das fest verdrahtet ist im Gehirn, wie eine Telefonleitung.«

Tilda ließ das nicht gelten: »Es gibt ja schon immer Leute, die das abschalten können, diese instinktiven Regungen. Schau dir doch all diejenigen an, die in der Anatomie oder in der Rechtsmedizin arbeiten! Wie seelenruhig und nüchtern die ihre Leichen zerschnipseln! Es wäre sicherlich aufschlussreich, mit einem echten Forensiker zu sprechen.

Immerhin sind das doch Kollegen aus einer befreundeten Zunft …« Dabei warf sie mir einen herausfordernden Blick zu.

Wusste Tilda, dass ich vor zwei Tagen mit Max unterwegs gewesen war? Unser Ausflug war eher zufällig zustande gekommen, und ich hatte ihn bisher mit keinem Wort erwähnt. Ich war Max am Mittwoch unerwartet über den Weg gelaufen, aber bei keiner weiteren Obduktion, sondern bei der Abholung einer Klientin, draußen in Uttenreuth.

Praktisch veranlagt, wie er war, hatte mich Hausmayr direkt vor der Mensa am Langemarckplatz eingesammelt.

»Bevor dei Fahrrad no z'ammkracht«, hatte er seine Freundlichkeit begründet, »und du wieder viel z'spät kommst.«

Das Fußende des Sarges fest packend, hatte ich mich rückwärts die drei Stufen aus dem Hausflur hinunter auf den Gehweg getastet, als eben Max des Weges spaziert kam und mich mit großem Hallo begrüßte.

»Ey, krass echt sieht das aus!«, rief er. »Mit Handschuhen und Leichenauto und allem Drum und Dran.«

»Was meinst du denn, Alter? Ich hab doch gesagt, ich bin ein Profi.«

Max lachte, und sein Lachen hatte genau die richtige Lautstärke und genau die richtige Dauer, um nicht ironisch oder verächtlich zu wirken. Inzwischen hatte ich mein Ende des Sarges auf dem Schlitten abgesetzt, der aus dem geöffneten Kofferraum des Leichentransporters ragte. Max sah uns interessiert zu, dann drehte er sich um und deutete auf das Haus.

»Ja, vierter Stock, ne uralte Frau«, beantwortete ich seine stumme Frage. »Wohnte alleine, lag anscheinend schon seit zwei Tagen tot im Bett. Der Postbote wunderte sich, dass sie nicht öffnete wie sonst immer, obwohl er oben an der Wohnungstür klingelte. Traurig, oder? Kriegt da vielleicht einmal im Monat einen Brief, und dann – tot. Im Schlaf gestorben, erfährt nie, was drinstand.«

Hausmayr rammte mit dem vollen Schub, den seine kubischen zwei Zentner hergaben, den Sarg ins Innere des Laderaums und schlug die Kofferraumtür zu. »Klappe zu – Affe tot«, grunzte er. Eine seiner charmanteren Angewohnheiten.

»Nun ja, vielleicht war es aber auch nur eine Mahnung. Dann hätte sie Glück gehabt«, überlegte Max.

»Heimatland, bist du zynisch!«

»Aber jetzt mal ganz im Ernst: Ich fahre heute Abend nach Nürnberg. Will dort ein paar Kumpels treffen und zusammen ein wenig um die Häuser ziehen. Hättest du Bock mitzukommen?«

»In der Rechtsmedizin muss wohl morgen nicht gearbeitet werden? Habt ihr keine Kundschaft?«

»Ja, schon. Aber du weißt: Nicht bis in die Puppen und nur ein paar Bier, ich fahr ja noch mit dem Auto zurück.«

»Mit dem Auto?«

Nach Nürnberg verschlug es mich kaum noch, seitdem ich in Erlangen studierte. Früher waren wir von Hersbruck aus mit dem Zug in die große Stadt gefahren, hatten unsere ersten Erfahrungen im Nachtleben gemacht, im *Dröhnland* in der Humboldtstraße oder in der *Kulisse Rührersaal* draußen in Reichelsdorf und natürlich im *Hemdendienst*. Hinter dem *KOMM* in der Kühnertsgasse, wo Nick Zedd gelesen hatte. Ich hatte von seinem amerikanischen Kaugummi-Singsang kaum ein Wort verstehen können, aber die Atmosphäre war eine ganz außergewöhnliche gewesen, den New Yorker Underground stellte ich mir seitdem so vor.

***

Dass Max in dem metallic-silberfarbenen Porsche saß, bemerkte ich erst, als er dreimal auf die Hupe drückte. Als Treffpunkt hatten wir wieder den Lorlebergplatz ausgemacht, wo er mich pünktlich um halb neun einsammelte. Mit quietschenden Reifen ging es los, das Geschwindigkeitslimit auf der Bundesstraße B4 schien ihn nicht zu interessieren. Und er kannte die Strecke offenbar sehr gut, denn er ritt die grüne Welle so, dass er erst in Thon zum ersten Mal an einer Ampel anhalten musste. Er ließ den Motor aufheulen und lachte, als er die erschrockenen Blicke der Leute im gelben Opel Omega sah, der neben uns wartete.

Wir sprachen während der Fahrt nur einmal, als mich Max fragte, ob ich auch die neue Platte von Genesis so geil finden würde, die mit voller Lautstärke aus den Boxen schallte. Ich hatte so diplomatisch reagiert, wie ich konnte, und meiner tiefsitzenden Abneigung gegen Phil Collins keinen Ausdruck verliehen. Als Max vor der *Ruhestörung* parkte und lässig wippend auf den Eingang zusteuerte, hatte ich schreckliche Sehnsucht nach einem Song von Sonic Youth. Irgendeinem.

In der Kneipe war wenig los, aus den Lautsprechern blubberte Michael Jackson, ein Pärchen, beide mit blond gefärbter Dauerwelle und Goldkettchen um den Hals, saß an einem Tisch in der Ecke.

»Servus, Heinzi«, begrüßte Max den Typen hinter dem Tresen.

Der schien nicht wirklich angetan von der vertraulichen Anrede, wenigstens wirkte seine geschäftsmäßige Reaktion so: »Zwei Pils?«, fragte er und griff schon zu den Gläsern, die über ihm in einem Gestänge hingen.

»Wo sind denn die anderen?«, fragte Max, nachdem er die Bestellung abgesegnet hatte.

»Sind schon voraus ins *Mach*«, lautete die lapidare Antwort.

»Wollten die nicht auf mich warten?«

»Ne, sieht nicht so aus. Sechs Mark vierzig.«

Heinzi, wie wohl sein Name lautete, konnte nicht viel älter sein als wir, war aber ganz klar mit allen Wassern gewaschen, ein Talent von einem Wirt, wie mir schien.

»Du zahlst«, sagte Max, indem er sich an mich wandte. »Wir machen das immer so. Rundenweise. Dann sind alle immer gleichauf.«

Diese Vorstellung beunruhigte mich. Nicht nur wegen des für meine Verhältnisse exorbitanten Bierpreises, sondern vor allem, weil Max von einer Menge Freunden erzählt hatte, zu denen wir stoßen wollten. Ich hatte dreißig Mark für den Abend eingeplant, mehr, als ich mir eigentlich leisten konnte, und musste erkennen, dass ich das Level, auf dem Max und seine Clique unterwegs waren, komplett unterschätzt hatte.

Wir stürzten das Pils in einem Affentempo, fuhren knallhart mit dem Porsche die paar Hundert Meter zum *Mach 1* und parkten direkt in der Kaiserstraße.

Max tat dabei etwas Unglaubliches: Er telefonierte während der Fahrt. Das heißt, er versuchte jemanden zu erreichen, der das Gespräch nicht annahm, aber es war schon so faszinierend, dass einer aus dem Auto jemand anderen anrief, der wahrscheinlich auch nicht zu Hause, sondern in irgendeiner Kneipe unterwegs war. Es gab dann noch eine kurze Diskussion mit dem Türsteher des *Mach*, weil dieser beeindruckende, an einen Felsblock erinnernde blonde Koloss mich wegen meiner Kluft nicht reinlassen wollte.

»Der gehört zu mir«, sagte Max und deutete lässig mit dem Daumen über die Schulter auf mich.

Der Türsteher kniff drei Sekunden lang die Augen zusammen, ehe er seine Entscheidung bekannt gab: »O. k., ausnahmsweise. Aber die Kette kommt runter.«

Er meinte damit die alte Fahrradkette, die ich in der Werkstatt meines Vaters mit Benzin mühsam vom Schmierfett befreit hatte. Sie gehörte zu meiner Ausgehgarderobe, und ich hängte sie mir nur abends um den Hals und erst recht nicht bei einer Beerdigung. Allerdings hätte es mich nicht gewundert, wenn Frau Duschner selbst dieses Schmuckstück für »apart« befunden hätte.

Schließlich ging es die Treppe hinunter, Max zahlte den Eintritt für uns beide und schlenderte locker durch den kurzen Tunnel in den dunklen großen Saal, wo nur wenige Menschen im epileptischen Licht der Stroboskope tanzten. Am Tresen trafen wir auf Max' Freunde, fünf oder sechs Typen, die alle mehr oder weniger schnöselig wirkten. Bundfaltenhosen, längsgestreifte Hemden, deren weiße Kragen im kalten Schein der Schwarzlichtlampen leuchteten. Der Tresen gefiel mir recht gut, er wurde indirekt angestrahlt in Grün, Rot und Gelb, und plötzlich stand auch ein weiteres Pils vor mir, das wahrscheinlich derjenige in der Gruppe, der »mit Runde« dran war, bestellt hatte.

Max hatte mich den anderen vorgestellt, indem er rasch hintereinander Namen herunterspulte, als läse er von einer Liste ab. Tom, Dirk, Steffen, Mike, Fred. Ich schaffte es allerdings nicht, mir die Zuordnung von Namen und Gesichtern zu merken, zumal die Jungs in meinen Augen sich stark ähnelten mit ihren solariumgebräunten, glattrasierten Gesichtern und den kurzen Scheitelfrisuren. Nur Fred prägte sich mir sofort ein, der eine Brille mit blaurot getönten

Gläsern trug, ölige, gewellte schwarze Haare hatte und einen fulminanten Überbiss präsentierte, sodass er permanent zu grinsen schien wie ein Dr. Fu Manchu ohne Schnurrbart. Vielleicht einfach deswegen, weil ich mir sicher war, wie er hieß, sprach ich hauptsächlich mit ihm. Seine Kumpel hatten Max auf eine seltsame Art und Weise begrüßt, sehr distanziert, hier mit einem kraftlosen Heben der Hand, da mit einem Nicken ohne Lächeln. Genauso befremdlich empfand ich, wie sich dann die Unterhaltung entwickelte. Man plante offenbar eine gemeinsame Reise nach Ibiza, wo Tom oder Dirk oder Steffen oder Fred oder Mike ein Landhaus besaß, und Max wurde gefragt, ob er dabei sei.

»Ich muss sehen«, antwortete Max, »ob ich in der Zeit freinehmen kann.«

»Ach, stimmt ja! Du bist ja unser Arbeitnehmer!«, brüllte Steffen oder Tom oder Dirk.

Einer legte Max seinen Arm um die Schultern, halb freundschaftlich, halb so, als wollte er ihn in den Würgegriff nehmen.

Max lachte mit, aber ich sah, dass der Spott an seinem Stolz kratzte.

Fred fragte mich, ob ich tatsächlich Physik studieren würde und was ich damit später anfangen wollte. Da ich das selber nicht im Geringsten wusste, nannte ich ausweichend Siemens, wo meines Wissens viele Naturwissenschaftler unterkamen. Fred deutete mir umgekehrt an, dass er überhaupt nicht arbeitete, sondern sich mit der Verwaltung mehrerer Mietshäuser beschäftigte, die er geerbt hatte. Womit die anderen ihr Geld verdienten, erfuhr ich nicht. Doch schienen sie ausreichend in der Tasche zu haben: Eine Runde Bier nach der anderen wurde verteilt, und mir graute vor dem Moment, wenn ich an der Reihe war.

Nach einer Stunde wurde die Musik noch einen Zacken lauter, aber deswegen gefiel sie mir auch nicht besser. Ein harter Beat zog sich völlig unverändert durch alle Stücke, die ich nur mühsam unterscheiden konnte, Synthesizer woben sich endlos wiederholende Schleifen, es gab weder Gitarren noch Gesang, nur dann und wann tauchten spitze Schreie auf, deren Echo vielfach nachhallte.

Als Max an der Reihe gewesen war, hatte er ganz lässig einen Fünfziger aus der Hemdtasche geangelt und auf den Tresen gepatscht, ohne den Barkeeper auch nur eines Blickes zu würdigen. Schließlich war ich dran und kramte meine letzten fünfundzwanzig Mark aus der Hosentasche. So langsam musste ich mir wirklich Gedanken machen, wie ich aus dieser Nummer möglichst unversehrt wieder rauskam.

»Ich geh mal aufs Klo«, schrie mir Max ins Ohr. »Kommst du mit?«

Tatsächlich passte mir das ganz gut ins Konzept, da wir schon vier oder fünf Bier intus hatten, aber während ich mich ans Pissoir stellte, trat Max an ein Waschbecken, ließ kaltes Wasser in seine Hände laufen und tauchte sein Gesicht hinein.

»Jetzt bringen wir mal Schwung in die Party«, verkündete er und zog ein durchsichtiges Tütchen hervor, das ein weißes Pulver enthielt.

»Du auch?«, fragte er, nachdem er mit dem einen Nasenloch eine Line von der schwarzen Steinplatte des Waschtischs gesogen hatte.

»Ist das Kokain?«, erwiderte ich.

»Ja, klar, du Heiner, was denkst du denn?«

»Nein danke, ich denke, ich hab schon einen in der Krone, das reicht mir.«

Er starrte mich einen Moment lang irritiert an, dann streifte er mit dem anderen Nasenloch über das zweite Pulverwürmchen.

»Sag mal, was gibt es als Bestattungshelfer eigentlich zu verdienen?« Er schniefte und rieb sich den Nasenflügel.

Als ich es ihm sagte, lachte er, irgendwie anerkennend, aber zugleich auch abschätzig. »Viel zu wenig!«, sagte er. »Viel zu wenig!«

Ich war mir nicht sicher, ob ich ihm da zustimmen sollte.

»Hey Max, weißt du was, ich hau ab«, sagte ich, als wir wieder draußen im großen Saal waren. »Das ist nicht ganz meine Musik hier.«

»Wie? Wohin denn jetzt noch?«

»Ab ins *Ofenrohr* am Maxplatz – genau die richtige Adresse für dich –, noch ein bisschen geile Mucke hören.«

»Geile Mucke? Was denn?«

»Na ja, Pixies, Breeders, Cocteau Twins, Thee Headcoats, Soundgarden und halt die Klassiker, Sex Pistols, The Who, New York Dolls und so.«

»O Mann, lauter Gitarrenbands. Das ist doch total überholt. Voll der Schweinebraten-Pop ist das!«

War mir egal. Hauptsache raus aus diesem Laden, fort von diesem schrecklichen Sound und diesen schrecklichen Leuten, die ständig über Geld sprachen und im Fünf-Minuten-Rhythmus Pils in sich hineinfüllten. Sie verwendeten dafür sogar ein eigenes, außerordentlich hässliches Wort: »Druckbetankung«.

»Danke fürs Mitnehmen und bis in Kürze!«, verabschiedete ich mich und war schon hoch auf die Straße gestürmt.

Das *Ofenrohr* lag nur einen kurzen Fußmarsch entfernt. Als ich dort einlief, empfing mich sofort aus den Lautsprechern die Stimme von Robert Smith: »Again and again and again …«, und schon tanzte ich inmitten eines Pulks mit den anderen Wavern, die sich hier versammelt hatten, fast alle in schwarzer Kleidung, mit spitz zulaufenden schwarzen Lederschuhen und steilen Frisuren, deren Stacheln und Kämme die jeweiligen Träger mit Coca-Cola oder Unmengen Haarspray stabilisiert hatten. Der diensthabende DJ Triple Yeah! machte keine Fehler. Er legte mit *This Ain't No Picnic* von Minutemen nach, mit den Butthole Surfers und Janes Addiction, mit *Container Love* und *Where Is My Mind?* und immer so weiter. Ich tobte mich etwa eine Stunde lang aus, danach wurde es Zeit, mich um eine Mitfahrgelegenheit nach Erlangen zu kümmern.

Am nächsten Vormittag, während ich noch mit meinem Kaffee am Tisch saß und meinen brummenden Kopf pflegte, gab's dann gleich eine Überraschung. Frau Duschner rief mich an und verkündete, dass sie Ende Juni eine Italienreise unternehmen würde. Und dass sie sich vorstellen könnte, dass ein gut aussehender junger Mann für eine Weile – vorübergehend nur und mit tatkräftiger Unterstützung seitens Herrn Hausmayrs natürlich – das Geschäft würde führen können.

Eine sehr kleine und leichte Person

Der Frauenarzt Dr. Nackenstauch, in dessen Haus ich eine winzige Bude unterm Dach bewohnte, betrieb seine Praxis im Erdgeschoss. Im ersten Stock wohnten er und seine Frau, die sich um die Vermietungen kümmerte. Sie war wie für diese Aufgabe geboren, ein regelrechter Drachen, der zu jeder Tages- und Nachtzeit auf dem Sprung war, wenn es galt, einen Studenten herunterzuputzen. Wegen lauter Musik auf dem Zimmer, lauter Schritte im Treppenhaus, wegen unerlaubten Besuchs, insbesondere junger Damen bei den männlichen Mietern. Seltsamerweise kontrollierte sie die Studentinnen weit weniger streng, vielleicht, weil sie als Gattin eines Frauenarztes gelernt hatte, den Mann als Quelle allen Übels in der Welt anzusehen.

Immer am ersten Montag im Monat war die Miete fällig. Wir zahlten direkt vor Ort und in bar. Was hieß, dass ich monatlich einmal im Wartezimmer eines Gynäkologen saß. Spätestens nach einem Jahr hatte ich mich daran gewöhnt – im Gegensatz zu den Patientinnen, deren Reaktionen auf meine Anwesenheit von Pikiertheit über Misstrauen bis zu Neugier reichten.

Immer wieder gab es eine, die mich freundlich ansprach.

»Sie holen gewiss Ihre Mutter (oder Tochter oder Schwester) ab?«

»Nein, ich zahle nur die Miete«, sagte ich dann und überließ die Auslegung den versammelten fünf oder sieben Damen, denen sicherlich die Wartezeit wie im Flug vergehen würde, während ich drinnen an dem kleineren der beiden Schreibtische Platz nahm, an dem Frau Nackenstauch über dem aufgeschlagenen Kassenbuch saß.

Ich übergab ihr meine vier Scheine und nahm die Quittung, die der Herr Doktor wie ein Rezept eigenhändig unterschrieb, entgegen.

»Und sonst? Ist alles in Ordnung bei Ihnen, Herr Degenhardt?«, fragte mich meine Vermieterin anlässlich unseres Juni-Termins.

Sie hatte sich zuvor noch nie nach meinem Befinden erkundigt, sodass ich aufhorchte. Hatte ich irgendetwas angestellt, ohne es zu wissen? Würde ich mir über Nacht eine neue Bude suchen müssen? Stand eine Mieterhöhung an?

»Nein. Ich meine: ja. Alles in Ordnung. Weshalb, wenn ich fragen darf?«

»Nun, ich habe Sie letzthin gesehen, wie Sie einen schwarzen Anzug trugen, als gingen Sie auf eine Beerdigung.«

»Ach so. Äh ... das ist gewissermaßen auch richtig, aber danke der Nachfrage. Nichts Schlimmes, kein Trauerfall in der Familie, wenn Sie das meinen.«

»Na, dann bin ich ja beruhigt. Sie wissen ja, ich bin jederzeit da für meine Studenten. Vor allem junge Männer wie Sie brauchen oftmals noch kleine Hilfestellungen, was die richtige Wahl angeht, ich meine den richtigen Weg durchs Leben.«

Sie betrachtete mich nichtsdestoweniger mit misstrauisch zusammengekniffenen Augen. »Die Witwe aus dem dritten Stock, Frau Pirckheimer, die haben Sie in den letzten Tagen nicht zufällig gesehen?

»Nein, nicht dass ich wüsste. Ich treffe sie eh nur selten vor der Tür.«

»Das dürfte an Ihrem Hang zum nächtlichen Irrlichtern liegen, wenn Sie mir diese Anmerkung gestatten. Ich frage mich, ob Sie nicht gleich einmal klingeln sollten, um nachzusehen, ob es ihr gut geht. Ich bin hier noch beschäftigt.«

»Das könnte ich jetzt gleich machen«, antwortete ich, froh darüber, aus dem Sprechzimmer entlassen zu werden.

Tatsächlich öffnete niemand, als ich an Frau Pirckheimers Tür schellte. Oben in unserer Dachbodensiedlung dudelte Musik durch den Flur, der Werkstoffwissenschaftler hörte zum tausendsten Mal die *Tommy*-Einspielung des London Symphony Orchestra. Obwohl er dachte, dass mir als The-Who-Fan diese Platte doch unbedingt auch gefallen müsste, fand ich sie einfach nur grauenhaft.

Ich klopfte hart an seine Tür, doch auch er hatte Frau Pirckheimer schon seit einigen Wochen nicht mehr gesehen. »Aber aus der Wohnung herausriechen tut's noch nicht, oder?«, wollte er ernsthaft wissen.

Ebenso meine unmittelbare Nachbarin, die Germanistik studierte. Sie konnte sich nicht erinnern, wann sie die alte Dame zum letzten Mal gesehen hatte. Ich überlegte kurz, ob ich mich verantwortlich fühlen sollte. Doch irgendwie schien es mir angebrachter, Ruhe zu bewahren. Vielleicht lag die Witwe tot in ihrer Wohnung – aber dann würde es mein Job sein, mich um ihren Transport zu kümmern, sobald sie im Sarg lag. Und falls dieser mysteriöse Serienmörder seine Hand im Spiel gehabt hätte, wäre es nun längst zu spät, um ihn auf frischer Tat zu ertappen.

Ich ging daher auf mein Zimmer, warf mein schwarzes Hemd mit den silbernen Manschettenknöpfen und die schwarzen Schnürschuhe ab und mich selbst aufs Bett. Dann zog ich die Seiten mit den Busenfotos hervor, die ich, als ich die Praxis verließ, hastig im Vorzimmer, wo auf einem kleinen Tischchen die Lesezirkelheftchen herumlagen, aus der *QUICK* herausgerissen hatte. Wobei ich mich anstrengte, mir zu den Körpern der Damen auf den Fotos Tildas Gesicht vorzustellen ...

***

Unsere nächste Leiche war dann der Grund, dass ich Max wiedersah. Ich war nämlich mit Hausmayr zur Gerichtsmedizin gefahren, um direkt aus dem Obduktionssaal eine alte Dame abzuholen, die tot in ihrer Einliegerwohnung aufgefunden worden war. Die Hausbesitzer hatten die Polizei gerufen, doch hatte der Befund am Ende auf »natürliche Todesursache« gelautet, wie mir Max erklärte.

»Wie war's noch in der Disco neulich?«, fragte ich.

»Super!«, erwiderte Max. »Wir haben noch zwei Tussis kennengelernt, die sich mit Tequila komplett zugerichtet haben. Die waren dumm wie ein Rudel Gurken. War sehr lustig.«

»Und wie sieht's aus?«, fragte ich. »Hast du Lust, mit uns morgen auf den Berg zu gehen?«

»Bringst du ein paar heiße Sargträgerinnen mit?«

»Könnte passieren.«

Er hieb mir zum Abschied heftig auf die Schulter, was ich als unangenehm empfand, aber es gab sie eben, diese haptischen Typen, die sich gerne durch Berührungen mitteilten, und es wäre vergebliche Liebesmüh gewesen, zu protestieren.

Am ersten Juni hatte ich Miete gezahlt, am vierten begann die Bergkirchweih. Die zünftige Zeremonie des Bieranstichs ersparte ich mir, denn das Gedränge um die Freibiere war absolut nicht mein Ding. Ich organisierte stattdessen am Donnerstag eine Bestattung, im Auftrag von Frau Duschner natürlich.

Der Hitze zum Trotz verlief alles bestens. Ich verdiente zweiundvierzig Mark fünfzig in eineinhalb Stunden, genau das Richtige für einen Donnerstagnachmittag – Olaf (ein

Freund von Georg-Wilhelm, der nur zwei- oder dreimal mitmachte), Richard und Henry grinsten ebenso schwachsinnig wie ich, als sie die Scheine in ihren Taschen verstauten.

In der Nachbereitung notierte ich: »Eine alte Frau (Lebensdaten siehe Zettel), die mit siebenundzwanzig nach nur drei Jahren Ehe und zwei Töchtern ihren Mann verlor. Sie heiratete wieder, doch der zweite Ehemann fiel nach nur vier Jahren und einer weiteren Tochter im Krieg. Sie zog wieder ins Elternhaus, wo sie bis 1980 mit ihrer Schwester zusammenlebte. Das Haus stand ›im Osten Deutschlands‹, und als sie eben 1980 krank wurde, zog sie zu einer der Töchter nach West-Berlin. Die Familie siedelte nach der Genesung der Mutter für drei Jahre nach Lyon um, 1985 dann nach Kriegenbrunn, wo die Verstorbene nur noch schwer neue Kontakte knüpfte. Sie wurde wiederholt krank und starb am Dienstag im Alter von neunundachtzig Jahren einen unruhigen Tod (mit Notarzt, Rettungswagen und dem ganzen Pipapo). Was uns angeht: eine sehr kleine und leichte Person.«

Die evangelische Pfarrerin sah genauso aus wie der Bub, der den Kreuzträger spielte, kam zu spät, redete ewig lange und nervte, indem sie alle Strophen aus den Liedern singen ließ. Das Grab lag so nahe an der Kapelle, dass sich das Wägelchen nicht rentierte und wir den Sarg die kurze Strecke trugen. Das kam nur selten vor. Für einen außenstehenden Beobachter machten wir alles prima, auch wenn das Grab so eng ausgeschaufelt und der Sarg so seltsam geformt war, dass beide Seile stecken blieben. Und alles ging klar mit Blumen, Schalen, Buketts, Gebinden etc.

Genau genommen gab es allerdings schon zwei erwähnenswerte Einzelheiten. Zum einen brachte es Richard fertig, sich den Finger am Griff des Sarges einzuklemmen.

Schon als wir ihn getroffen hatten, wirkte er angeschlagen, als hätte er den vorherigen Tag komplett mit Kiffen verbracht.

»Wie oft warst du jetzt schon dabei?«, motzte Henry, der einen seiner grantigen Tage hatte.

»Was?«, plärrte Richard viel zu laut, da wir uns noch keine fünf Schritte von der Trauergemeinde entfernt hatten. Richard hörte schlecht auf einem Ohr, wegen einer eitrigen Mittelohrentzündung in seiner Kindheit.

»Und du weißt immer noch nicht, wie man einen Griff anfasst?«, setzte Henry unbeirrt nach.

Ich überlegte, ob Henry seinen Perfektionismus nicht gerade übertrieb. Wie soll ich sagen? Am Grab galt auch für uns der alte Spruch der Musketiere: Einer für alle, alle für einen. Und natürlich besaßen wir alle einen gewissen Ehrgeiz, unseren Auftritt einwandfrei zu absolvieren. Richard war gewissermaßen das schwache Glied, er stolperte regelmäßig über Grabeinfassungen und Blumentöpfe, weil er nicht aufpasste, wohin er trat, und er wusste wirklich zu oft nicht, was er als Nächstes zu tun hatte. Gut – er unterschied sich auch insofern von uns angehenden Akademikern, als er eingefleischter Esoteriker war, der Meditationstanz und Wasserreinigung mit Energiekristallen betrieb.

Viel mehr beschäftigte mich jedoch, dass Tilda am Westfriedhof aufgetaucht war, ohne gebucht worden zu sein. Es war überhaupt kein Blumenmädchen bestellt worden, demzufolge hatte ich sie nicht angerufen. Frau Duschner war sich aber nicht mehr sicher und zahlte trotzdem, und ich sagte natürlich erst einmal nichts dazu. Ich wartete draußen, bis Tilda die Blumen verräumt hatte. Die anderen hatten sich heute sowieso rasch verabschiedet, weil jeder noch irgendetwas zu erledigen hatte.

»Du warst überhaupt nicht angefragt?! Wir brauchten keine Blumenfee heute …«, begann ich.

»Du kannst mir wohl schlecht verbieten, privat auf eine Bestattung zu gehen. Und wenn ich mich nützlich machen kann, sage ich selten Nein.«

Wo sie recht hatte, hatte sie recht. Und gearbeitet hatte sie auch. Daher drehte ich den Spieß um: »Dafür habe ich dich morgen gebucht, und zwar absolut verpflichtend.«

»Ja? Wieder eine alte Frau? Du hast versprochen, mir immer Bescheid zu geben. Was ich übrigens heute auch erwartet hatte.«

»Nein. Es geht auf den Berg, Belegschaftstreffen der Sargträger, die Duschner spendiert uns sogar eine Runde Freibier und halbe Hähnchen.«

Für Freitagabend hatten wir uns verabredet, das Wetter war ausgezeichnet, und alle Geldbeutel waren für unsere Verhältnisse prall gefüllt. Es dauerte nur ein paar Minuten, bis sich Lars, Georg-Wilhelm, Laura, Richard, Esther und ihr schöner Tobias (eng umschlungen) sowie Henry am Treffpunkt, der Eisdiele an der Bayreuther Straße, einfanden. Und im letzten Moment, als wir uns schon in Bewegung setzten, tauchte zu meiner großen Freude Tilda auf.

»Pünktlich wie zu einer Beerdigung«, sagte ich und erntete beifälliges Gelächter.

»In welchen Keller wollen wir? *Erich* oder *Entla's*?«, fragte Georg-Wilhelm.

»Ach, das ist doch gehupft wie getupft!«

»Du meinst: gehopft wie gepfropft«, witzelte Richard.

»Alrighty almighty! Tun wir was für die Körperfeuchte!«

Tilda verzog das Gesicht: »Das kann ja heiter werden – ihr seid noch nicht einmal betrunken!« Sie trug eine riesige

Sonnenbrille vor dem Gesicht und hatte ihr Haar zu einem Dutt verknotet, der wie ein Vogelnest oben auf ihrem Kopf hockte. Ich erriet, dass sie nicht unbedingt von Kollegen erkannt werden wollte. Auszuschließen war es freilich nicht, dass sich auch ein paar Nürnberger Polizisten privat auf den Berg verirrten.

»Das wird sich schnell ändern!«, erklärte Georg-Wilhelm großspurig und ließ sich auf der Bierbank im *Hofbräukeller* nieder, wo wie durch ein Wunder ein Tisch frei war.

Das erste und wichtigste Thema, über das alle Auskunft haben wollten, war Frau Duschners Italienreise vom 22. Juni bis zum 5. Juli. Nach dem, was sie mir mitgeteilt hatte, handelte es sich in der Tat um einen nicht alltäglichen Ausflug. Denn unsere Chefin, eine große Liebhaberin der italienischen Oper, würde sich ausschließlich mit Zweierlei beschäftigen: an den Abenden Opernvorstellungen in Verona und Mailand besuchen und tagsüber die angesehensten Sargtischlereien Norditaliens abklappern, um das firmeneigene Sortiment um ein Dutzend Edelsärge aufzustocken, die vor allem Frau Duschners eigenem extravaganten Geschmack entsprachen. Im Ausstellungsraum des Instituts standen stets drei oder vier dieser – im Übrigen schwindelerregend teuren – Erdmöbel zur Ansicht. Jedes aus den hochwertigsten Holzsorten gefertigt, schwungvoll, ja geradezu kühn geformt und bauchig, einem gestrandeten Walross ähnelnd, mit Schnitzereien überladen wie der Palast eines Barockfürsten und in meinen Augen annähernd obszön. Doch wie auch immer – es gab genügend Kunden, die ihren letzten Weg in solcherlei Prunkstücken antreten wollten.

»Diese Dinger sind manchmal so groß wie ein Bett und so schwer wie ein Tresor«, empörte sich Georg-Wilhelm.

»Ich wünsch mir«, meldete sich Laura zu Wort, »wenn es einmal so weit ist, einen extralangen Sarg für mich, sodass alle denken, ich wäre über zwei Meter groß gewesen.«

»Eine fürchterliche Vorstellung!«, rief Georg-Wilhelm, »Dann wärst du ja gar nicht mehr du selbst!«

»Darf ich das als Kompliment verstehen?«

»Wenn du willst: gerne.«

Tobias zitierte aus seinem Lieblingshörspiel: »Sie Schafsnase, Sie hinterlistige Hopfenstange, Sie können ja aus der Dachrinne Kaffee trinken, Sie impertinentes Gespenst, Sie ...«

Abgesehen von Esther war Tobias' größte Leidenschaft Albert Camus, der Existenzialismus war seine Heimat, aber er sah keinen Widerspruch darin, die Hörspiele von Erich Kästner auswendig aufsagen zu können.

Henry leerte inzwischen die dritte Maß, ohne sich am Gespräch zu beteiligen. Dafür stellte sich heraus, dass sich Laura und Richard viel zu sagen hatten. Sie hatten sich schon gekannt, ehe sie Teil der Bestattungs-Clique wurden, denn Laura studierte Pharmazie und hatte sich wohlüberlegt einen Ferienjob in einer Apotheke gesucht, für die Richard zufälligerweise Arzneimittel ausfuhr.

Tilda verharrte in ihrer Rolle als stumme Beobachterin. Ich neigte mich zu ihr und flüsterte in ihr Ohr: »Hast du heute deine Knarre dabei?«

»Diese nervige Frage!«, knurrte sie. »Lass dir mal was anderes einfallen!«

Um zehn löste sich unsere Runde auf. Das Geld, das mir Frau Duschner zugesteckt hatte, war längst ausgegeben, doch nach dem vielen Bier verspürten wir alle Hunger. Diejenigen, die nicht bereits dringend ins Bett mussten, um ihren Rausch auszuschlafen, nahmen Kurs auf den *Hühnertod* gegenüber dem Parkplatz auf der Fuchsenwiese. Max war uns bislang nicht über den Weg gelaufen. Er hatte gesagt, er würde nach uns Ausschau halten, falls es ihn auf den Berg verschlagen würde. Ansonsten würden wir uns sicher im *Smile* treffen, einer angesagten Bar, die direkt an den *Hühnertod* grenzte.

Tilda teilte sich mit mir ein halbes Brathühnchen und Pommes. Während wir aßen, bemühte ich mich, sie zu überzeugen, auf einen Absacker zu bleiben.

»Ich bin nachher noch mit einem Gerichtsmediziner verabredet«, behauptete ich. »Ich stell dich ihm vor, er weiß nicht, wer du bist. Vielleicht können wir ja etwas darüber lernen, warum alte, einsame Frauen so gerne tot in ihrer Wohnung liegen.«

»Aber kein Wort von den Morden, ja?«

»Von deiner Vermutung, meinst du.«

»Von den Morden. Aber gut. Ich komm auf einen Sprung mit.«

Der Sprung, auf den sich Tilda einließ, geriet dann recht kurz – was ich verstand, denn im *Smile* hingen nur noch die besoffensten Typen ab. Folgerichtig stand der verschollen geglaubte Richard an der Bar, der sich angeregt mit ein paar Medizinstudenten unterhielt, wie ich bald herausfand. Auch der Chef der Forensik, der mit dem lustigen Akzent, befand sich in der schwer angeheiterten Runde.

Tilda drängte sich durch die Gruppe hindurch zum Tresen und fragte den Barkeeper, der gerade einen Cocktail mixte, nach der Getränkekarte.

Einer der angehenden Medizinmänner sprach mich unvermittelt an, er sei Stefan oder Markus (ich kann mich nicht mehr genauer erinnern) und er habe schon viel von uns gehört. »Ihr seid die Sargträger-Gang, stimmt's? Total coole Sache, find ich. Aber sag mal, wascht ihr die Toten auch selber?«

Die übliche Frage, die mir schon oft gestellt worden war. Ich erklärte kurz, dass wir das nicht taten, weil die meisten Verstorbenen schon im Krankenhaus oder von den Angehörigen hergerichtet wurden. Zwischendrin bestellte ich einen White Russian und fragte Tilda, ob sie auch noch etwas wolle.

»Nein, danke. Ich denke, ich gehe jetzt. Noch viel Spaß!«, antwortete sie.

»Aber Max ist noch gar nicht da ... und du könntest gerne bei mir übernachten.«

»Das würde mir gerade noch fehlen!«, lehnte sie mein Angebot ab. »Genieße du mal in Ruhe deinen Ruhm!«

Und schon war sie verschwunden, worauf der Typ, der Markus oder Stefan hieß, gleich einstieg.

»Ist die süße Schnecke deine Alte?«

»Wie? Nein, eigentlich nicht.«

»Das heißt, du hättest das gerne? Pass auf, das kann ich dir verklickern, ich kenn mich da aus. Die ist eine von den Personen, die im ersten Augenblick die Aufmerksamkeit des jeweiligen Ortsvorstehers einfordert, wenn du verstehst, was ich meine? Ob der Kellner im Lokal, die Stewardess im Flieger oder der Schaffner im Zug: Es geht nicht um die unwichtige Ankunftszeit oder den Sitzplatz oder ein lächerliches Extrakopfkissen – es geht darum, dass die offizielle Person im Raum von Anfang an weiß, wer hier wichtig ist und jegliche Art von Dienstleistung umgehend einfordern wird. Vor allem herrische Frauen neigen dazu. Hundebesitzerinnen, Beschwerdebriefschreiberinnen, verhinderte oder gescheiterte Prinzessinnen, Diktatorengattinnen. Die erste, nebensächliche Frage hilft die Machtverhältnisse zu demonstrieren. ICH bin der Kunde und DU wirst mich bedienen, während IHR auf euren billigen Plätzen wartet. Denn freilich braucht der Akt, der die Hierarchie festlegt, zahlreiche Zuschauer, am besten ungeduldige Leute in einer unangenehm langen Schlange.«

»Jetzt mach aber mal halblang. Du kennst sie doch überhaupt nicht. Die ist absolut in Ordnung. Außerdem rattenscharf, das hast du ja wohl auch bemerkt.«

Offenbar war ich an eine richtig liebenswürdige Klatschtante geraten. Aber noch während ich Tilda verteidigte, wurde mir klar, dass ich Tilda so gut wie nicht kannte. Konnte ich mir überhaupt sicher sein, dass sie sich diese Geschichte mit den ermordeten Frauen nicht einfach ausgedacht hatte? Vielleicht war sie verrückt? Oder sie war auf etwas ganz anderes aus und hatte die überhastete Flucht vor dem Chef nur vorgespielt – weil sie nämlich von der Drogenfahndung war und den Auftrag hatte, sich in unsere Clique zu schmuggeln … Stefanmarkus riss mich aus meinen Gedanken.

»Vorhin, da hast du von Max gesprochen, damit ist doch sicher der Max aus der Forensik gemeint?«

»Ja, genau der. Er wollte heute Abend eigentlich auch hier sein.«

»Pah! Ist der auch bei euch dabei? Dann müsstest du doch wissen, was für ein Windbeutel der ist. Ein Möchtegern-Bonze! Ein Angeber! Ein megamäßiger No-Show! Der taucht nie auf, wenn er verabredet ist. Außerdem …« Er rückte ganz dicht an mich heran. Er war einen Kopf größer als ich, und ich roch den Alkoholatem, den er von oben in mein Gesicht blies. Zudem lallte er bereits ein wenig. »Außerdem ist der Typ praktisch pleite. Es heißt, er hätte nach der Wende einem Russen ein riesiges Grundstück abgekauft. Praktisch für einen Apfel und ein Ei. Das hat er überall herumerzählt, weil er als Geschäftsmann glänzen wollte, in diesen Geldkotz-Kreisen, du weißt schon, im *Mach 1*, mit diesen Porschehändlern und Aktientypen. Bloß: Das Grundstück im Osten war verseucht, Quecksilber, Benzol, DDT, der ganze Zirkus. Und mit dem Russen soll es obendrein noch Probleme geben.«

Max schien ja tolle Freunde zu haben, dachte ich mir, wenn die derartig geringschätzig über ihn redeten. Er selbst tauchte an diesem Abend auch nicht mehr auf. Richard torkelte irgendwann hinaus, und als ich mich umsah, waren alle, die ich kannte, verschwunden. Bis auf Laura, die von einem Typen im weißen Anzug zugetextet wurde. Als sie zufällig herübersah, machte ich ihr mit Mittel- und Zeigefinger das Zeichen, das »gehen« bedeutete. Sie verstand sofort und nickte.

Ich begleitete sie bis zum Bohlenplatz, wo sie Richtung Henkestraße abbiegen musste. Die Turmuhr schlug zwei, als wir uns verabschiedeten.

Der Anruf kam frühmorgens, kurz nach halb acht, meine Germanisten-Nachbarin stand im Schlafanzug und mit wirrem Haar draußen im Flur und drückte mir mit vorwurfsvollem Blick Telefon und Hörer in die Hand. Als ob ich etwas dafürkonnte, dass mich jemand zu einer Zeit anrief, die für die meisten meiner Mitbewohner etwa in der Mitte der Nacht verortet wurde. Wie von mir selbst ja auch.

Es gab nur eine Person, die imstande war, nach einem Ausflug auf den Berg so zeitig zu telefonieren: Tilda.

»Die alte Frau Lechner? Lehner? – oder wie hieß sie noch mal, letzte Woche in Steudach? Weiß du nicht mehr … egal. Ist dir damals auch der Pfropf im Ohr aufgefallen, so eine Art Wachsstöpsel mit Watte drin?«

»Nein. Gar nichts habe ich gesehen. Der Sarg war doch geschlossen, oder?«

»Na ja, nicht ständig … und ich war vorhin in Büchenbach …«

Nun war ich vollends verwirrt. Zur Kontrolle warf ich noch einen Blick auf den Wecker, aber ich hatte mich nicht getäuscht. »7:39« stand da in großen, roten Digitalziffern.

»Bitte?«

Tilda hatte weitergeredet, aber ich hatte nicht zugehört.

»DIE. HATTE. DAS. AUCH«, plärrte sie ins Telefon, als ob ich schwerhörig wäre.

»Ja, ja, ja. Ich habe verstanden. Es ist grauenhaft früh am Morgen, o. k.?«

»Die hatte auch so einen Pfropf im Ohr.«

»Wir haben heute keinen Termin in Büchenbach. Das wüsste ich – warst du heimlich …?«

»Quatsch heimlich! Kurz vor der Aussegnung war ich da, ehe die nervige Horde auftaucht …«

»Das ist keine Horde, das sind die Angehörigen und Freunde! Die Trauernden …«, protestierte ich.

»Wie du willst. Ich habe ja auch nur kurz in die Kapelle geschaut …«

»Richard steckt sich manchmal Watte oder Taschentücher in sein taubes Ohr, damit er nicht ständig sagen muss, dass er nichts versteht, wenn ihn Leute von der Seite ansprechen. Vielleicht haben die Wachspfropfen den gleichen Grund.«

»Du bist noch nicht einmal aufgestanden und hast schon wieder Lust zu diskutieren! Ich sag dir aber: Wir haben eine Spur! Ich überlege schon krampfhaft, wie ich mich bei den Leuten, die damals die Anzeige erstattet haben, so geschickt wie möglich danach erkundigen könnte. Das Problem: Wenn ich anrufe, denken sie, die Kripo würde nun doch ermitteln, und am Ende melden die sich bei dem Arsch von meinem Chef …«

»Alright, baby blue. Vielleicht hast du da wirklich etwas entdeckt. Lass uns nach den Pfingstfeiertagen noch mal darüber reden, o. k.?«

Ich versprach Tilda, bei den kommenden Anlässen noch mehr auf alles zu achten, was mir ungewöhnlich vorkäme, als sowieso schon, und legte mich wieder ins Bett.

Um zwei Uhr Nachmittag war ich wieder so weit hergestellt, dass ich mich um meinen heutigen Auftrag kümmern konnte: einen Verstorbenen aus der Radiologie abzuholen.

Ich hatte Frau Pirckheimer nicht vergessen und klingelte, ehe ich mich auf den Weg machte, noch mal pflichtschuldig an ihrer Wohnung. Niemand öffnete. Einen Moment lang wog ich erneut im Kopf alle Argumente ab, die dafür sprachen, die Polizei zu rufen, als ich von unten Schritte auf der Treppe hörte. Ich machte kehrt und stieg hinab, wo mir zu meiner großen Überraschung Frau Pirckheimer entgegenkam. Sie trug zwei schwere Einkaufstaschen.

»Hallo, Frau Pirckheimer«, sagte ich erleichtert, »schön, Sie zu sehen! Darf ich Ihnen mit den Taschen helfen?«

Die alte Dame schaute mich verwundert an, was nur allzu berechtigt war, denn ich hatte nie zuvor mit ihr ein Wort gewechselt.

»Danke, junger Mann. Aber ich schaff das schon alleine. Eine alte Frau wie ich hat viel Zeit, nicht wahr? Und Sie müssen sicherlich rechtzeitig in der Oper sein.«

Verwirrt war sie offenbar, aber am Leben, sodass ich mich schnell verabschiedete.

Als Hausmayr und ich am Institut für Medizinische Physik in der Östlichen Stadtmauerstraße eintrafen, erwartete uns ein Toter, der in einen schwarzen Beutel aus dicker Plastikfolie eingeschweißt war. Man hatte mit dem Leichnam irgendwelche Versuche am Computertomografen durchgeführt, und nun hatte der Körper endgültig seine letzte Schuldigkeit getan und sollte ins Krematorium gebracht werden.

Den Toten zu tragen erwies sich als alles andere als einfach: Es fehlte der Kopf. Offenbar hatte man zuvor noch ganz andere Experimente mit der irdischen Hülle des Verstorbenen gemacht, ehe sie in den Plastiksack gesteckt worden war. Ich hoffte, dieser Mensch war sich über eine derartige Möglichkeit bewusst gewesen, als er seinen Körper – zu diesem Zeitpunkt noch mit Kopf – testamentarisch den Wissenschaften vermacht hatte.

Hausmayr wusste noch ein paar Details zu berichten. Demnach hatte die Witwe das Testament angefochten, denn sie wollte unbedingt eine standesgemäße Bestattung mit allem Pipapo. Zusätzlich schien es auch noch eine laufende Scheidung und einen Erbstreit im Hintergrund gegeben zu haben, aber als der Gerichtsbeschluss endlich getroffen wurde, war es schon fast zu spät. Nun würde der Rumpf eingeäschert und in einer Urne beigesetzt werden. Ein Spruch, den mein Vater oft losgelassen hatte, fiel mir wieder ein: Zwei Tätigkeiten gibt es, die die allerschlechtesten Eigenschaften eines Charakters ans Licht bringen – Auto fahren und erben.

Die Vorlesung in der Gerichtsmedizin, bei der Max bisweilen assistierte, würde in der Pfingstwoche wie alle anderen Vorlesungen an der gesamten Universität wegen der Bergkirchweih ausfallen; das waren die berühmten Erlanger Bergferien. Aber in der Woche zuvor hatte ich die Veranstaltung besucht und auch an der Obduktion, die diesmal stattfand, teilgenommen. In dem ganzen Trubel mit Bestattungen, Italienreise, Frau Pirckheimer und Berg hatte ich fast vergessen, Tilda etwas zu berichten: dass nämlich tatsächlich einer der zwei langhaarigen Heavy-Metal-Sanitäter, die Tilda schon als Besucher bei Beerdigungen aufgefallen waren, unter den Zuhörern gesessen hatte. Ich erwartete, dass es sie interessieren würde, und rief deswegen gleich am Abend noch mal bei ihr an.

»Aha«, sagte sie jedoch nur, »und was soll das nun bedeuten?«

»Keine Ahnung«, antwortete ich aufrichtig und enttäuscht.

Über den Grund dafür, dass die beiden an Beerdigungsfeiern teilnahmen, konnten wir nur spekulieren, aber wahrscheinlich verhielt es sich ganz einfach, und sie waren es eben, die die Verstorbenen tot auffanden, nachdem die

Nachbarn den Rettungsdienst gerufen hatten. Ich war der Meinung, dass sie sich viel zu auffällig benahmen, um eines Raubmordes verdächtig zu sein.

Wahrscheinlich hatten wir uns für den Moment alles gesagt, was es zu sagen gab, sodass kein rechtes Gespräch mehr zustandekam und wir uns rasch zum zweiten Mal an diesem Tag verabschiedeten. In mein schwarzes Notizbuch schrieb ich: »Der Mann ohne Kopf hat bis ins letzte Detail festgelegt, wie die Beisetzung seiner irdischen Hülle vonstattengehen soll. Das heißt: der Asche, die von derselben übrig bleiben wird. Keine Blumen, kein Kranz, kein Lied. Ein Mann immerhin, der seine sterblichen Reste nicht nutzlos als Kompost enden wissen wollte, sondern der medizinischen Forschung vermachte. Wie angestrengt muss er sich mit seinem Tod beschäftigt haben, dass er für die verschiedenen Szenarien ausgefeilte Pläne verfasste? Ein Fanatiker, einer, der sich in den Gedanken an seine eigene Verwesung regelrecht verbissen haben musste.«

Ein paar Tage lang passierte überhaupt nichts. Die neue Woche begann mit strömendem Regen, wie so oft während der Bergkirchweih, am Mittwoch klarte es dann auf. Ich hatte frisches Geld in der Tasche und überredete Lars und Henry zu einem weiteren Besuch auf den Kellern. Der Abend lief im Wesentlichen genauso ab wie beim letzten Mal: Berg, *Hühnertod*, *Smile*. Zuletzt tauchte sogar Richard wieder auf, diesmal in Begleitung zweier Typen, die ich ganz sympathisch fand, da sie sich wie Teddy Boys aus den 1960ern gestylt hatten, mit gelben und braunen Jacketts, engen Hosen mit Bügelfalten, karierten Westen und natürlich Elvis-Tollen.

Irgendwann nach dem fünften Gin Tonic bot uns Richard an, dass er seine Ecstasy-Vorräte mit uns teilen würde. Lars verschwand mit ihm und den Teds auf dem Klo, aber ich war bereits durch und machte einen – wie wir damals in unserer interkulturellen Ignoranz zu sagen pflegten – polnischen Abgang. Was hieß, dass ich einfach abhaute, ohne jemandem Tschüss zu sagen.

Zu Hause, als sich das Bett, in dem ich lag, und das ganze Zimmer um mich drehten, sobald ich die Augen schloss, merkte ich erst, dass ich total besoffen war. Am nächsten Tag quälten mich nicht nur scheußliche Kopfschmerzen (die, wie mir gewisse Experten versicherten, vom Übermaß an Kitzmann-Bier herrührten) sowie rasender Durst, sondern auch eine dieser nebligen, kaum verifizierbaren, nicht bildhaften, sondern gefühlsmäßigen Erinnerungen, die man nach einem so schweren Suff, wie ich ihn hatte, ja leider kennt: Ich hatte im Rausch irgendeinen Blödsinn angestellt – das sagte mir mein Unterbewusstes, das sich aber schrecklich undeutlich und verworren ausdrückte, sodass ich schon fast aufgeben und die Sache endgültig vergessen wollte, als es mir dann siedend heiß einfiel: Noch auf dem Berg, auf dem Weg zurück von den Toiletten war ich – bereits angeschlagen und torkelnd – niemand anderem als Max in die Arme gelaufen. Wir hatten uns in eine ruhigere Ecke zurückgezogen, Max hatte zwei frische Maß herbeigezaubert (oder sie so geschickt und schnell bestellt, dass ich es nicht mehr mitbekam), und dann hatte ich ihm, warum zum Teufel auch immer – um ihn zu beeindrucken? Um mich seiner Sympathie zu versichern? – von geheimen Ermittlungen erzählt, die in der Erlanger Bestattungsszene derzeit angestellt würden. Ich machte mich wichtig, indem ich behauptete, es gebe das Gerücht von einer »Undercoverkommissarin«, aber dass »ich niemandem verraten darf, worum es geht«. Diese Worte hallten noch in meinem pochenden Schädel nach. Mein Gewissen war so schlecht wie das letzte Bier am vergangenen Abend, und meine einzige Hoffnung war, dass Max genauso betrunken gewesen war wie ich, sodass er sich nicht mehr an mein Gerede erinnerte.

Dann sah ich zu, dass ich wieder fit wurde, indem ich ein paar Runden schwimmen ging, im Hallenbad im Frankenhof an der Südlichen Stadtmauerstraße, denn am Nachmittag dieses Donnerstags hatten wir unseren allerersten Auftritt auf dem Zentralfriedhof! Wir versammelten uns um vierzehn Uhr auf dem halbrunden Vorplatz der großen Trauerhalle, der genug Raum für ein ganzes Symphonieorchester geboten hätte. Als dann der Trubel begann, setzten wir uns, links an der Wand entlang aufgereiht wie die Hühner auf der Stange, mit zu den Trauernden in der Kapelle, wobei Frau Duschner auf dem vordersten Stuhl landete, sodass sie wie der Kopf eines schwarzledrigen, fünfgliedrigen Tieres wirkte ... Unter den Angehörigen war eine bildschöne Asiatin, höchstwahrscheinlich eine Thailänderin, die ich gerne in Ruhe betrachtet hätte, doch ich fühlte mich meinerseits von zwei oder drei älteren Herrn mit vom Alkohol gezeichneten Gesichtern beobachtet, die wohl zur Konkurrenztruppe um Hunold und Nachmandl gehörten und uns – wie wir schon antizipiert hatten – im Auge behalten sollten.

Dann geschah es: Als wir losfahren wollten, blockierten die Vorderräder des Wagens, den wir bis dato noch nicht bewegt hatten (ein sträflicher Fehler!) und ergo nicht wissen konnten, dass die Bremse angezogen war!

Henry trat mehrmals mit dem Fuß auf den Feststellhebel, aber die Bremsbacken klemmten. Nun folgte ein unwürdiges Zerren und Würgen, ein Schimpfen und Hängen bis zur Tür, wo wir zu allem Überfluss den Türstock streiften; das

Gewicht des Wagens reichte aus, dass jeder Anwesende den trockenen Schlag hörte. Wir zogen wie die Ochsen, schleiften und stießen den Wagen mit übermenschlichen Kräften – es war peinlich, einfach nur peinlich! –, bis endlich Laura herbeisprang und mit aller Kraft auf den Bremshebel eintrat, sodass sich die Backen mit einem lauten »Klack« lösten. Welche Erleichterung! Ab da ging alles flüssig weiter und klappte bis zum Schluss erstklassig.

Trotzdem ärgerten wir uns höllisch und setzten uns hinterher in die Brasserie neben der Hauptpost, wo wir vor den spießigen Nachmittagsgästen die coolen Outlaws spielten, kettenrauchend in unseren schwarzen, muffigen, mafiotischen Klamotten. Daran gab es nichts zu deuteln: Obwohl wir zusammen einundvierzig plus achtunddreißig plus siebenundzwanzig plus dreiundzwanzig ist gleich einhundertneunundzwanzig Einsätze auf dem Kerbholz haben, hatten wir uns blöd wie grüne Rindviecher angestellt, und zwar justament dann, als es darauf ankam: auf dem Zentralfriedhof!

»Du hast uns gerettet«, sagte ich zu Laura. »Obwohl das gar nicht deine Aufgabe war.«

Sie hatte sich anlässlich unserer Premiere ihre langen Haare zu einem Zopf geflochten und um den Kopf gewickelt – und eine Geistesgegenwart bewiesen, die ich mir bei so manchem meiner Kollegen nur wünschen konnte.

Am nächsten Tag war dann Tilda wieder dabei, mit offiziellem Auftrag auf dem Altstädter Friedhof, den wir in diesen Wochen regelmäßig bespielten, zwischen Eisen- und Autobahn. Frau Duschners Anruf hatte mich keine zehn Minuten, nachdem ich am Vortag zurück in der Marquardsenstraße gewesen war, erreicht. Wieder galt es, eine einsame Oma zur letzten Ruhe zu betten, und wieder schleppte mich Tilda, meinem Widerstreben zum Trotz, kurz vor Beginn der Feier in den Aufbahrungsraum. Und erspähte sofort etwas, das sie in höchste Erregung versetzte.

»Da! Schau! Wieder im Ohr!« Tilda vergaß vor lauter Entdeckerfreude, ihre Stimme zu dämpfen.

»Pssst! Spinnst du?« Trotzdem folgte ich interessiert dem ausgestreckten Zeigefinger, mit dem Tilda direkt auf das rechte Ohr der uralten, mageren, wie eine aufblasbare Puppe in sich selbst eingefallenen Frau deutete.

»Wir fragen Hausmayr«, schlug ich vor.

»Nein! Auf gar keinen Fall!«, widersprach sie heftig, aber immerhin flüsterte sie wieder. Draußen vor der Schiebetür hörte man ab und zu Schritte und das Rascheln von vier oder fünf hochbetagten Trauergästen. »Der checkt das nicht. Du! Du musst es herausziehen!«

»Ich? Wieso ich?«

Das ging nun doch deutlich zu weit. Die kosmetische Behandlung der Toten war Hausmayrs Domäne, in die bei Androhung unausdenkbarer Strafen keine Menschenseele hineinpfuschen durfte.

»Du bist doch der Oberforscher und Oberleichenchef –«

»Ja, das bin ich auch tatsächlich«, versetzte ich gekränkt, »aber ich fummle unter gar keinen Umständen an einem Toten herum. Da gibt es eine Grenze!«

»Los jetzt! Mach schon!«, drängte sie mich.

»Nein!«

»Memme! Du bist doch nur zu feige!«

Ich sagte nichts dazu, sondern ging hinaus, um mich mit den anderen im Freien vor der offenen Tür der Kapelle zu positionieren.

Zehn Minuten später trugen wir den – freilich jetzt für immer geschlossenen – Sarg der alten Frau den Kiesweg bis fast zum südlichen Ende des Friedhofs, dicht an der mit Moos und Flechten bewachsenen Mauer, von der aus man drüben das *E-Werk* erahnen konnte. Sage und schreibe sieben Trauernde waren gekommen, um Frau Ines Heinl die letzte Ehre zu erweisen. Geboren wurde sie im Oktober 1911, geheiratet hatte sie 1933. Sie hatte anfangs in Schlesien gelebt und dort eine Tochter zur Welt gebracht. Der Mann war im Krieg vermisst worden und nie wiederaufgetaucht. 1945 folgte dann die Vertreibung. Frau Heinl fand Zuflucht in Zweifelsheim bei Herzogenaurach und Arbeit in der dortigen Spinnerei. Immerhin, so drückte es der Geistliche aus, war ihr ein langer Lebensabend beschieden gewesen.

Am Vorabend, als ich meine Leute hatte zusammentelefonieren wollen, hatte es leidlich Konfusion gegeben: Lars war spurlos verschwunden, ich hatte keinerlei Ahnung, wo sich Tobias, Henry oder Georg-Wilhelm aufhielten, und die meisten anderen waren telefonisch unerreichbar, sodass es mir erst auf den letzten Drücker gelang, drei einsatzbereite Mitarbeiter aufzutreiben: Richard, Jürgen Kragel, den wir unter uns nur noch »den anderen Jürgen« nannten, und Egidius – die B-Auswahl sozusagen.

Der Ablauf der Veranstaltung an sich war nullachtfünfzehn, wenn man von dem – mit Verlaub – grottenschlechten Organisten absah. Dieser legte kaum Wert auf die Melodien, die er spielen sollte, sondern beschäftigte sich im Wesentlichen mit der Lautstärke, in der er spielte und die er geradezu manisch wechselte: laut – leise – voll laut – ganz leise – noch lauter – kaum hörbar – unerträglich dröhnend usw.

Alles andere als nullachtfünfzehn war das, womit mich Tilda konfrontierte, als wir auf dem Weg zum Ausgang etwas hinter die anderen zurückfielen, um uns wenigstens kurz über unsere kleine private Ermittlung auszutauschen.

»Und? Willst du wissen, was drin war im Ohr?«

Tilda sah mich mit einem schiefen Grinsen im Gesicht erwartungsvoll an, aus ihren Augen strahlte der Triumph.

»Du hast es …« Mir fehlten die Worte. »… getan?!«

»Blut war da drin, der Gehörgang komplett vollgelaufen.«

»Und das weiße Kopfkissen? Das Laken? Hat dich jemand beobachtet?«

Sie lachte: »Ach, du kleiner Schisser! Das Blut war natürlich geronnen und verklumpt. Da tropft gar nix mehr. Aber ich habe endlich einen konkreten Hinweis!«

»Und jetzt?«, fragte ich. Mir fehlte sozusagen jede Vorstellung, wie wir näher an den Tod herankommen sollten. Vielleicht hatte Tilda doch recht, aber es gab dann sicher zahllose Verdächtige, von denen wir jedoch praktisch keinen einzigen kannten. Nur weil auffällige Leute eine Beerdigung besuchten, waren sie noch lange nicht Serienmörder. Überhaupt – um diejenige Person aufzuspüren, die alleinstehenden Rentnerinnen Blut und Wachspfropfen ins Ohr applizierte, war der Friedhof wohl einer der ungeeignetsten Jagdgründe.

»Ich lass mir etwas einfallen«, sagte Tilda und zwinkerte mir zu. Sie war bestens gelaunt und strahlte übers ganze Gesicht.

Wir standen draußen an der Friedhofsmauer, gleich da, wo Hausmayr den Leichenwagen geparkt hatte.

»So«, rief er uns aus der Pforte tretend fröhlich zu, »wieder etwas g'schafft!«

»Entschuldigen Sie«, wandte sich Tilda an ihn. »Mich beschäftigt da etwas, das ich Sie fragen wollte.«

»Schieß los, Mädle!«

»Welchen Zweck haben diese Ohrenpfropfen, die ich jetzt schon öfter bei den Leichen, also den Verstorbenen, bemerkt habe?«

»Was für Ohrenpfropfen?« Hausmayr zog die flache Stirn in Falten. »Ich überleg scho, aber nee ... ja meinst du, wenn eines einen Pilz im Ohr hat? Einen Fußpilz, des gibt's, dass sich das überträgt, dann lass ich die Watte drin. Du musst ja nicht alles anfassen, oder? Wie kommst da drauf?«

»Nur so«, sagte Tilda und versuchte desinteressiert zu klingen, aber ich sah, wie sich dabei ihre Mundwinkel angewidert kräuselten. Kaum war Hausmayr ins Auto gestiegen, peilte sie im Eilschritt das Fitnessstudio in der Münchener Straße an, um sich die Hände zu waschen.

Ich radelte alleine zurück in die Innenstadt und sperrte aus einem spontanen Impuls heraus mein Rad vor der Universitätsbuchhandlung in der Unteren Karlstraße ab, ein paar Schritte gegenüber der großen Bibliothek. In der Abteilung für Fachbücher im ersten Stock hatte ich bisher nur die Sparte Mathematik/Physik wahrgenommen, aber die Medizinecke war schnell gefunden, auch das reich bebilderte Übungsbuch über Haut- und Geschlechtskrankheiten. Die Abbildungen waren ganz fürchterlich realistisch, und ich ekelte mich so sehr wie nicht mehr, seitdem ich in der *Meisengeige* in Nürnberg David Lynchs *Eraserhead* gesehen hatte.

Von Watte- oder Wachspfropfen wusste das widerwärtige Lehrbuch allerdings nichts zu berichten.

Mir war jeder Vorwand recht, um mit Tilda zu telefonieren. Mein Ziel war es, etwas Harmloses mit ihr zu unternehmen. Ideen dafür hatte ich genug – in etwa genauso viele wie Misserfolgserlebnisse. Mir schwebte vor, mit Tilda auf dem Rad zum Kanal zu fahren, wie vor zwei Jahren mit Doris, vorbei am Langen Johann, einem monströsen Hochhaus, das unmotiviert wie eine Betonbeule aus dem Dechsendorfer Damm in den Wald am Stadtrand wucherte, am Lenker eine Jutetasche mit ein paar Bierdosen, und dann an der Schleuse im Gras zu liegen und dem Wasser beim Plätschern zuzuhören. Doris hatte leider extremen Heuschnupfen bekommen und war zu allem Überfluss von einer Biene gestochen worden. Unsere Zweisamkeit war also von Beginn an mit unguten bis ganz schlechten Gefühlen infiziert, was zu einer schnellen Einstellung unseres Umgangs führte. Mit Tilda würde alles gut gehen, so stellte ich mir das vor, und nachdem wir den Sonnenuntergang in aller Ausführlichkeit bestaunt hätten, würden wir unterwegs noch mehr Bier besorgen. Und dann über die Mauer im Hinterhof meines Hauses in den Hof der Berufsschule klettern, wo man eine Tischtennisplatte hinzementiert hatte. Wie mit Sandra letzten Sommer, so wollte ich mit Tilda bis zum Sonnenaufgang Pingpong spielen, nur dass Tilda nicht wie Sandra anschließend zum Frühstücken in ihre Heimatstadt Schwandorf fahren würde, um nie wieder zurückzukehren …

Doch Tilda hatte sich mehr denn je in ihre privaten Ermittlungen verbissen.

»Warum denkst du an Mord? Vielleicht waren all die alten Damen schon tot, und irgendjemand nutzte die Gunst der Stunde und steckte das Geld ein?«, argumentierte ich bestimmt schon zum zehnten Mal.

Mir waren instinktiv die einfachsten Erklärungen die liebsten, solche, die ohne Mord, Heimtücke und einen geheimnisvollen Unbekannten auskamen. Aber seitdem sie die beiden Ohrenverletzungen entdeckt hatte, hatte sie – wenn man das so sagen darf – Blut geleckt. Das Jagdfieber hatte sie gepackt, während ich, wie ich mir selbst bescheinigen musste, einfach *keine Lust* auf einen Serienmörder hatte.

»Dann kämen sogar die Bestatter infrage – also Hausmayr und auch du. Aber pass auf: Ich bin Polizistin. Ich habe natürlich nachgeforscht. Das gehört zu meinem Job ...«

Sie schwieg, bis ich irgendwann das Rauschen im Telefonhörer nicht mehr aushielt.

»Ja und? Was hast du herausgeforscht?«

»Du darfst NIEMALS unter keinen Umständen IRGENDJEMANDEM davon erzählen, ist das klar, Ferdinand!?«

»Ja, o. k., klar.«

»Ich habe bei etwa einem Dutzend der Verstorbenen, die ich anhand der Zeitungsanzeigen als verdächtig einstufte, angerufen. Das heißt, ich habe mit einem Dutzend Hinterbliebenen gesprochen, die gerade zufällig in der nachgelassenen Wohnung waren. Ich sagte, ich sei von der Bank und dass ich Frau Dings dringend empfehlen wollte, keine großen Mengen Bargeld zu Hause aufzubewahren. – Wieso Bank? Willst du's wissen? Weil die Leute Vertrauen haben zu einer Bank! Und zu Leuten, die sich für Angestellte der Bank ausgeben. Das ist wie bei einem Pfarrer ...«

»Ich bleib aber dabei: Es gibt einfach keinerlei Evidenz. Für Mord. Und wenn da Geld verschwunden ist, ist das doch ein Fall für deine Kollegen vom Einbruch. Du folgst nur deinem Gefühl, du hast dich da hineinverrannt, weil du deinen Chef hasst …«

»Siehst du« – (ich stellte mir ihre blitzenden Augen vor, ihren vor- und zurückschnellenden Mund, wie eine Schlange, die blitzartig zuschnappt) – »genau das ist dieselbe Scheiße, die ich mir von meinem verfickten Chef jeden Tag anhören muss!! ›Zu viel Gefühl im Spiel‹, ›Frauen denken mit dem Bauch‹, ›hysterische Ideen‹, ›Weiberquatsch‹ und so weiter und so fort. Und du, du scheinheiliger Zwerg, unter deiner netten Fassade bist du genauso ein chauvinistischer Scheißkerl! Genau das gleiche sexistische …«

Ich knallte den Hörer auf den Apparat. Das ging mir definitiv zu weit. Nach einer Minute klingelte das Telefon.

»Fuck! Mann!«, schrie sie. »Ich weiß genau, was ich tue, aber ich habe keine Unterstützung. Spurensicherung, Landeskriminalamt, Suchhunde, Labor – nichts! Niente! Nada!«

Dann krachte am anderen Ende der Kunststoffknochen auf die Gabel. Ich grübelte, was wohl am wahrscheinlichsten als Nächstes geschehen würde. In diesem Moment läutete der Apparat erneut.

»Ich war übrigens noch nicht fertig: Mindestens acht der Hinterbliebenen, mit denen ich sprach, wunderten sich, dass kein Pfennig Bargeld in der Wohnung aufzufinden gewesen war. Eine Frau sagte sogar, sie vermisse Wertsachen, von denen sie mit Sicherheit angenommen hatten, dass sie vorhanden sein müssten. Acht, sage ich. Mindestens. Ich riet ihnen, zur Polizei zu gehen, aber ausnahmslos alle lehnten ab. Weil sie ja sowieso keine Beweise hätten, sagten sie, und sie sich nur unnütze Scherereien einhandeln würden. Übrigens: Du hast vorhin ausnahmsweise etwas sehr Schlaues gesagt: Für Mord brauchen wir Evidenz.«

***

Wir trafen uns am Freitag, dem Tag nach Fronleichnam, im *E-Werk*, an der Bar in der Kellerbühne. Tilda war wie immer fünf Minuten zu früh, aber ich war auch nicht blöd und saß seit zehn Minuten mit einer Halben Kitzmann am Tresen.

Es war das erste Mal, dass für mich in Aussicht stand, mit Tilda den Abend alleine zu verbringen, deswegen meine Hoffnungen, ihr auch »privat«, wie das Hausmayr bezeichnet hätte, also außerhalb eines geschäftsmäßigen Zusammenseins, näherzukommen. So nah wie möglich natürlich.

Wem ich nicht unbedingt näherkommen wollte, war Günni. Ein Theaterwissenschaftler, der jemanden kannte, dessen Onkel mit einer RAF-Terroristin verschwippschwägert war. So oder so ähnlich erzählte er es andauernd und jedem, dem nicht schnell genug eine Ausrede einfiel, weshalb gerade überhaupt keine Zeit für eine revolutionäre Plauderei sei. Und sich um die nächste Ecke verkrümelte. Günni, der sich auf den bewaffneten Kampf zum Sturz der herrschenden Klassen vorbereitete, indem er sich eine Nickelbrille und eine rote Motorradlederjacke zugelegt hatte, glaubte, er werde vom Geheimdienst überwacht. Irgendein Geheimdienst, eben der Geheimdienst, der für die Überwachung von extrem gefährlichen »RAF-nahen« Systemgegnern wie ihn zuständig war.

Ich nickte von Zeit zu Zeit, um zu signalisieren, dass ich seinen Ausführungen lauschte, doch hoffte ich inständig, dass er bald aufgeben würde, am besten noch ehe Tilda eintraf. Derweil rekapitulierte ich in Gedanken den letzten Einsatz für Bestattungen Duschner.

Es war in dieser Woche nicht viel los gewesen, als hätten sich die Leute abgesprochen, mit dem Sterben einfach noch ein Weilchen zu warten. Nur am Mittwoch waren wir draußen in Uttenreuth aufgelaufen, für eine Routineangelegenheit: eine neunzigjährige Frau. Technisch gelang uns die Bestattung fehlerlos, denn der Sarg war leicht, das Grab einfach zugänglich und der Wagen ohne Mängel – nur die Seile ließen wir in der Grube hängen, denn da das Grab voll lehmigem Wasser stand, waren sie über die halbe Länge so feucht, dass wir uns hoffnungslos eingesaut hätten. Den Job des Pfarrers machte wieder der langsame Kugelrunde mit der bedrohlichen roten Brille. Er leierte die Lebensdaten der Verstorbenen herunter wie die Ergebnisse eines Spieltags in der Fußballbundesliga: acht Geschwister, drei Kinder in vierunddreißigjähriger Ehe, seit dreiunddreißig Jahren Witwe, keine Enkel, der Lebensfaden war in der nachkommenden Generation abgerissen. Der Ehemann schien in dieser Familie nicht mehr als eine Statistenrolle gespielt zu haben.

Der Pfarrer bediente sich einer Formel, die am Grab sehr häufig gebraucht wurde, an die ich mich aber nie so recht gewöhnen konnte. Er sagte nämlich: »Wir befehlen denjenigen deiner Gnade an, den du als Nächsten aus unserer Mitte abrufen wirst. Bereite ihn und uns alle zu einem seligen Ende vor.«

Ich empfand diese Bitte als beängstigend, geradezu bedrohlich, weil ich natürlich instinktiv diese Anbefehlung auf mich bezog. Einmal ganz davon abgesehen, dass ich, wenn ich Gott wäre, mich nicht von einem dahergelaufenen Pfarrer einfach so wie einen Stammtischbruder duzen lassen würde, aber das ist ein anderes Thema.

Nach einer regnerischen Woche herrschte wieder große Hitze. Der Schweiß lief mir unter dem Hemd den Rücken hinab, wir atmeten mit offenem Mund. Thymian- und Wacholderduft hing in der schweren Luft, und die Vögel zwitscherten mit geradezu unverschämter Lautstärke. Als die Ansprache gesprochen, der Segen verteilt war und wir mit dem Sargwagen nach draußen traten, schlug uns die Hitze, die sich über dem Gottesacker angestaut hatte, wie mit der flachen Hand ins Gesicht.

Unsere Diskussion nach dem Auftritt hatte sich aller Hitze zum Trotz in die Länge gezogen. Wir hatten die anderen vorausgeschickt, ich war zu Tilda ins Auto gestiegen, und sie hatte mich wie so oft am Lorlebergplatz abgesetzt.

»Ich muss wissen, wie er sie tötet«, verkündete sie unvermittelt.

»Wie sollen wir das anstellen? Willst du in der Aussegnungshalle eine Obduktion veranstalten?«

»Wir könnten deinen Kumpel fragen, diesen Gerichtsmediziner.«

»Also, ich weiß ja nicht. Langsam komme ich mir vor wie in einer Splatterversion von *Emil und die Detektive*.«

»Ich habe nun schon dreimal diese Wachspfropfen im Ohr entdeckt. Und einmal Vaseline im Nasenloch. Du hast letzthin von dem Radiologen erzählt, den ihr in Bruck versorgt habt: Wir brauchen ein Röntgengerät. Du studierst doch Physik, oder? Röntgen ist doch Physik, das hatten wir in der Schule.«

»…?!?«

»Nein, im Ernst. Du besorgst so ein Gerät, und wenn das nächste Mal wieder eine alleinstehende alte Dame an der Reihe ist, machen wir ein Röntgenbild vom Kopf. Mehr nicht – dann gebe ich Ruhe.«

Und so kam es dann zwei Tage später zu unserer Verabredung im *E-Werk*. Mit Günni machte sie kurzen Prozess:

»Hallo, ich glaube, da draußen wartet jemand auf dich. Und ich muss mit dem Herrn hier ein wichtiges Gespräch führen. Zu zweit. Kapiert? Tschüss dann.«

Günni schaute recht perplex aus seiner Lederkluft, doch dann zwinkerte er mir zu und trollte sich mit einem Grinsen im Gesicht.

»Also gut«, begann ich. Was auch immer Tilda vorschlug, ich würde es früher oder später doch tun. Warum sich also noch herumquälen? Es war völlig klar, dass wir zum Röntgen zweierlei brauchten: Strom vor Ort und jemanden, der hinterher das Röntgenbild entwickelte. Ich war felsenfest davon überzeugt, dass Tilda von dem Plan ablassen würde, wenn ich ihr demonstrierte, dass ihr Vorhaben unmöglich war.

»Hör zu«, fuhr ich fort und schickte als Erstes meine Trümpfe ins Rennen. »Ich kenne da vom Studium einen Typen, der verfertigt seine Diplomarbeit in der Strahlenbiologie. Die hätten dort ein mobiles Röntgengerät ...«

»Nichts wie hin!«

»Langsam, langsam! Dir ist doch sicher auch klar, dass Röntgenstrahlung nicht ungefährlich ist. Und dass wir einen Stromanschluss brauchen ...«

»Das kriegst du schon hin«, wiegelte sie ab. »Wann können wir loslegen?«

Ihre Ignoranz fing an, mich aufzuregen. Wenn sie mir nur wenigstens geschmeichelt hätte, von wegen was ich alles wüsste und wen ich alles kannte. Aber nichts dergleichen!

»Hör mir doch erst mal zu!«, entfuhr es mir viel lauter, als ich beabsichtigt hatte.

»Ganz ruhig, Brauner! Ich habe keine Ahnung von der Technik, verstehst du? Ich verlasse mich da absolut auf deine Fähigkeiten. «

Das musste ich ihr lassen: Mit traumwandlerischer Sicherheit spürte sie, wenn sie riskierte, dass ihr der Fisch von der Angel schlüpfte. Sozusagen. Immer dann, wenn ich kurz davor war, ernsthaft sauer zu werden, kam sie wieder einen Schritt auf mich zu. Ich erkannte dieses Spiel, ich erschrak, als ich merkte, was hier lief, und ich machte trotzdem mit.

»Erstens müssen wir irgendwie meinen Kommilitonen in der Strahlenbiologie überzeugen, dass er uns das Gerät ausleiht. Und zweitens müssen wir vorher checken, ob in der Aussegnungshalle genügend Platz ist und eine Steckdose.«

»Da hast du recht, tut mir leid, dass ich so drängle. Ich will eben endlich weiterkommen.«

Ich leerte mein Bierglas und ging nach draußen. Tilda sprang mir hinterher.

»Wohin gehst du?«

»Das wirst du gleich sehen.«

Entschlossen ging ich die Straße vor bis zur Bahnunterführung und dann die Münchener zurück bis zum Besucherparkplatz, wo mir die Mauer, die den Altstädter Friedhof umgab, niedrig genug erschien, um darüberzuklettern. Auf was hätten wir noch warten sollen? Ebenso gut konnten wir das Gelände und die Bedingungen für eine Röntgenuntersuchung vor Ort sofort checken.

Im Strahlenschutzkurs hatten wir gelernt, dass sich fünf Jahre zuvor ein schreckliches Unglück in Brasilien abgespielt hatte, wo Müllsammler radioaktive Stoffe aus einem stillgelegten Krankenhaus abtransportierten und in einem Elendsviertel an Freunde und Verwandte verteilten. Die Körper einiger Todesopfer waren so verstrahlt gewesen, dass sie in Bleisärgen beigesetzt werden mussten. Damit brauchte man in Erlangen definitiv nicht zu rechnen. Meine experimentellen Fähigkeiten hielten sich in Grenzen – jedenfalls, insofern es hochpräzise Messungen von kryptischen Mischungswinkeln, Planck'sche Wirkungsquanten, Feinstrukturkonstanten oder Asymmetrieparameter anbelangte. Lediglich eine Röntgenröhre in Betrieb zu setzen traute ich mir allerdings sehr wohl zu, denn wenn es ums Pfuschen und Basteln windiger Aufbauten ging, war ich ein Meister.

Vorausgesetzt, man hielt die eigene Phantasie am kurzen Zügel und halluzinierte sich nicht in ein Angriff-der-Untoten-Szenario hinein, konnte man sich beim nächtlichen Aufenthalt auf dem Altstädter Friedhof pudelwohl fühlen. Beiderseits flankiert von Auto- und Eisenbahn bewegten wir uns frei, ohne zu fürchten, beobachtet zu werden, und redeten ungezwungen in normaler Konversationslautstärke. Als paradox empfand ich, dass ich unter Tags weitaus mehr Hemmungen hatte, an einem solchen Ort laut zu reden oder mit den Händen in den Hosentaschen zwischen den Gräbern zu schlendern.

Wie ich jedoch schon befürchtet hatte, war die Tür zur Kapelle fest verschlossen, da half auch nicht, dass Tilda ein Dutzend Mal am Griff rüttelte.

»Verflucht!«, rief sie in das Brausen eines Sattelschleppers hinein. »Das ist ein Kalter!«

»Hey, wir sind auf einem Gottesacker«, ermahnte ich sie.

»Hol's der Teufel, das ist mir scheißegal!«

»Aber wenn deine Erlanger Kollegen auftauchen, weil wir hier Randale machen, hast du auch nichts davon. Komm, gib's auf! Wir schauen uns das mal tagsüber an ... Ich zeig dir dafür das Kitzmanngrab, ich wette, das kennst du noch nicht.«

Ich ging wieder voran, Tilda, die in ihren nicht vorhandenen Bart grummelte, folgte mir widerstrebend. Als wir davorstanden, wurde mir bewusst, dass ich nie überprüft hatte, ob es tatsächlich das offizielle Grab der Brauereifamilie war. Stillschweigend nahm ich mir vor, bald einen Blick ins Telefonbuch zu werfen, um zu sehen, wie viele Kitzmanns es überhaupt in der Stadt gab.

»Und? Was sagst du? Das ist doch großartig – die Familie Kitzmann stellt sich einen Grabstein hin, der aussieht wie ein riesiges Pilsglas. Schau: sogar mit Schaumkrone.«

Tilda schlug sich mit der Hand vor die Stirn und machte auf der Stelle kehrt. Aller Zuneigung zum Trotz musste ich mir eingestehen: Mit Humor war sie nicht im Übermaß ausgestattet. Als ob sie genug Zeit mit der Aktion vertrödelt hätte, stapfte sie zurück zu der Stelle, wo wir über die Mauer geklettert waren. Ich holte sie gerade im richtigen Moment ein, als sie nämlich den Halt auf der Mauerkrone verlor und hintenüber in meine Arme fiel. Es wäre nicht unbedingt nötig gewesen, sie aufzufangen, da sie sich höchstens die Hand auf dem geschotterten Weg aufgerissen hätte. Ebenso wie ich war sie verschwitzt, und ich zog ihren Duft gierig in meine Nase. Vielleicht ließ ich deswegen eine halbe Sekunde zu lang meine Hände auf ihrer Hüfte und ihrer Schulter liegen.

»Lass mich sofort los!«, sagte sie wütend.

»Hey, du riechst so gut«, sagte ich ehrlicherweise, nahm aber natürlich sofort meine Hände weg.

»Bist du jetzt völlig bescheuert?! Ich bin definitiv die Falsche für einen Widerspenstige-Zähmung-Schwachsinn!«

»O. k., o. k.«, entschuldigte ich mich, »tut mir leid. Es war ja keine böse Absicht.« Ich hoffte inständig, dass sie nicht bemerkte, wie sich meine Hose beulte. Mir war klar, wie schlecht ein solches Geschwelle ankommen musste in diesem Moment. Es abzustreiten wäre vollkommen sinnlos, auch wenn es nicht im Geringsten bedeutete, dass ich Tilda gegen ihren Willen irgendwelche Intimitäten aufdrängen wollte. Ich war einfach außerstande, meine Erregung zu unterdrücken.

»Ich weiß genau, was deine Absichten sind. No means no, das ist doch der Name einer eurer Lieblingsbands? Du verstehst doch, was das heißt. Oder?«

Ich dachte an das T-Shirt, das in meiner Bude im Schrank lag. Ja, eine geile Band. Und eine klare Aussage noch dazu.

Dann nahm sie einen zweiten Anlauf, erklomm mühelos die Mauer und war verschwunden. Ich dackelte quer durch die Stadt nach Hause, voll und ganz mit dem Wirrwarr der Gefühle in mir beschäftigt. Ich rechnete nicht damit, von Tilda jemals wieder etwas zu hören, und grübelte bereits darüber, wen ich als Ersatz für sie anheuern könnte. Vielleicht hatten Esther und Laura ja noch eine Schwester …?

***

Und dann weckte mich erneut ein Klopfen an der Tür, und kurz danach zwitscherte aus dem Telefonhörer die Stimme einer gut gelaunten Tilda: »So. Nachdem Zweitens gestern so wunderbar nicht geklappt hat, sollten wir uns vielleicht an Erstens machen, oder?«

Und so kam es zur nächsten Verabredung, bei der es darum ging, meinen Bekannten in der Strahlenbiologie so geschickt zu bezirzen, dass er uns ein Röntgengerät ausleihen würde.

Mein Kumpel hatte fatalerweise genau den gleichen Nachnamen wie ich. Felix Degenhardt hieß er, aber wir waren weder verwandt noch verschwägert, seine Vorfahren hatte es nach dem Krieg aus Schlesien nach Reichenschwand verschlagen. Während der neun Jahre auf dem

Gymnasium waren wir permanent verwechselt worden, obwohl wir uns alles andere, bloß nicht ähnlich sahen. Felix war kleiner als ich und pummelig, er hatte einen schlimmen Unterbiss, Sommersprossen in seinem teigigen, bleichen Gesicht und eine dicke Brille auf der Nase.

Die meisten Lehrer hatten jedoch stets nur einen oberflächlichen Blick auf die Namensliste geworfen, und immer wieder bekam ich eine Mahnung der Schulbücherei, dass ich ein Buch, das ich nicht hatte, dringend zurückgeben müsste, oder Felix' Eltern bekamen einen Verweis zugeschickt, weil ich in der Pause mit Schneebällen auf das Lehrerzimmerfenster geworfen hatte. Vielleicht war sogar dieselbe Art Verwechslung daran schuld, dass ich schließlich mit Felix im Mathe-Leistungskurs landete und das schon vom Alter leicht zermürbte Gehirn des »Funkers«, wie wir unseren Lehrer nannten, zwei Jahre lang an der praktisch unlösbaren Aufgabe scheiterte, auf Anhieb dem entsprechenden Degenhardt die richtigen Noten zu verleihen.

Schließlich brach der erste Tag meines Studiums in Erlangen an, die erste Vorlesung zum Thema »Einführung in die höhere Algebra 1«, und ich saß gespannt und voller Erwartung auf dem hölzernen Klappstuhl, als sich jemand neben mich quetschte und mit einer mir nur zu vertrauten Stimme quäkte: »*Hello but also!* Du hier?«

Ich wusste vom ersten Tag an, dass ich keinen einzigen Kurs belegen würde, den Felix belegte, auch wenn mir dann nur die unbeliebtesten Seminare und abstraktesten Praktika bleiben würden.

Und ich wusste, dass Felix auf rotblonde Frauen stand. »Keltisch blond« nannte er diese Schattierung, die ziemlich selten vorkommt, sodass es so etwas wie ein Wink des Schicksals war, dass Tilda exakt diese Haarfarbe besaß.

Das Treffen mit Felix arrangierte ich zwei Tage nach Tildas Anruf im *Transfer*, unweit vom Bahnhof in der Westlichen Stadtmauerstraße. Mir war klar, dass wir da eine miese Nummer abzogen, aber gut: Ich wollte Tilda beeindrucken, Tilda wollte eine Röntgenaufnahme. Wir waren nicht in der Stimmung, unsere Methoden moralisch zu hinterfragen. Damit Felix nicht auf die Idee käme, ich hätte etwas mit Tilda laufen – was mir freilich weitaus lieber gewesen wäre –, besagte das Drehbuch, dass ich mich mit Felix auf ein Bier verabredete und Tilda scheinbar zufällig ein wenig später dazustoßen sollte.

Und dann saß ich da neben Felix an der Bar, vor uns zwei Pils, und führte halbherzig ein Gespräch über die Details des linearen Energietransfers von geladenen Teilchen beim Durchqueren von Zellkernen. Strahlenbiologie eben. Felix, dessen kleine Mäuseaugen hinter seiner Brille mit den dicken, getönten Gläsern kaum auszumachen waren, sah noch schlimmer aus, als ich ihn in Erinnerung hatte. Fettige Haare, die Schultern im schwarzen T-Shirt, das ihm aus dem Hosenbund hing, mit Schuppen bestreut, am einen Nasenflügel ein respektabler entzündeter Pickel.

Endlich, gegen halb elf, tauchte Tilda in der Tür auf und sah sich nicht lange um, sondern kam direkt zu uns und begrüßte mich mit einem knappen »Hi, Ferdinand«. Und an Felix gewandt: »Hi, ich bin Tilda. Und wer bist du?«

Wenn *das* nicht komplett nach Absprache aussah, dachte ich, dann überhaupt nichts. Noch ehe sie ihre Frage fertig ausgesprochen hatte, griff sie mit beiden Händen zum Dutt an ihrem Hinterkopf (Henry hätte gesagt, um ihre Brüste nach vorne zu strecken, deren Größe für die Versorgung des Nachwuchses entscheidend sind, während das Heben der Arme freie Bahn für die Pheromone im Schweiß der

Achselhöhlen schuf, sodass das Männchen mittels seines Geruchssinns die genetische Kompatibilität des Weibchens überprüfen konnte) und löste die Haarklammer. Ein leichtes Schütteln des Kopfes – und schon wallte eine rotblonde Woge über ihre Schultern. Filmreif. Das hier könnten meine persönlichen *9½ Wochen* werden, schoss es mir durch den Kopf, und mit Erstaunen detektierte ich eine Anflug von Eifersucht in meinem Herzen.

Aber Felix reagierte wie geplant und hatte sich in Sekundenschnelle in Tildas Mähne verliebt. Er begann recht charmant von sich zu erzählen, nicht ohne immer wieder mich als Gegenspieler in seinen Quasi-Monolog einzubauen.

»Ich mache gerade meine Diplomarbeit, so wie Ferdinand. Oder, Dino?«

»Ja, ist ja jetzt langsam auch Zeit.«

»Stimmt, ich bin auch schon im vierzehnten Semester. Wir haben damals zusammen angefangen, stimmt's, Dino?«

So ging das eine Weile, Tilda mimte Interesse und stellte ab und zu kurze Fragen, aber insgeheim, so verriet sie mir später, lachte sie über meinen Spitznamen, mit dem Felix mich seit dem Gymnasium ansprach. »Dino ...!«, sagte sie, als wir nachher das kurze Stück zu ihrem geparkten Auto zusammen gingen. »Darf ich dich auch Dino nennen? So einen albernen Spitznamen habe ich ja selten gehört ...«

Irgendwann war Tilda dann zum entscheidenden Punkt gekommen. »Du machst dann so rum mit Röntgenstrahlen, verstehe ich dich richtig?«

»Ja, klar, das ist mein Job«, brüstete sich Felix und rauschte direkt in die Falle.

Tilda entwickelte nun die Story vom Pferd, so wie wir es uns zuvor überlegt hatten. Buchstäblich vom Pferd. Dass sie eine sehr alte und liebe Stute besitze, schon sehr alt, draußen hinter Möhrendorf sei das Tier untergebracht, in einem Mietstall. Es hätte schon seit Längerem ein Hufleiden, bräuchte eigentlich ein orthopädisches Hufeisen, aber dazu müsste man vorher den Fuß röntgen, damit der Hufschmied eben speziell solch ein Eisen basteln könne.

Felix machte große Augen. Er hatte keine Ahnung von Pferden und brauchte eine Weile, bis er begriff: Tilda fehlte das Geld für die Röntgenuntersuchung, sie suchte daher nach Möglichkeiten, die Sache selber zu erledigen.

»Du weißt nicht zufällig, wo ich mir ein Röntgengerät ausleihen könnte?«, strahlte sie ihn an und setzte ihr betörendstes Lächeln auf ...

»Nummer eins scheint ja zu funktionieren«, sagte Tilda später zum Abschied und zwinkerte mir zu. »Vielleicht wird das mit Nummer zwei auch noch was ...?«

Ich konnte nicht unterscheiden, ob in ihren Worten eine Doppeldeutigkeit versteckt war, aber ich fühlte mich sehr wohl dabei, mir vorzustellen, dass Tilda mehr meinte, als nur die geeignete Örtlichkeit für ein Nacht-und-Nebel-Röntgenfoto zu finden.

»Dein Freund, dieser Richard, der ist doch praktisch Tag und Nacht zugedröhnt und braucht mit Sicherheit Unmengen Geld für sein Hobby, oder?«

»Was willst du mir damit sagen?«

»Ich habe nachgedacht: Er liefert Medikamente aus, das heißt, ihm ist so ziemlich jede alte Frau im gesamten Stadtgebiet bekannt. Die sind schwach und wehrlos, und sie vertrauen ihm. Sie geben ihm Trinkgeld, er weiß, ob sie gerade große Mengen Bargeld im Haus haben. Von den Wertsachen mal ganz abgesehen.«

»Wie bitte? Du verdächtigst einen unserer Leute?!«

»Ich denke nach – sagte ich das nicht bereits? Was du offenbar nicht weißt, ist, dass dein Giftler-Freund Zivi beim Roten Kreuz war und Essen auf Rädern ausgefahren hat.«

»Das haben viele getan. Du müsstest Hunderte verdächtigen.«

»Das tue ich auch! Aber dein Richard ist ein heißer Kandidat.«

»Was heißt hier ›mein Richard‹?«

»Ich warte noch auf Informationen von einer Kontaktperson, aber die Sache ist schwierig, weil ich nur unter einem Vorwand Anfragen stellen kann. Wegen eines alten Falles von vor zwanzig Jahren, habe ich behauptet. Aber eines habe ich schon herausgefunden: Es gab einen ehemaligen BRK-Fahrer, der später noch öfter anrief und sich ausdrücklich nach alten Frauen erkundigte, angeblich um zu erfahren, wie es ihnen geht.«

»Gut, dann werde ich auch in dieser Richtung Augen und Ohren offen halten, Sir!«

Ansonsten hatten wir uns für die einzige Möglichkeit entschieden, die wir hatten, nämlich abzuwarten, bis eine geeignete Klientin hereinschneien würde. Das sollte nur eine Frage der Zeit sein. Felix würde uns – das hieß wohl besser: Tilda – das Röntgengerät für eine Nacht ausleihen, obwohl er dabei ein Dutzend Regeln und Vorschriften ignorieren musste. Er selbst würde nicht dabei sein, denn Felix hatte höllische Angst vor Pferden. Was mir natürlich bekannt gewesen war, als wir uns die Geschichte von dem kranken Huf ausdachten. Und wo wir unser Experiment durchführen würden, war mir inzwischen auch schon gedämmert ...

***

Das Institut Duschner war in einer ehemaligen Pilskneipe im Erdgeschoss eines Hauses aus der Gründerzeit untergebracht. Zur Eingangstür, die in die diagonal abgeschnittene Ecke des Gebäudes eingefügt war, führten drei Stufen. Die Hauswände an beiden Seiten waren vom Gehweg bis zum ersten Stock mit schwarzen Kacheln verkleidet. Links ein großes Schaufenster, rechts eine altmodische Uhr, eine absolut amtliche Bahnhofsuhr, die allen, die hier eintraten, nicht nur anzeigte, wie spät es war, sondern die generell an die Zeit erinnerte, die knapp war und für jeden Einzelnen auf ein vom Schicksal vorherbestimmtes Ende zusteuerte – während doch die große, von uns hilflosen Menschleins unabhängige Zeit, die das Universum von allem Anfang bis zum letzten Ende aufspannt, unberührt weitertickt und sich bis zum Unendlichen ausdehnt.

Hausmayr erklärte mir die wichtigsten Aufgaben. Was ich am Telefon zu sagen hatte, wenn Kunden anriefen (»Immer als Erstes: Aufrichtiges Beileid wünschen. Aufrichtiges, verstehst?«), welche Särge ich ihnen zeigen (»Erst die lumpigsten, dann kriegen sie ein schlechtes Gewissen und geben mehr aus, als sie vorgehabt hatten«) und dass ich niemals den Preis eines Sarges nennen sollte, ehe sich die Angehörigen für ein Modell entschieden hatten. Die Buchführung und anderer Verwaltungskram seien nicht eilig, Frau Duschner würde das in zwei Wochen selbst erledigen. Ich trat also jeden Morgen um halb acht im Büro meinen Dienst an, aber die ersten Tage schien es, als ob die Menschen auf Frau Duschner warteten mit dem Sterben. Kein Anruf, kein Besucher. Selbst Hausmayr wunderte sich und erlaubte sich einen Scherz: »Mir müssterten bloß irgendswie die Chefin mit eim hiesigen Italiener verbandeln, dann gäbert's bei uns des ewige Lehm.«

Am Samstag gab es das erste Punkkonzert nach der Bergkirchweih. Im *Orange* in der Sieglitzhofer Straße, auf der anderen Seite der Schwabach, also fast schon in Spardorf. Der Höhepunkt für uns war die erste Vorband, da in der zwei Sargträger mitspielten. Sie nannten sich damals noch die Ungewaschenen Papstmörder und wurden später als Der 14. Waffenstillstand in der Region ein bisschen bekannt. Henry rödelte wie ein Irrer am Bass, und der schöne Tobias sang. Der eigentliche Star war jedoch der Gitarrist, der sich den Künstlernamen Randolf Rascett zugelegt hatte und aus Möhrendorf stammte, wo die Punk-Rock'n'Roll-Band im Keller seines Vaters probte.

Esther, die in der ersten Reihe stand, himmelte natürlich nur ihren Tobias an, während um sie herum das Publikum abging wie die Zäpfchen. Jeder begann jeden zu schubsen, und ein wilder Pogo brach aus. Sie spielten nur Coverversionen, aber die richtigen Stücke: die alten The-Who-Songs wie *I'm a Boy* oder *Pinball Wizard*, Unmengen von den Sex

Pistols und den Ramones, außerdem eine recht gelungene Version von *Gigantic* und *Where Is My Mind?*. Bei *My Generation* erreichte die Ekstase einen ersten Höhepunkt. Jeder, der das Kunststück beherrschte, pfiff durch die Zähne oder die Finger, und alle brüllten und schrien durcheinander.

Nachdem wir unsere Jungs frenetisch beklatscht und bejubelt hatten, gab's eine Umbaupause. Richard stieß mich mit dem Ellenbogen und hielt mir für den Bruchteil einer Sekunde die flache Hand unter die Nase. Auf seinem Handteller lagen eine blaue kleine Tablette, in die ein lachendes Gesicht, und eine rote, in die ein Herz geprägt war. Wenn ich wollte, könnte ich mir eine aussuchen.

»Nie gesehen. Ist das gut?«, fragte ich. Aber dann, einfach, weil ich Richard in diesen Dingen absolut vertraute und weil das vielleicht eine Gelegenheit war, die so schnell nicht wiederkommen würde, folgte ich ihm aufs Klo und schluckte das kleine rote Herz mit einem großen Schwall Wasser aus dem Wasserhahn.

Es war einer dieser Abende, an dem sich alle Menschen, die ich kannte, versammelt zu haben schienen. Als die zweite Band des Abends zu spielen begann, standen Richard und der ganze Rest der Truppe in der ersten Reihe und übten sich enthusiastisch im Headbanging, indem sie, ohne die Füße zu bewegen, den Kopf ununterbrochen auf und ab schleuderten. Mindestens jeder zweite männliche Zuschauer begleitete die Band mit der Luftgitarre. Ich entdeckte Max an der Biertheke und schob mich durch die Menge zu ihm.

»Hey, was treibt dich hierher?«, begrüßte ich ihn.

»Na, ich dachte, ich schau mir mal an, auf welche Mucke du so stehst?«

»Tut mir echt leid, dass ich es im *Mach* nicht so lange ausgehalten hab …«

»Kein Ding! Für mich ist das hier auch nicht gerade ein Ohrenschmaus. Ich meine, was findest du denn an dem Krach und dem Geschrei?«

Was sollte ich antworten? Ein Punker war ich, ein echter. »No future« – mehr gab es da eigentlich nicht zu sagen. Niemals würde ich eine Doppelhaushälfte beziehen. Niemals fürs Alter vorsorgen. Niemals meine Meinung verraten, und wenn ich mit jemandem zerstritten war, dann würde ich unerbittlich bleiben. Ein Feind war ein Feind, daran konnte sich niemals etwas ändern. Ich hatte sämtliche Bücher von Bukowski, derer ich habhaft werden konnte, verschlungen, völlig klar. Das war ein echter Kerl. Genauso wie Albert Camus. Hemingway und Sartre. Und beim Zweitausendeins in Nürnberg hatte ich mir eine Sammlung der Boris-Vian-Bände zugelegt, kleine Büchlein in Notizbuchgröße mit kunterbunten Bildern auf dem Einband. Auch die Mädchen, das hatte ich bald bemerkt, standen da drauf, zumindest die, die Existenzialisten waren wie wir. Aber wie sollte ich das Max begreiflich machen? Dieses süße Gefühl der Einsamkeit und Verlorenheit? Diese gerechte Wut, egal worauf?

Doch Max wartete gar nicht meine Erklärung ab.

»Ich seh das ja so«, fuhr er fort, ehe ich mein Plädoyer beginnen konnte. »Wir haben den Kalten Krieg überlebt. Du weißt Bescheid: SDI, SS-20, Reagan, Neutronenbombe. Zehntausend Atomraketen und hunderttausend Panzer hinter dem Eisernen Vorhang, die ihre Kanonen nach Westen ausgerichtet haben – das haben wir alles überlebt. Jetzt beginnt die Party, Alter! Vielleicht sollteste mal mitfliegen auf nen Rave nach Ibiza. Vielleicht wirste dort lockerer …«

»Du meinst, das ist so einfach? Was ist mit dem Krieg in Jugoslawien, der seit letztem Jahr tobt? Für die Menschen in Bosnien und Kroatien sieht die Sache bestimmt anders aus. Und das Waldsterben? Tschernobyl? Der Irak-Krieg?«

»Und du denkst, du hilfst irgendjemandem, indem du immer noch mit deiner ›no future‹-Attitüde herumrennst? Das ergibt doch keinen Sinn, wenn du ehrlich bist ...«

Ich winkte lachend ab: »Don't shoot shoot shoot that thing at me«, sang ich (ein Zitat der Violent Femmes). »Du klingst wie mein Vater, Alter! Da haben sich schon meine Eltern die Zähne ausgebissen, aber ist schon in Ordnung. Lass uns noch eines dieser köstlichen Hopfenkaltgetränke zu uns nehmen!«

Max lachte, und wir stießen mit frisch aufgedeckelten Flaschen an.

Ich staunte nicht schlecht, als die zweite Band die Bühne betrat: Da waren wieder unsere beiden Sanitäter! Beide in ihrer Heavy-Metal-Kluft mit langen, zotteligen Haaren und Bärten, beide schrubbten ihre Gitarren, bis die Saiten rissen, und ein Schlagzeuger, für den kein eigener Scheinwerfer mehr übrig gewesen war, trommelte wie ein Maschinengewehr im Schatten des Bühnenhintergrunds.

Das hätte Tilda sicherlich interessiert, dachte ich mir. Aber vielleicht konnte ich ja selbst ein bisschen bei den beiden auf den Busch klopfen. Überhaupt – ich hatte plötzlich eine wahnsinnig gute Idee: Ich würde die Jungs nachher einfach überführen. Ihnen das Geständnis abnehmen, dass sie alle Morde der letzten zehn Jahre verübt hatten. Ich würde sie so intensiv befragen, dass sie alles zugeben, aber auch sofort bereuen würden, woraufhin ich ihnen natürlich alles verzeihen würde und wir uns schließlich in den Armen liegen und weinend das Glück des Geständnisses und die

Ekstase eines Neustarts in eine unbelastete Zukunft voller Licht und Harmonie ...

Wenn ich darum gebeten würde, eine minutiöse Beschreibung der folgenden Ereignisse abzuliefern, müsste ich passen, denn irgendwie sprangen die Gespräche wie die Nadel auf einer Schallplatte manchmal ein Stück nach vorne und dann umso weiter wieder zurück. Für sicher halte ich, dass ich die beiden Sanis direkt, als sie von der Bühne sprangen, ansprach, ehe sie im Bierlager hinter dem Tresen, das als Backstage diente, verschwinden konnten.

Und dann erinnerte ich mich doch noch an eine etwas interessantere Frage, die ebenfalls gestellt wurde, und zwar, ob man vorsichtig sein und nicht große Mengen Bargeld zu Hause aufbewahren sollte, um nicht ein schlimmes Verbrechen, wie beispielsweise einen Raubmord, zu provozieren. Wer diese Frage aufgeworfen und wie die Antwort gelautet hatte, fiel mir allerdings, so sehr ich mir auch den schmerzhaft pochenden Kopf zermarterte, nicht mehr ein.

Es gibt Leute, zu denen auch ich mich zählen darf, die werden vom Alkohol ruhiger, sanfter, glücklicher. Doch dazwischen ist immer mal wieder einer, der das Trinken einfach nicht verträgt und laut und aggressiv wird. Unangenehme Zeitgenossen, denen ich unter allen Umständen aus dem Weg ging. Bei Konzerten in einem engen, schwach beleuchteten Saal lässt es sich allerdings nicht vermeiden, mit Leuten auf Tuchfühlung zu gehen, die man lieber auf der anderen Seite eines gewaltigen Ozeans wüsste. Kurz nach zehn lief dieser Typ namens Dieter ein, der letzthin gegen Schluss der WG-Feier beinahe noch eine Prügelei mit Egidius angezettelt hätte. Er schien bestens gelaunt, rief Hallo und winkte allen zu, als würde er ausnahmslos jeden Anwesenden kennen, obwohl niemand seinen Gruß erwiderte. Und dann stand er Egidius gegenüber, der ihn anstarrte wie einen frisch aus der Hölle emporgestiegenen Satan, so frisch, dass der angekokelte Schwanz noch qualmte.

»Du miese Ratte!«, knurrte Dieter und ging in Angriffsstellung wie ein Kampfhund.

Doch diesmal lief die Sache glimpflicher ab, denn Esther schritt ein, drängte sich zwischen die Streithähne und schrie gegen der Lärm an: »Schluss jetzt, ihr Idioten! Ihr langweilt!«

Sie beeindruckte mich damit nicht wenig, aber ich nahm an, dass sie solche Methoden in ihrem Studium der Sonderpädagogik vermittelt bekommen hatte. Dieter tat so, als wäre nichts, und gesellte sich zu den beiden Sanis, die vor der Bühne nebeneinander moschten, als hätte sie ihr eigener Auftritt in nicht nachlassende Rage versetzt.

Egidius verließ sofort den Saal, um sich noch eine Flasche Bier zu holen. Natürlich nicht, um damit zuzuschlagen, sondern gegen den eigenen Durst. Erst nach beträchtlicher Zeit hatte ich begriffen, dass er immer sehr knapp bei Kasse war, obwohl er noch bei den Eltern wohnte. Sein Vater stand bei Siemens am Fließband, seine Mutter war mit der Versorgung von vier oder fünf jüngeren Geschwistern völlig ausgelastet, und Egidius war drauf und dran, der erste Akademiker in der Familie zu werden. Um Geld zu sparen, legte er außerhalb der Veranstaltungsorte geheime Bierverstecke an. Am späten Nachmittag bunkerte er irgendwo im Gebüsch, beispielsweise bei den Fahrradreparaturschuppen neben dem Biergarten des *E-Werks*, ein halbes Dutzend Flaschen Bier, die er im Supermarkt kaufte.

Ich ging Egidius hinterher, um frische Luft zu schöpfen, und fand mich bald in einem kleinen Kreis wieder, der hauptsächlich von Sargträgern gebildet wurde. Verschiedene Anekdoten über lustige Zwischenfälle bei Bestattungen wurden ausgetauscht, jeder bemühte sich, mit einer noch abgefahreneren Story die Zuhörer zu beeindrucken.

Auf einmal standen auch die beiden Sanis im Kreis, und der eine, dessen geflochtenen Kinnbart ich zum ersten Mal bemerkte, sagte: »Alter, da hab ich auch nen Schwank ... da haben sie uns letzthin zu einem alten Mann gerufen. Ein Typ macht die Tür auf, der Sohn oder so, und lässt uns rein, aber wie wir den Alten auf dem Bett liegen sehen, ist es schon längst zu spät. ›Hier sind wir nicht die Richtigen‹, sage ich, ›das ist ein Fall für den Bestatter‹. Und wie wir gerade gehen wollen, seh ich, wie die Ehefrau von dem Typ, die auf der anderen Seite von dem Alten am Bett hockt, versucht, dem toten Opa Mitesser aus der Nase zu quetschen. Drückt die einfach an der knubbeligen Nase von der Leiche herum! Ich schau den Ehemann an, und der zuckt nur mit der Schulter. ›Sie macht das zwanghaft‹, sagt er, ›ich muss auch ständig darunter leiden ...‹«

Alle lachten lauthals, und als sich die Runde beruhigt hatte, war ich an der Reihe.

»Hausmayr erzählt auch ständig so Storys. Wie sagt er immer? ›Man erlebt halt schon a weng was, wenn man lang in dem Geschäft ist.‹ Neulich erzählt er mir, er hatte mal einen, bei dem im Testament stand, dass er gern aufgegessen werden will. Seine Leiche, muss man sich denken! Die Angehörigen hatten auf der peniblen Einhaltung des Wunsches bestanden, und es musste erst einen richterlichen Beschluss geben, dass sie von dem Plan abließen. Wahrscheinlich hatten sie schon den Ochsengrillspieß bestellt ...«

So ging das noch eine Weile weiter, während drinnen die dritte Band ein Soundgewitter entfesselte. Es gab ein ständiges Kommen und Gehen, sodass ich mich mit einem Mal neben dem bärtigen Rocker-Sanitäter wiederfand. Ich beschloss, noch einen zweiten Anlauf zu nehmen, da sich mein Kopf inzwischen etwas klarer anfühlte.

»Ich hab dich schon mal auf einem Friedhof gesehen. Stimmt's? Habt ihr da irgendwie einen speziellen Plan?«

»Echt? Haste bemerkt?«, rief er erfreut, als hätte ich ihn um ein Autogramm gebeten. »Gute Frage! Wir wollen unseren eigenen Laden aufmachen, eine Beerdigungsfirma, und das irgendwie mit Musik verknüpfen, so ne Art Heavy-Bestattungs-Metal, den wir auch auf den Funerals spielen, Alter. Oder exakt andersherum. Immerhin sind wir ganz oft als Erste am Tatort, verstehste, was ich meine? Wir checken doch, wie viel da geht, Alter.«

»Ah! Interessant!«, sagte ich. Mehr fiel mir auf Anhieb dazu nicht ein.

»Und um die Leichen kümmert sich Gernot, der hat da voll Bock drauf. Kennste Gernot? Ne? Der Typ da mit den grauen Haaren.«

Da ging mir ein Licht auf, und ich wusste wieder, wo mir dieser Kerl schon einmal aufgefallen war. In Steudach, wo er wie ein deplaziertes Ausstellungsstück zwischen den anderen Besuchern an einem Grab herumgestanden war. Er hatte lange, graue Haare, die ihm fast bis zur Hüfte reichten, trug ein Hippie-T-Shirt und schwarze Jeans mit Flicken, die über die Risse genäht waren. Mir war er ansatzweise wie ein Geistesgestörter vorgekommen.

»Wie? Der Grufti, der gerne mal auf dem Friedhof abhängt?«

In diesem Augenblick steigerte sich drinnen das Geschrei zu einem weiteren Höhepunkt, und das Wummern des Basses, das eine Weile verstummt war, setzte wieder ein.

»Ah! Es gibt eine Zugabe. Die will ich mir schon noch reinziehen.«

Ich folgte ihm ins Getümmel. Kaum steckte ich wieder zwischen den erhitzten Körpern, die zum Takt der Musik wippten und schaukelten, spürte ich erneut die Droge. Außer dass ich in absolut glückseliger Stimmung quasi zehn Zentimeter über dem Boden schwebte, hatte die Tablette einen seltsamen Einfluss auf mein soziales Verhalten. Ich fand jeden Gedanken, der mir durch den Sinn ging, noch im selben Moment genial – ich fühlte mich unvorstellbar witzig und geistreich, und um meine Umgebung daran teilhaben zu lassen, begann ich wie ein Verrückter »Ausziehn! Ausziehn!« zu skandieren.

Ich brüllte aus Leibeskräften, bis mich unversehens jemand am Kragen meiner schwarzen Rindslederjacke packte und realiter ein paar Zentimeter vom Boden hochhob. Ich schaute nach unten. Fischli, der Chefpunk in diesem Laden, der nicht unwesentlich kleiner war als ich, hielt mir seine rote Visage entgegen und schrie mich zwischen gefletschten Zähnen hervor an: »Halt's Maul, du Penner! Ich will hier Musik hören! Wenn du nicht sofort die Fresse hältst, pump ich dich um!«

»O. k., sorry«, stotterte ich, »tut mir leid!«

Er ließ ab von mir, und ich atmete erleichtert auf. Nach fünf Minuten endete das akustische Inferno dann endgültig, und die verschwitzten Tänzer strömten nach draußen. Niemand dachte jedoch schon daran, nach Hause zu gehen. Wir standen in kleinen Gruppen herum wie auf dem Schulhof und tranken ein Bier nach dem anderen. Was waren wir gut gelaunt! Was hatten wir für Hoffnung! Sogar unsere Depressionen waren frisch und neu, jedes Scheitern war ein Abenteuer, jedes gebrochene Herz eine Sensation.

Dazu der Soundtrack des Untergangs, das Ende ist nahe, »No future« – und bitte, bitte, ganz viel davon! Die Untergangsstimmung war die geilste Empfindung, die ich damals kannte. Es tat so gut, dass alles egal war, dass nichts Sinn ergab, weshalb ich mir um nichts Gedanken machen musste, weshalb man nicht gegen andere, sondern nur im Kollektiv verlieren konnte.

Richard hatte natürlich noch etwas zu kiffen dabei, und ich folgte der kleinen Gruppe weg vom Eingang in eine dunklere Ecke. Es ging hauptsächlich darum, dass uns niemand anschnorrte, der zufällig den Joint roch. Auch Max und Henry waren dabei. Sie hatten sich offenbar schon kennengelernt.

Gerade als ich meine Aufmerksamkeit ihnen zuwendete, sagte Max: »Da gibt es ja auch Gerede, dass da ein krummes Ding läuft und die Polizei undercover auf den Friedhöfen unterwegs ist.«

»Wie? Was?«, erstaunte sich Henry. »Das wäre ja ein Ding! Hab noch nie was davon gehört!«

Ich mischte mich schnell ein. »Das ist sicher nur ein Latrinengerücht, ich bin mir sicher, dass da nichts dahintersteckt.«

Max warf mir von der Seite einen schiefen Blick zu, als könnte er gerade zwei sich diametral widersprechende Informationen nicht verarbeiten – nämlich meine Aussage von eben und das betrunkene Gefasel, das ich auf der Bergkirchweih von mir gegeben hatte.

Richard stieß mich am Unterarm und drückte mir den stolzen Stumpen einer vormals gewaltigen Tüte in die Hand.

Ich merkte schnell, dass dieser Joint der letzte für den Abend sein würde, denn er brachte mich schnurstracks an meine Belastungsgrenze. Mit einem Schlag fühlte ich mich traurig, nicht nur euphorisch vom Untergang berauscht, sondern wirklich elend und wie von gewaltigen Felsmassen zermalmt. Ich bekam große Lust loszuheulen, einfach den Tränen freien Lauf zu lassen und den ganzen sinnentleerten Wirrwarr des Diesseits aus meiner kleinen Kapsel in den gewaltigen Kosmos hinauszuschreien.

Ich nutzte den nächsten unbeobachteten Moment, um mich zu meinem Fahrrad zu schleichen, und radelte los. Irgendwie schaffte ich es auch, in meinem sicheren Bett zu landen, und schlief darin durch bis Sonntagnachmittag. Dann stand ein Telefonat mit Tilda an.

»Schönwiesner, Nürnberg, am Apparat«, meldete sie sich mit nachgerade militärischer Korrektheit. »Was gibt's?«

»Am Dienstag, in Eltersdorf, da bräuchte ich eine Blumenfee. Aber ich sag's gleich, wie's ist: Wir versenken einen alten Mann. Wärst du so nett?«

»Völlig unmöglich, selbst wenn ich wollte! Ich werde gerade von meinem Chef mit absolut lächerlichen Hilfsarbeiten förmlich zugeschissen. Er behandelt mich wie einen Handlanger, und mir bleibt nichts anderes, als in irgendwelchen Schränken Akten abzustauben. Außerdem hat er mich gestern zur Sau gemacht, ich sollte mich mit meinen Rückenschmerzen nicht so anstellen, das wär doch eh nur die Menstruation, er kennt das von seiner Frau und er selbst sei in vierzig Jahren Dienst keinen Tag krank gewesen. Dazu grinst er saublöd, als wüsste er sowieso Bescheid. Und wie es der Zufall will: Ich hab gerade meine Tage! Du machst dir keine Vorstellung, wie mich das ankotzt! Frag doch Esther oder Laura!«

»Kann man nicht ändern, wie? Muss ich dann wohl akzeptieren. Übrigens: Die Sanis sind raus. Die sind völlig unverdächtig. Ich hab gestern Abend Bekanntschaft mit denen geschlossen. Das sind Gestalten, sag ich dir, die wollen ein Heavy-Metal-Beerdigungsinstitut aufmachen ...«

»Ich sag doch«, unterbrach sie mich. »Es ist dein Freund Richard – bei dem passt einfach alles: Motiv, Gelegenheit, stumpfgekiffte Psyche ... ich bin da dran. Spätestens nächste Woche kriege ich die Dienstpläne aller Zivis in Erlangen seit September 1990. Die haben nämlich einen Computer, der alles auf Diskette speichert!«

»Nicht schlecht«, sagte ich. Im Studium ging es bei uns ja auch gerade damit los, dass alle Labore mit PCs ausgestattet wurden. Am Physikalischen Institut arbeitete zwar noch eine fest angestellte technische Zeichnerin, deren einzige Aufgabe es war, die handgeschriebenen Zahlenreihen der Wissenschaftler in Graphen und Kurven zu verwandeln, aber ein paar meiner Kommilitonen hatten bereits privat aufgerüstet und strickten Auswertungsprogramme auf ihren eigenen Rechnern. Da hatte ich eine Idee.

»Sag mal, du hast nicht zufällig eine Liste aller Sterbefälle angelegt, die du für verdächtig hältst? Ich würde mir die gerne mal ansehen.«

»Ja, hab ich. Kann ich dir mitbringen. Aber jetzt mal Tacheles: Was ist mit der Röntgenaufnahme?«

»Sorry, wie gesagt: Wir haben gerade nur alte Männer im Sortiment.«

»Dieser ekelhafte Typ, dein Freund mit dieser Strahlungsröhre, wie immer der heißen mag, Max oder Felix ...«

»Moment! Felix ist in der Tat so etwas wie mein Freund, also bitte etwas mehr Respekt ...«

»Selber Respekt! Wann können wir das Röntgengerät abholen? Ich muss jetzt endlich vorankommen mit dem Fall, mein Chef ist wahnsinnig misstrauisch, und die ewigen Spritkosten fressen mein halbes Gehalt auf.«

»Willst du eine Lohnerhöhung? Daran ist schon der doofe Nazi-Nacke gescheitert, die Preise legt Frau Duschner fest …«

»Dino!«, sagte Tilda mit demselben Tonfall wie meine alte Grundschullehrerin, wenn ich etwas ausgefressen hatte. Ein Tonfall, der bei mir augenblicklich, geradezu reflexartig, Abwehr und Verweigerung auf allen Kanälen auslöste. »Dino! Mir ist es ernst. Wir brauchen endlich Beweise.«

»Righty almighty«, antwortete ich widerwillig. »Ich mach schon, was geht, aber ich kann dir keine tote Alte herzaubern. Zumindest nicht mit legalen Mitteln.«

Grußlos legte ich auf.

Am Dienstag sollte es um dreizehn Uhr losgehen. Unsere Premiere in Eltersdorf. Denn bisher hatten die Alteingesessenen dort keine anderen Träger als sich selbst geduldet. Eine verschworene Gemeinschaft alter Männer: ehemalige Friedhofsdiener, Handwerker im Ruhestand, der Männergesangsverein und der Schützenverein – sie teilten dort an der Konrad-Haußner-Straße das Geschäft unter sich auf.

Ich selber hatte keinen Grund, mich einzumischen oder auch nur die Gerüchte ernst zu nehmen, die in den letzten Wochen zwischen Frau Duschner und Herrn Hausmayr hin- und hergezischt waren wie kleine Pfeilchen mit winzigen Zetteln dran – selbstverständlich immer nur am Rande der Veranstaltungen, aber stets laut genug, dass irgendjemand mithören konnte. In der Erlanger Bestattungsbranche ging es rund, wenn man dem Rumoren Glauben schenken wollte. Bestattungen Hunold hätte angeblich Zahlungsschwierigkeiten, und dieser Nachmandl, Chef der innerstädtischen Totengräber- und Sargträger-Mafia, hatte sein eigenes Geschäft in Obermichelbach aufgemacht. Demzufolge hätten die anderen Bestattungsinstitute nur noch wenig Lust, ihren neuen Konkurrenten auch noch fürs Graben und Tragen zu bezahlen. Im Prinzip hätte dann auch Hausmayrchen anfangen können, Särge für andere zu tragen. Also gut für uns ... aber es schien, als wäre da noch größerer Zoff im Kommen.

So, wie es anfänglich aussah, wartete zudem eine schwere Aufgabe auf uns. Der städtische Bedienstete, mit dem wir am Vortag in Tennenlohe geplaudert hatten, hatte nämlich behauptet, der Tote sei einer der Festwirte der Bergkirchweih namens Nischl oder ähnlich und habe sich zwischen Nürnberg und Fürth vor den Zug geworfen. Er sei nach Aussagen des Friedhofmeisters in fünf Teilen (»Nieren inklusive«) angeliefert worden. Mich berührte diese Geschichte mehr, als ich mir anmerken ließ. Denn auch wenn ich nicht behaupten konnte, ihn vom Berg her zu kennen, stellte ich mir vor, dass der Mensch, den wir in Kürze zu seiner letzten Ruhestätte schleppen würden, oder besser: dessen Überreste – dass er mir schon ungezählte Maß Bier ausgeschenkt hatte. Und zwar zuletzt vor nicht einmal gut einer Woche.

Und ich fürchtete, der Sarg würde sehr schwer sein, weil es ein stadtbekanntes Faktum war, dass der Insasse zu Lebzeiten ein Schwergewicht gewesen war – ein echter Kaventsmann. Er brachte sich angeblich um, weil er aus gesundheitlichen Gründen nicht mehr so maßlos saufen konnte wie früher. Zu allem Überfluss war natürlich damit zu rechnen, dass eine große Zahl sensationslüsterner Gaffer die Trauergemeinde verstärken würde.

Ich war also auf dem Weg zum Friedhof aufgeregter als gewöhnlich und litt ein bisschen unter dem, was in dem Lied *Stage Fright* von The Band beschrieben wurde. Aber dann war es gar nicht der adipöse Wirt, sondern nur ein unspektakulärer Kriegsveteran!

Egidius gab sich enttäuscht: »Hier liegt doch eine Verwechslung vor!« Woraufhin sich Georg-Wilhelm echauffierte, als hätte man ihm eine Eintrittskarte für das falsche Konzert verkauft: »Oder sogar eine arglistige Täuschung!«

Die Stimmung war also von Anfang an schlecht. Georg-Wilhelm begaffte während der gesamten Zeremonie sehr auffällig eine Gruppe junger Frauen im Publikum, und Egidius war noch miserabler als sonst angezogen. Sein graues Hemd, die dunkelblaue Krawatte und die dunkelbraune Hose passten beim besten Willen nicht mit dem Salz-und-Pfeffer-Muster seines Jacketts zusammen. Meiner Meinung nach konnten so etwas vielleicht in Chicago die Typen tragen, die hinter der Bar Cocktails mixten. Und es war nicht das erste Mal, dass ich unser modisches Schreckgespenst zuvor extra ermahnt hatte, nicht in einer Montur aufzukreuzen, die aussah, als hätte er sie erst auf dem Weg zum Friedhof aus Altkleidercontainern zusammengesucht. Obendrein kamen wir zu spät, was uns einen Anschiss von Hausmayr eintrug, da wir auch noch den Sarg in die Aussegnungshalle hieven mussten.

Der Tote, so wie er später Eintrag in mein Notizbuch fand, hatte im Zweiten Weltkrieg seinen Anteil abbekommen: »Konrad Müller, geboren 1914, der Vater hatte ebenfalls Konrad geheißen, die Mutter Elisabeth. Er kam in Eltersdorf auf die Welt, lebte dort und starb dahier am 26. Juno dieses Jahres. Er wurde 1927 konfirmiert, seine erste Frau starb 1940, er heiratete 1943 ein zweites Mal, im Krieg wurde er schwer verwundet. Die anrührendste Episode war wohl, wie er am Ende des Krieges einen Brief nach Hause schickte, in dem er anfragte, ob er überhaupt wieder zurückkommen solle, da man ihm ein Bein abgeschossen hatte. Seine letzten zwanzig Jahre war er Totengräber auf dem Friedhof, der ihn schließlich selbst aufnahm. Er arbeitete sommers wie winters. Ach ja, von der ersten Frau hatte er drei Kinder, von der zweiten einen Sohn. Am Ende seines Lebens habe er, so der Priester, ein Bild zum Erbarmen abgegeben, wenn er dastand in seinem blauen Kittel, der ›Anderl‹, wie er auf den Schleifen der Kränze liebevoll genannt wurde, das Pfeifchen im Mund, die Wangen hohl und eingefallen. Für einen Moment war ich überzeugt, der Anderl hatte ein paar Tage vorher geahnt, dass er sterben werde, und in treuer Pflichterfüllung bereits sein eigenes Grab ausgehoben, ehe er sich endgültig zur ewigen Ruhe niederlegte.«

Mit seinen Kriegervereinskameraden verstanden wir uns gut, sie standen Spalier, und wir trugen den »Anderl« zwischen ihnen hindurch. Wenn die mit uns zufrieden wären, dann hätten wir schon halb gewonnen und diesen Friedhof für uns erobert! Meiner Meinung nach jedenfalls klappte alles. Nur Georg-Wilhelm war so dusselig und vergaß, dass er sich auf der Seite befand, auf der nicht der Begräbnisführer, also ich, stand, und ich musste ihm halblaut ein »Werf!« zurufen. Aber ansonsten »alles tadellos und geschmacklich einwandfrei«, wie Lars des Öfteren sagte.

Georg-Wilhelm war die ganze Zeit über merkwürdig schweigsam gewesen. Als wir uns auf den Rückweg machten, fragte ich ihn, was los sei und dass es nicht zu übersehen wäre, dass er scheiße drauf war. Zu meiner größten Bestürzung brach er sofort in Tränen aus und begrub das Gesicht in seinen Händen.

»Meine Oma ist gestern gestorben«, schluchzte er und ging rasch weiter Richtung Ausgang.

Wir standen bedröppelt herum, weil wir nicht wussten, wie wir ihn trösten sollten. Wir wollten ja nicht, dass er sich für seine Tränen schämte, was er freilich auch nicht tun musste, denn alle fühlten mit ihm.

Fast alle, denn dem notorisch unterkühlten Egidius fiel nichts Besseres ein, als das innige Verhältnis von Enkeln zu ihren Großmüttern zu diskutieren.

»Es ist dies eine außergewöhnliche Eigenschaft des homo sapiens«, dozierte er absichtlich gestelzt und mit erhobenem Zeigefinger, »die ein sehr aufschlussreiches Licht auf die Evolution der sozialen Strukturen wirft.«

»Wie bitte?!?«, fuhr ich ihn an, insgeheim froh darüber, dass das deprimierende Schweigen, in das wir unsere Rauchwölkchen bliesen, gebrochen wurde. Quasi als eine Art Übersprungshandlung hatten wir alle hektisch zu rauchen begonnen.

»Na, ist doch klar!«, setzte Egidius unbeirrbar seine Ausführung fort. »Von allen Säugetierarten überleben nur bei Orcas und uns Menschen die Weibchen die Menopause. Obwohl sie selbst nicht mehr aktiv zur Fortpflanzung beitragen können, nützen sie den Familienverbänden ihrer Spezies, indem sie die Enkel betreuen, während die Elterngeneration die Nahrungsbeschaffung erledigt ...«

»O. k.«, unterbrach ich ihn, »ich denke, das haben wir alle verstanden. Und nun sollte es genug damit sein.«

In diesem Moment trat Hausmayr, den Umschlag mit dem Geld in der Hand, auf den Parkplatz. »Ach, Bub! Wird scho wieder wern, sprach die Frau Kern«, sagte er, ohne die geringste Ahnung zu haben, was die Ursache für Georg-Wilhelms Kummer war. Er legte ihm seine klobige Pranke sanft auf den Kopf und strubbelte durch seine Haare. »Mit der Frau Korn is a wieder worn.«

Wir anderen standen da und wussten nicht, wohin schauen. Eine sinnentleerte, völlig pubertäre Albernheit nahm von mir Besitz. Und nicht nur von mir. Unbändige Lachlust überkam uns.

»O Gott«, feixte Tobias, als Hausmayr von dannen gezogen war. »Jetzt bist du kontaminiert. Du musst dir sofort die Haare abrasieren!«

Da konnte sich Georg-Wilhelm nicht mehr wehren und lachte mit. Wir waren schon auf dem Rückweg, und Tobias, der uns im Auto mitnahm und überhaupt ungewöhnlich mitteilsam war, erzählte von seinem Großvater – das war eben seine Art, aufrichtiges Mitgefühl zu äußern. Zumindest verstand ich es so. »Als mein Opa letztes Jahr starb, läuteten in der Nacht vor der Bestattung die Glocken der Friedhofskapelle. Weil der Opa derweil schon in der Leichenhalle lag, meinte mein Onkel: Er glaubt nicht an einen elektrischen Kurzschluss. Er denkt vielmehr, der Alte wäre in der Nacht herumgeschlichen und hätte sich an den Geräten zu schaffen gemacht. Das wäre nämlich typisch für den Opa gewesen: Irgendwelche Schalter umlegen und Knöpfe drücken ohne die geringste Ahnung, und dann das Zeug nicht mehr ausbekommen. Für mich ist das ein Beweis für das Leben nach dem Tod.«

Und für mich war das ein weiterer Hinweis, dass eine Friedhofskapelle nicht unbedingt für nächtliche physikalisch-technische Experimente geschaffen war.

Nein. Wir würden die Röntgenanlage definitiv nicht am Altstädter Friedhof aufstellen. Und auch auf keinem anderen Totenacker. Ein Ding der Unmöglichkeit, das Gerät ohne Licht aufzubauen – und mit Licht würden wir sofort von Anwohnern bemerkt. Wir hätten ein Auto in der Nähe des Friedhofs parken müssen, dessen Kennzeichen noch der hinfälligste Rentner in ein ausschließlich für diesen Zweck bereitgehaltenes Büchlein notieren würde. Und überhaupt war die Stromversorgung absolut nicht garantiert.

Ich hatte mir etwas anderes überlegt. Jeden Sommer, wenn ab Mitte Juni die Temperaturen auch nachts über fünfzehn Grad lagen, warf Hausmayr die hauseigene Kühlanlage an. In dem kleinen Verschlag, der in den großen Lagerraum eingebaut worden war, stand eine Art Kühltruhe. Ein großer Kasten aus Edelstahl mit zwei übereinanderliegenden Schubladen, in denen Frau Duschners Mädchen für alles auch schon mal eine Schachtel Eis am Stiel vorrätig hielt, wenn keine Kundschaft eingelagert war. Das fand ich bald heraus, als mich Hausmayr im Sarglager für Reparaturarbeiten einsetzte. Es gab hier immer etwas zu tun: ein lockerer Griff wollte festgeschraubt werden, ein Kratzer im glänzenden Lack eines Sargdeckels musste gespachtelt, das Regal mit den Totenhemden und Einwegkissen ausgeräumt und neu einsortiert werden.

In dieser Hinsicht hatte Hausmayr bei der Bundeswehr wirklich etwas gelernt, das ihm in seinem zivilen Leben von Nutzen war: Sauberkeit, Disziplin und Ordnung. Ich lernte auch Hausmayrs Frau kennen. Sie brachte uns in der Mittagspause belegte Brötchen. Von der Natur nicht gerade mit Schönheit oder Grazie gesegnet, nahm sie mich jedoch mit ihrer heiteren und fürsorglichen Art sofort für sich ein. Zu meiner Schande muss ich gestehen, dass ich – wie auch die anderen Sargträger – tatsächlich nicht unbeträchtliche Mengen schmutziger Phantasie investierte, mir die eheliche Vereinigung der beiden auszumalen. Immerhin: Einen Sohn gab es, demnach mussten sie es mindestens einmal getan haben. Sicherlich fehlte uns auch eigene Erfahrung, aber uns diese so schnell wie möglich zu verschaffen – damit beschäftigten wir uns gerade intensiv. Zu meiner Verteidigung kann ich feststellen, dass der Teil meines Gehirns, der sich nicht mit Sex beschäftigte, immer noch mit Hochdruck über dem Problem der Post-mortem-Radiografie brütete, die wir uns vorgenommen hatten. Tilda und mir war inzwischen auch klar geworden, dass es nicht reichen würde, eine Leiche in den Röntgenstrahl zu legen, sondern dass anschließend auch irgendjemand den belichteten Film entwickeln musste. Felix kam dafür unmöglich infrage, denn er würde sofort erkennen, dass wir alles andere als den Fuß eines Pferdes durchleuchtet hatten.

Ich hatte mich mit Tilda am Abend unserer Eltersdorfer Feuertaufe im *Café Brazil* in der Bismarckstraße verabredet. Endlich wieder ein Date, freute ich mich, es konnte doch nicht sein, dass Tilda nicht früher oder später auch mal lockerer werden würde und wir uns mit einem anderen Thema als den vermeintlichen Serienmorden beschäftigen konnten. Sie hatte natürlich nur deswegen zugesagt, weil ich angedeutet hatte, dass wir einen anderen meiner Kumpel treffen würden, der in der Zahnklinik arbeitete. Udo hatte Zugang zu der nötigen Technik. Ich hatte gemeinsam mit ihm den ersten Teil des Anfängerpraktikums bestritten; ein Semester lang war er mir maßlos auf den Wecker gefallen, dann hatte Udo das Studienfach gewechselt und war inzwischen drauf und dran, Zahnarzt zu werden.

Erwartungen sind bisweilen nur dazu da, enttäuscht zu werden – so jedenfalls lautete die desillusionierte Schlussfolgerung, die ich anderntags aus dem Abend ziehen durfte. Wohingegen die schönen Erlebnisse sich meist nahezu krankhaft geizig mit Vorankündigungen zurückhalten. Udo hatte natürlich unsere Abmachung vergessen, dafür tauchten Max und ein paar seiner Nürnberger Freunde von der Schickimickitruppe auf, die in die Kneipe einfielen, wie Anthropologen, die einen abgeschieden lebenden Stamm besuchen und dessen primitive Rituale beobachten wollen. Ich bin immer noch verblüfft, wie schnell die Sache eskalierte.

Ich saß mit Tilda am Ende eines der Tische, sie kehrte der Welt draußen vor dem Schaufenster den Rücken zu, während ich gelegentlich einen Blick über ihre Schulter warf. Draußen ließ der Nieselregen nach, der sich einem Mordstrumm von Wärmegewitter angeschlossen hatte. Das *Brazil* war ziemlich voll, und bei uns saßen zwei junge Äthiopier (oder auch Eritreer), die Tee tranken und sich in ihrer Heimatsprache schmutzige Witze erzählten – für die entsprechende Mimik, den Tonfall und die Gesten brauchte es keine Übersetzung. Studenten, dachte ich mir im Stillen, oder – noch wahrscheinlicher – Flüchtlinge, die dem Elend des Unabhängigkeitskrieges entkommen waren. Die beiden waren mir auf Anhieb sympathisch, und später wurde deutlich, dass Tilda ebenso empfand.

Wahrscheinlich hatten Max & Co. etwas anderes im Sinn gehabt, als mit mir in das Erlanger Nachtleben einzutauchen. Gut möglich, dass sie zufällig die Bismarckstraße entlanggetingelt waren, auf der Suche nach einer Großraumdisco oder einem Club, und spontan beschlossen, uns

Gesellschaft zu leisten, als Max und ich uns durch die Glasscheibe erkannt hatten – ich ihn ein paar Sekunden früher als er, da ich ja nach Udo Ausschau hielt.

Die vier Nachtschwärmer steckten in feuchten, hellblauen und rosafarbenen Blazern, bis auf Max, der eine weiße Kunstlederjacke trug. Ohne wirklich jemanden um Zustimmung zu bitten, drängten sie sich mit an den Tisch, wobei sie beim Stühlerücken, Schulterklopfen und Jackenausziehen einen rechten Lärm entwickelten. Tom oder Dirk oder Mike blieb extralange stehen, die brennende Zigarette lässig in den Mundwinkel geklemmt, und sah sich wie ein Mafiaboss im Raum um, um zu prüfen, dass auch wirklich jeder seine Anwesenheit registriert hatte.

Tilda hatte mir zuvor noch eine nicht enden wollende Reihe von Fragen zur Röntgentechnik gestellt, doch nun stürzten sich die drei Penisköpfe auf sie, als stünden sie intern in brutaler Konkurrenz, wer am Ende Tilda, wie man in jenen Kreisen sagte, »flachlegen« würde. Max hingegen schnappte sich eine Speisekarte und studierte das Cocktailangebot.

»Und? Wo kommt ihr hcr?«, fragte ich in dem meiner Wohlerzogenheit geschuldeten Ansinnen, leichte Konversation zu treiben, während auf Tilda die ersten schlüpfrigen Bemerkungen über ihre rote Haarfarbe niedergingen.

»Wir? Ja wo wohl? Von draußen!«, erwiderte Max mit viel zu lauter Stimme. Er ließ ein schrilles Kichern folgen, als habe ihm jemand soeben einen skurrilen Witz erzählt.

Die Bedienung, eine zierliche Studentin mit auffallend langen, schlanken Pianistinnenfingern, kam und fragte, was die Jungs bestellen wollten.

Zuerst glaube ich mich verhört zu haben, aber tatsächlich raunte Tom oder Dirk oder Mike Max ins Ohr: »Was ist denn das für ein Hungerhaken? Hoffentlich bricht sie nicht unter dem Tablett zusammen.« Und zwar so laut, dass ich und Tilda es hören konnten.

»Ja, wie Schneewitchen – kein Po, kein Tittchen«, sekundierte Max seinem Kumpel.

Ein kurzer Seitenblick auf Tilda bestätigte meine Befürchtung. Das würde nicht gut gehen, und ich hoffte inständig, dass sie in ihrer Freizeit keine Dienstwaffe bei sich trug.

Die Bombe zündete dann der andere Tom oder Dirk oder Mike, indem er seinen Geist zu höchsten Höhenflügen aufschwang und mit größtem Selbstbewusstsein verkündete:

»Wir nehmen die besten Drinks, die dieser Laden auf Lager hat, Schätzchen. Geld spielt keine Rolle – Hauptsache, nicht das Gleiche wie die beiden Gutgebräunten hier!«

Da riss es mich vom Stuhl. Mit dem Finger an die Stirn tippend beugte ich mich über den Knallkopf und brüllte: »Sach mal, spinnst du? Hau bloß ab mit deinem Nazischeiß!«

Der andere gab sich überrascht. »Hä? Was willst jetzt du, du Schwuchtel?«

»Hey, jetzt reicht's«, schrie Tilda und schlug mit der Faust auf den Tisch. »Macht ihr jetzt alle einen auf schwanzgesteuerten Vollpfosten?«

»Jetzt reg dich mal ab, Spatzi«, sagte Tomdirkmike und zündete sich demonstrativ cool eine Kippe an.

Im Saal war es merklich stiller geworden. Die meisten anderen Gäste hatten ihre Unterhaltungen eingestellt und gafften herüber. Die beiden Flüchtlinge wanden sich auf ihren Stühlen, ihnen war die ganze Situation entsetzlich peinlich.

Tilda holte tief Luft, der blanke Hass spritzte aus ihren zu schmalen Schlitzen zusammengekniffenen Augen. »Jetzt hör mir mal gut zu! Ihr könnt eurem Schöpfer danken, dass es euch endlich jemand sagt, was ihr seid: Miese kleine Wichser seid ihr. Weil ihr euch doch nur daran aufgeilt, dass ihr so einfach provozieren könnt. Weil ihr feige seid und euch nicht wirklich traut, aus der Norm zu fallen. Es gibt natürlich keine Regeln, welche Wörter man benutzen darf und welche nicht. Aber es gibt deine verdammten Spiegelneuronen im Hirn, die du nur anzuwerfen brauchst, um zu kapieren, wie sich Leute fühlen, die du ›gut gebräunt‹ nennst! Arschloch!«

Sprach's und dampfte ab.

»Haben wir dir jetzt den Fick versaut oder was?«, sagte Tom oder Dirk oder Mike nach einer Schweigeminute und griente mich dabei debil an. Ein anderer klopfte mir auf die Schulter und sagte: »Dieses Kätzchen ist eine Nummer zu scharf für dich«, und schon bogen sich wieder alle vor Lachen.

»Was oben rostet, ist unten feucht!«, brüllte Max in das Wiehern seiner Kumpane hinein.

Ich schnappte mir mein Pilsglas, trank es in einem Zug aus, knallte die Tür des *Brazil*, die ja gar nichts dafürkonnte, hinter mir zu und stapfte davon in Richtung *E-Werk*. Es war Dienstag, Independent-Disco, wir waren jede Woche da, fünf Mark Eintritt und ausschließlich hervorragende Platten. Und wunderschöne Frauen natürlich. Ich war frustriert wie selten zuvor und brauchte schnellstens ein Erfolgserlebnis ...

»Und du machst das alles mit den Leichen und so?«, sagte sie. »Und das macht dir überhaupt nichts aus?«

Die kleine Japanerin lächelte mich an mit ihrem kirschroten Mund, ihre perlweißen Zähne schimmerten feucht im flackernden Licht der Stroboskope. Die zierliche Schönheit, die irgendwie über Henry oder Lars an mich weitergereicht worden war, war natürlich gar keine echte Japanerin, sondern hatte sich nur japanisch gestylt, mit viel Puder im Gesicht und einem kunstvoll gesteckten Haarknoten, der pechschwarz wie ein kleines Vogelnest auf ihrem Kopf hockte.

Es war mittlerweile halb eins geworden, der DJ legte die letzte Platte auf, *Boys don't cry*, dann gingen die Lichter an, die Party war vorbei. Die Japanerin hatte allerdings noch lange nicht genug. Wir hatten getanzt, bei jedem Stück war sie ein wenig näher gerückt, sodass unsere Körper aneinanderstreiften, und wenn wir an der Bar verschnauften, hatte sie mir Löcher in den Bauch gefragt.

»Was machst du so?«, hatte sie wissen wollen, und ich hatte mich aufgespielt und ganz cool geantwortet: »Ich beerdige Leute«, weil das nun mal viel interessanter klang als: »Ich schreibe an meiner Diplomarbeit über Proton-Antiproton-Vernichtungsreaktionen und die dabei auftretenden Lambda-Baryonen.«

So kam eines zum anderen, plötzlich waren wir auf unseren Fahrrädern mit klappernden Schutzblechen und flackernden Dynamos hinaus in die Schenkstraße geradelt, und ich hatte, nachdem ich dreimal nach links und rechts geblickt und mich versichert hatte, dass uns niemand beobachtete, die Tür von Bestattungen Duschner aufgesperrt.

»Waoh!«, stieß die Japanerin hervor. »Das ist ja voll echt! Oberaffengeil!«

Ich führte sie durch den dunklen Flur in das hinten gelegene Sarglager. Dort, im fahlen Licht, das vom Hof durch die Oberlichter sickerte, küssten wir uns. Sie fing an, mich auszuziehen. Das schwarze Jackett landete auf dem Boden, mein verschwitztes Hemd, ihre dünne, fast durchsichtige flatternde Hose, ihr schwarzes Top, unter dem sie keinen

Büstenhalter trug. Dann lag ich auf dem Rücken in einem offenen Sarg, den ich notdürftig mit Sägespänen und Einwegkissen ausgepolstert hatte, und sie hockte über mir, mit ihren schwarzen Stiefeletten auf den Seitenbrettern balancierend. Während ich mit der Hand über den schwarzen klatschnassen Busch zwischen ihren Schenkeln strich, beugte sie sich nach vorne, sodass ihre Brüste wie die sprichwörtlichen Glocken über mir hin- und herschwangen. Sie war mehr als bereit, und als sie das Becken senkte, rutschte ich bis zur Wurzel in sie hinein. Mit ihren kräftigen, schneeweißen Oberschenkeln pumpte sie auf und ab, kurze, spitze Schreie ausstoßend. Zuerst empfand ich die Enge des Sarges als unangenehm, ich war eingeklemmt und konnte kaum die Arme bewegen, doch dann gab ich mich ganz den lustvollen Empfindungen hin, die alles andere auslöschten, und fiel aufs Angenehmste in eine emotionale See, die mich warm umfing und sicher ans andere Ufer trug.

»Ich halt's nicht mehr aus!«, fiepte sie, und schon ergoss sich ein weiterer Sturzbach Sekret über meinen Unterleib, woraufhin auch bei mir kurz das Licht ausging.

Erst ein paar Minuten später, nachdem die letzten Spasmen zum Erliegen gekommen waren, konnte ich wieder zusammenhängende Überlegungen darüber anstellen, wie ich unsere Spuren beseitigen würde, die definitiv in einem Sarg nichts verloren hatten.

Sie stieg wie in Zeitlupe von mir herunter, setzte sich breitbeinig auf den Sargdeckel und entzündete eine Zigarette, die sie aus einem schwarzen Täschchen fischte. Ich richtete mich auf und betrachtete im Zwielicht ihren makellos weißen Körper. Nein, sie war wunderschön, aber sie war nicht Tilda, da half alles nichts. Ich fühlte mich schlagartig leer und schmutzig.

Der Geruch nach totem Körper drang in mein Bewusstsein. Es muffelte im Sarglager; dem ganzen Institut haftete meist unterschwellig, aber dennoch unaufhörlich der Geruch nach Verwesung an. Keiner wusste so richtig warum, aber nach einer gewissen Zeit, die man auf Friedhöfen verbracht hatte, begannen selbst die schwarzen Anzüge widerwärtige Aromen auszudünsten. Es musste der Staub sein, der in den Stoff eindrang und sich festsetzte, dieses feinste Pulver, das im Sommer über den Wegen und auf den Steinen lag, das fest in die Seile eingebacken und das eine geheimnisvolle Mischung war aus Erde und Leichnamen, aus Pflanzenwurzeln, Knochenmehl und zerstoßenem Marmor. Bei den letzten Einsätzen waren wir ein paarmal nass geworden, als ein dünner, hinterhältiger Regen fiel, und noch während wir die Kiste in die Tiefe gehangelt hatten, begannen wir uns selbst zu riechen, diesen feuchten und warmen, diesen ekelhaften Dunst, der so charakteristisch ist für die Handlanger des Todes.

Natürlich war es niemand anderes als Egidius gewesen, der im Anschluss eine Diskussion über die Herkunft des Olfaktorischen vom Zaun gebrochen hatte.

»Alles ergibt einen Sinn«, hatte er verkündet, »sobald man versteht, was sich die Evolution dabei gedacht hat. Alle existierenden Erscheinungen der lebenden Welt haben sich gegen andere, nicht mehr existierende Erscheinungen durchgesetzt.«

»Das glaube ich nicht. Gegen wen willst du denn deine eigene Erscheinung durchgesetzt haben?«

»Du willst es nur nicht glauben, weil du Angst hast vor den Konsequenzen.«

»Und du hältst dich für so superschlau, als ob du alles erklären könntest«, hatte Georg-Wilhelm geätzt.

»Dann verrat mir doch was, das du nicht verstehst!«

»Darauf kannst du Gift nehmen: Warum stinken Leichen?«

»Oha! Keine leichte Aufgabe, gratuliere! Aber ich kann dir das sagen: Der Gestank brachte unsere Vorfahren dazu, sich Gedanken um eine hygienische Entsorgung ihrer Verstorbenen zu machen. Stell dir vor, man würde geruchlos verwesen – nicht weil da keine biochemischen Zersetzungsprozesse abliefen, sondern weil unsere Nase für die Abbauprodukte unempfindlich wäre. Dann bliebe jeder Tote einfach da liegen, wo es ihn zum Schluss hingehauen hat. Freie Bahn für Pest und Cholera.«

»Willst du mir weismachen, dass Leichen aus lauter Rücksicht und Freundlichkeit gegenüber den Lebenden bestialisch zu stinken beginnen?«

»Nein! Hörst du mir nicht zu?«, hatte sich Egidius gewehrt.

»Doch, aber was ich höre ist Quatsch. Lass mich in Ruhe mit dem Unsinn ...«

Die Stimme der falschen Japanerin holte mich zurück von meinem absurden Ausflug in eine Gedankenwelt, in die sich der Bestattungsirrsinn bereits tief eingenistet hatte.

»Den ›kleinen Tod‹ nennen die Franzosen den Orgasmus. Ich finde das so wahnsinnig romantisch! Echt hammermäßig hier drin ... Ich finde den Tod voll faszinierend, schon immer! Dabei ist ›der Tod‹ ein vager Begriff, eine Art Personifikation eines Zustandes oder einer Befindlichkeit, so wie der Hunger oder der Schlaf. Viel spannender finde ich die Beschäftigung mit der Frage, wie es kommt, dass ein Mensch in einen dieser Zustände gerät. Was tat der Mensch, dass er hungrig wurde, warum ist er müde, dass er sich zum Schlafen niederlegt? Und was ist der Grund, dass nun einer steif und kalt daliegt in der offenen Kiste, auf Nimmerwiedersehen in den ewigen Schlaf gesunken? Der Vorgang des Sterbens ist doch das spannendste Geheimnis.«

Huh! Das war mir im Augenblick eine Nummer zu philosophisch. Ich stieg schnell aus dem Sarg, um keine weiteren Assoziationen zu provozieren.

»Ächem«, räusperte ich mich, »ich für meinen Teil bin hoffentlich noch lange nicht kalt. Ich weiß aber nicht, hätten wir nicht besser einen Gummi genommen?«

»Keine Sorge, ich hab da eine kleine Spirale drin.«

»Und Aids?«

»Wenn du nichts hast – ich bin sauber.«

Damit war alles geklärt, zwischen uns gab es da nichts weiter zu besprechen, und wenn wir uns nicht anders entschieden, würde unsere Begegnung keinerlei Folgen haben. Aus irgendeinem Winkel meines Gehirns tauchte einmal wieder das nihilistische Mantra des »No future« auf, das mir paradoxerweise Kraft ohne Ende verlieh: Ich musste nichts erreichen, musste mich um nichts sorgen. Weil die Welt sowieso bald untergehen würde. Ich konnte unbeschwert nach vorne schauen, tun, worauf ich Lust hatte, weil eh alles egal war. Keine meiner Taten oder Gedanken würden langfristig Auswirkungen haben, da sowieso bald alles im atomaren Feuer verglühen würde, was auch immer bis dahin geschehen war.

Störend war insofern nur die kleine Kleinigkeit, dass der Kalte Krieg vorbei war. Erst dieser Tage, am 2. Juli, teilten die USA mit, dass sie alle taktischen Atomwaffen aus Europa abgezogen hätten. So schwer es mir fiel, das zu begreifen: Wir hatten den Kalten Krieg tatsächlich überlebt! All der gigantische Aufwand, der betrieben worden war – war er für die Katz oder umgekehrt sogar extrem erfolgreich gewesen? Ich erinnerte mich daran, dass vor zehn oder mehr Jahren zu Hause eine neue Staatsstraße aus dem Pegnitztal hinauf nach Großmeinfeld gebaut worden war. Bis weit nach den letzten Häusern hatte man beim Bau noch runde Schächte in die Fahrbahn eingelassen und mit Gullydeckeln verschlossen. Als ich meinen Vater fragte, wer dort oben diese großzügige Kanalisation benötigte, erklärte er, dass dies Sprenglöcher seien, weil man alle Straßen, die von Osten nach Westen über die Kämme der Bergzüge führten, im sogenannten Verteidigungsfall zerstören würde, um die Russen zirka fünf Minuten lang aufzuhalten, bis die Abwehrfront am Rhein stünde und Deutschland als atomares Schlachtfeld freigegeben werden könnte. Es fiel mir schwer zu glauben, dass dies und vieles andere nun der Vergangenheit angehörte und höchstens noch als Grundlage für ein paar bizarre Anekdoten dienen würde, die man in dreißig Jahren ungläubig mit dem Kopf schüttelnden Enkeln erzählen würde.

Ich hatte nicht die geringste Ahnung, wie sich das Verhältnis zu meiner japanoesken Liebhaberin zukünftig entwickeln würde (wir hatten nicht einmal Telefonnummern ausgetauscht), aber das nächtliche Zwischenspiel im Sarg hatte eines bewiesen: Im Sarglager des Bestattungsinstituts konnte man ungestört so ziemlich alles tun, worauf man Lust hatte. Zum Beispiel ein physikalisches Experiment durchführen.

Es schien, als hätte sich das Schicksal in dieser ereignisreichen Nacht so umfassend verausgabt, dass erst einmal überhaupt nichts Erwähnenswertes mehr passierte. Ich bastelte an der Diplomarbeit, Tilda stellte sich tot – wahrscheinlich, weil auch sie ihren normalen Dienst erledigen musste –, und keiner meiner Kumpels ließ irgendwelche

Ambitionen erkennen, gemeinsam um die Häuser zu ziehen.

Bis dann endlich nach geschlagenen sieben Tagen Flaute am Mittwochvormittag wieder ein anständiger Job für uns Sargträger hereinkam. Wir waren hochmotiviert und lieferten unsere Leistung so routiniert ab, dass ich kaum wusste, was ich in mein Notizbuch schreiben sollte. Am Ende stand da: »Westfriedhof Steudach. Mann saß nach Schlaganfall tot auf dem Sofa. Erst am nächsten Abend vom mobilen Pflegedienst gefunden worden. Immerhin vierundneunzig Jahre alt geworden. Im Fernsehen lief auf RTL *Der Preis ist heiß*.«

Hinter einer Hecke warteten wir, bis der Pfarrer von der Grabstelle zurück- und samt Mesner und den drei Ministrantinnen den Rückzug antrat. Für uns war das das Signal, dass wir uns ans Aufräumen machen mussten. Wobei uns alles andere als kalt war, denn der Sommer hatte das Land zurückerobert, und die Sonne strahlte, als kriegte sie es bezahlt. Wir gingen, den Blumenwagen schiebend, dem Seelsorger und seinem Tross entgegen. Als wir den schweißüberströmten und mächtig ausschreitenden Oberhirten passierten, lächelte er uns an und sagte: »Die Hitze ist zum Sterben nichts, und die Kälte auch nicht.«

Und noch etwas gab es zu lachen bei diesem Auftritt, oder zumindest einen kleinen Vorfall, den ich unfassbar komisch fand. Einer der Trauergäste hatte einen kleinen schwarz-weißen Hund mitgebracht, was eigentlich gegen die Friedhofsordnung verstieß. Während der Pfarrer über dem offenen Grab sein »Gehe hin in Frieden, der Herr sei mir dir« sprach, begann das Tier seinen Piepmatz an der Nylon-Strumpfhose einer älteren Dame mit Schleierhut zu reiben. Ein großer Tumult brach aus, der die Feierlichkeit doch merklich störte, und der vierbeinige Beinfetischist wurde des Lokals verwiesen.

Ich hatte noch nie verstanden, wieso man sich einen Hund zulegte, und äußerte diese Meinung nach der Veranstaltung auch laut und deutlich: »In meinen Augen sind diese Köter völlig überflüssig. Sie machen nur Arbeit und Dreck, und nach zehn Jahren sterben sie, und alle sind traurig. Absolut redundante Existenzen – und die Hundehalter alle gaga im Kopf.«

Doch nur Lars stimmte mir zu: »Gehe völlig d'accord! Fehlt bloß noch, dass sie auf die Idee kommen, Tierfriedhöfe aufzumachen!«

Die anderen schenkten uns scheele Blicke und trollten sich.

Am selben Tag berichtete mir Tobias, dass Esther schwanger war. In Anbetracht dessen hatte sie sich schweren Herzens entschieden, nicht mehr als Blumenmädchen zu arbeiten. Nicht, weil die Arbeit als solche gefährlich oder anstrengend war, sondern aus Esthers uneingestandenem Aberglauben heraus, dass das werdende Leben einfach nichts auf dem Totenacker verloren hatte. Er jedoch, Tobias, sei definitiv weiterhin dabei, er brauche das Geld nun mehr als zuvor.

Und dann, am darauffolgenden Sonntag, einen Tag, ehe Frau Duschner zurückkehren sollte und meine Beschäftigung als Aushilfe im Geschäft endete, kündigte Hausmayr am Telefon an, dass eine alleinstehende alte Dame, die tot in ihrer Wohnung aufgefunden worden war, die Nacht in einem unserer Kühlfächer verbringen würde.

»Immer desselbe Spiel: Keiner dahamm, dann tut's an dumpfen Schloch, und sie liegen drei Tag in der Wohnung, bis eines zum riechen anfängt«, erklärte er und fügte gewissenhaft hinzu: »Und falls du no irgendwas im Kühler gelagert hast, wär etz die perfekte Gelegenheit, des Zeuch wegzumschaffen.«

Das war unser Stichwort. Tilda, mit der ich seit dem Desaster im *Brazil* nicht mehr gesprochen hatte, war sofort Feuer und Flamme. Um vier hatte ich mit Hausmayr die Tote im Kühlschrank deponiert, um acht kam Tilda nach Erlangen herübergefahren.

»In einer halben Stunde sollten wir los«, sagte ich zu Tilda, als ich sie vorne am Eingang des Wohnheims in der Henkestraße abholte. »Wir können uns unten im Billardkeller die Zeit vertreiben.«

Billard konnten wir allerdings gerade nicht spielen, da das letzte Queue zerbrochen war. Die üblichen Verdächtigen – Lars, Henry, Richard und Georg-Wilhelm – hingen auf den Sofas ab, die frühere Studentengenerationen vom Sperrmüll hierhergeschleppt hatten. Etwas abseits hatte sich die mongolische Gaststudentin aus dem zweiten Stock in einem Sessel zusammengerollt und hörte mit geschlossenen Augen Musik aus einem Walkman.

Letzthin hatte Lars, der Freak, mitten in der Nacht die Mongolin in der Küche des Wohnheims dabei ertappt, wie sie vor dem Herd stand und versonnen ein Rinderherz betrachtete, das sie in der Hand hielt. Als sie bemerkte, dass sic nicht mehr alleine war, grinste sie Lars an und reichte ihm das Herz.

»Leck fett, dachte ich«, hatte Lars berichtet, »die Tusnelda hatte ihre Finger durch die Klappen gesteckt, sie trug das Herz wie einem Handschuh. Aber gut: Vielleicht studiert sie ja Medizin. Das Teil fühlte sich jedenfalls voll wie echter Schlonz an.« Er überlegte einen Moment und kraulte währenddessen seine Koteletten. »Warmer Schlonz natürlich«, fügte er abschließend hinzu. Ich hatte mir daraufhin vorgenommen, mich irgendwann, wenn sie ein einziges Mal nicht die Kopfhörer aufhatte, bei ihr nach den Begräbnisritualen in ihrem Heimatland zu erkundigen.

Tilda warf einen lässigen Blick in die Runde, als sie mit großem Hallo begrüßt wurde. Die anderen hatten sie freilich noch nie in Freizeitklamotten gesehen, in Jeans und in diesem kurzärmligen, rot karierten Holzfällerhemd, das mir sehr gut gefiel.

»Warum geht ihr nicht in einen richtigen Billardsalon?«, fragte sie. »Gibt's so etwas nicht in Erlangen?«

»Dino! Hast du nicht Lokalverbot im Billardsalon?«, rief Lars.

»Ja, Mann, aber in Lauf. Doch nicht hier.«

»Wie kommst du zu einem Lokalverbot? Ein großer Schläger bist du ja offenbar nicht«, fragte Tilda bierernst.

»Nee, Schwachsinn«, widersprach ich. »Wegen meiner Frisur. Ich war gar nicht richtig reingekommen, da haben die mich schon wieder rausgeworfen und gesagt, sie wollen keine Punker sehen in ihrem versifften Schuppen.«

»Wussten die nicht, dass du prominent bist? Als Deutschlands Obersarggeneral!«, spottete Lars.

»Habt ihr ansonsten keine wichtigeren Themen?«, fragte Tilda, die wirklich keinen Sinn für Unsinn besaß. Ich fand das ja total süß, aber es machte die Sache nicht einfacher.

Als es dann Zeit war, seilten Tilda und ich uns ab und fuhren in Tildas rotem VW Polo, auf dessen Motorhaube in hellem Grün das Peace-Zeichen gesprüht war, rüber in die Östliche Stadtmauerstraße, wo uns Felix erwartete.

»Wie kommst du eigentlich zu dieser Hippie-Karre?«

»Ach, da gab's mal eine Versteigerung beschlagnahmter Fahrzeuge. Der kleine Polo hatte einfach zu wenig gekostet, um ihn nicht zu kaufen. Und ich bilde mir ja ein, dass ich damit nicht gleich für eine Polizistin gehalten werde, wenn ich wo vorfahre.«

Zu meiner eigenen Überraschung klappte die ganze Aktion nahezu problemlos. Felix stand am Tor an der Rückseite des Gebäudes und hatte alles so vorbereitet, wie wir es ausgemacht hatten. Tilda schenkte ihm ein buchstäblich umwerfendes Lächeln und obendrein ein Küsschen auf die Wange. Zehn Minuten später parkten wir in einiger Entfernung vom Institut Duschner in der Nürnberger Straße. Über das Gestell mit dem schweren Sockel, in dem sich drei kleine Rollen befanden, hängten wir einen schwarzen Vorhang, den Tilda besorgt hatte. Wie einen Kleiderständer schoben wir so unauffällig wie möglich das Gerät in die Durchfahrt zum Hinterhof, wo es einen seitlichen Eingang zum Bestattungsinstitut gab, durch den auch die Särge diskret hinein- und wieder herausgeschafft wurden.

Peinlich genau den Anweisungen folgend, baute ich das Gerät vor dem Kühlfach auf, in dem die Leiche der alten Frau ruhte. Dann klappte ich die Tür des Kühlschranks nach unten und zog an den waagrechten Griffen der Edelstahllade, woraufhin der Sarg lautlos herausglitt. Und zwar just derselbe Sarg, in dem ich mit der Japanerin gepoppt hatte. So blöd das klingen mag, ich fühlte mich irgendwie ertappt, so als ob ich Tilda betrogen hätte, und empfand ein schlechtes Gewissen, während Tilda am rechten Ohr der Toten nestelte.

»Und? Wirst du fündig?«, fragte ich.

»Volltreffer! Megageil! Der Gehörgang voller Blut! Jetzt kriegen wir ihn.«

Zuvor hatte ich noch die Röntgenröhre an dem Galgen, der drei bewegliche Gelenke besaß, etwas schräg nach unten ausgerichtet, sodass der Kopf der Leiche etwa in Richtung des Kinns durchstrahlt wurde. Um die Kassette mit dem Film unter dem Kopf der Frau zu platzieren, musste ich Tilda um Hilfe bitten.

»Willst du den Kopf anheben oder die Kassette darunterschieben?«

»Ich heb den Kopf, sonst heißt es nachher nur, ich hätte die Aufnahme versaut.«

Ich drückte ihr ein Paar Einweghandschuhe in die Hand und erklärte, so wie es mir Hausmayr beigebracht hatte, wie sie die Finger hinter dem Nacken der Toten verschränken und dann nach oben ziehen musste.

Die Leichenstarre war noch nicht ganz verschwunden, sodass Tilda, die mit vollem Schwung anzog, gleich den ganzen Oberkörper anhob. Wie ich hätte vorhersagen können, kamen da aus dem Mund der Alten, der etwas offen stand, blubbernde Geräusche, eine Art Gurgeln oder Röcheln – das für jemanden, der das noch nicht kannte, durchaus irritierend wirken konnte. Tilda schrie auf und ließ die Tote fallen, sodass der Hinterkopf auf die Kassette knallte, die ich erst halb unter das steife weiße Kissen geschoben hatte.

»Scheiße!«, kreischte sie und machte einen Satz nach hinten. Sie war zu Tode erschrocken. Doch sie brauchte keine zwei Sekunden, um sich wieder in den Griff zu bekommen. »Ich dachte wirklich kurz, sie lebt noch.«

Ich musste natürlich lachen, während ich mich abmühte, den Röntgenfilm an die richtige Stelle zu schieben. Erst schaute sie mich wütend an, doch dann konnte auch Tilda nicht anders, als in meine Heiterkeit einzustimmen. »Du Blödmann«, sagte sie, allerdings in freundschaftlichem Ton. »Du hättest mich ja warnen können.«

»Kann ich denn ahnen, dass du hinlangst wie ein Möbelpacker?«, verteidigte ich mich halb im Spaß. »Du drückst ja das letzte Lüftchen aus der armen Frau.«

Ich musste an meine Oma denken, die immer, wenn einem Familienmitglied ein Darmwind entkommen war, gesagt hatte: »Wenn's Orscherl brummt, ist's Herzerl gsund« – mindestens tausendundein Mal. Aber ehe ich diese Anekdote zum Besten geben konnte, zeigte Tilda auf das andere Ende des Sarges.

»Kuck mal«, sagte sie, als sie das Laken, mit dem der Körper bedeckt war, weggezogen hatte, »die trägt ja gar keine Schuhe.«

In der Tat, das war außergewöhnlich. Aus dem langen, schwarzen Kleid, in das man die Tote gehüllt hatte, standen zwei krumme, geschwollene Altefrauenfüße hervor; an jeder Zehe war das vorderste, stummelige Glied nach unten gebogen, als hätte sie ein Leben lang mit bloßen Füßen an eine Tür getreten, die nie aufging.

Doch ich hatte nicht den Nerv, mich länger mit diesen Äußerlichkeiten zu beschäftigen, ich wollte die Sache so schnell wie möglich erledigen. Tilda war bis auf die paar Schrecksekunden die Ruhe selbst, während mir vor Anspannung der Schweiß von der Stirn tropfte. Ich hatte nicht die leiseste Ahnung, welche Paragrafen des BGB betroffen waren, aber was ich hier machte, war definitiv und hochgradig illegal. Obendrein riskierte ich das ausgezeichnete Verhältnis zu meiner Arbeitgeberin, die mir so sehr vertraute, dass sie mir die Schlüssel überlassen hatte.

Ich zog das Kabel der Fernbedienung hinüber ins Büro auf der anderen Seite des Flurs. Felix hatte gemeint, dass es sowieso nichts nützen würde, die Türen zu schließen, da die Strahlung diese ungehindert durchdringen würde. Besser sei es, sie offen zu lassen, damit ich das Kabel nicht einklemmen und dabei beschädigen konnte. Daher stellten wir uns seitlich von der Tür an die Wand, um uns zu schützen. Die Aufnahme an sich dauerte nicht einmal eine Sekunde. Ich drückte den Knopf, das Gerät piepste, eine Lampe leuchtete kurz auf und erlosch wieder. Das war alles. Jetzt wollte ich nur so schnell wie möglich und mit dem ganzen Geraffel wieder hinaus aus dem Gebäude.

In diesem Moment schlug in der nächsten Nachbarschaft ein Hund an. Er schien nichts anderes vorzuhaben, als so lange wütend in die Nacht zu bellen, bis wirklich das ganze Viertel aufgewacht war und zum Fenster hinaussah.

»Du hast eben neulich den Großen Hundegott verärgert«, sagte Tilda, als ich sie mit einem scharfen »Horch!« auf den Radau aufmerksam machte. »Letzte Woche, als du auf dem Westfriedhof so fürchterlich über die armen Wauwaus hergezogen bist. Das hört der Hundegott nicht so gerne.«

»Halt! Das checke ich jetzt überhaupt nicht. Du warst doch gar nicht dabei!«

»Mir hat es aber ein Vögelchen gezwitschert – Richard, wenn du es genau wissen willst.«

»Du hast mit Richard gesprochen? Ich nehme an, du hast ihn immer noch in Verdacht?«

»Als leitende Beamtin in diesem Fall bin ich zu absoluter Verschwiegenheit verpflichtet.«

Für mich hieß das natürlich, dass ich für Tilda nicht mehr als ein nützlicher Helfer war, der nicht alles wissen musste. Ich war nicht wenig gekränkt, aber konnte mir vorstellen, dass ihr das wahrscheinlich gar nicht bewusst war. Sie hatte sich einfach völlig in ihren »Fall« verbissen und war außerstande, auf die komplexen Gefühlslagen ihrer Mitmenschen

Rücksicht zu nehmen. Was ich ihr gerne zu ihren Gunsten anrechnen wollte.

Wir hinterließen das Bestattungsinstitut so, wie wir es vorgefunden hatten. Beim Verladen der Gerätschaft ins Auto begegneten wir keinem einzigen Menschen, und als ich auf dem Beifahrersitz Platz nahm, entfuhr mir ein tiefer Seufzer der Erleichterung.

Eine Sache jedoch musste ich sofort ansprechen, egal, was wir auf dem Röntgenbild entdecken würden.

»Sag mal ...«, begann ich.

»Mal«, kam es prompt zurück. Tilda schien bestens gelaunt.

»Nein, im Ernst: Wir haben doch jetzt schon drei- oder viermal Blut im Ohr der alten Frauen gefunden.«

»Moment!«, unterbrach sie mich. »Du meinst natürlich, dass *ich* das Blut entdeckt habe.«

»Ja, selbstverständlich«, sagte ich und verfiel in Schweigen. Ich konnte mir meinen Vorschlag, dass wir jetzt offiziell bei der Polizei, die das Ganze definitiv nicht mehr als Spinnerei abtun konnte, Anzeige erstatten sollten, wohl sparen. Ich hatte soeben kapiert, dass Tilda nicht mehr zu stoppen war. Sie würde diesen Fall im Alleingang und ungeachtet aller Hindernisse lösen. Stolz – das war sie, stolz und ehrgeizig. Da geht man nicht zu den Kollegen und bittet um Hilfe, wenn man schon den halben Weg alleine geschafft hat.

Kurze Zeit später, als wir an der Strahlenbiologie parkten, wurden wir von einer Polizeistreife überrascht. Während des Entladens am Hintertor der Klinik tauchten zwei Beamte auf und fragten in recht vorwurfsvoller Weise, was wir um diese Zeit an diesem Ort zu schaffen hätten. Doch Tilda zeigte ohne zu zögern ihren Polizeiausweis und behauptete: »Ich helfe meinem Freund hier. Alles in Ordnung, es geht um eine wissenschaftliche Untersuchung.« Sie schnappte sich meinen linken Arm und klammerte sich an mich, als würde ich sonst Anstalten machen, auf und davon zu rennen. Die beiden Streifenbeamten gaben sich damit zufrieden und wünschten uns noch eine gute Nacht.

Fast im gleichen Augenblick war Felix aufgetaucht und hatte das Gerät wieder in den Keller des Instituts befördert. Er hatte wohl doch ein schlechtes Gewissen und wollte sich keine Sekunde zu lange aufhalten. Er verabschiedete sich knapp und verschwand in der Nacht. Da standen wir dann und hatten die große Aufgabe bravourös gemeistert. Tilda schlug den Kofferraumdeckel zu und schickte sich an einzusteigen. Doch einfach so wollte ich sie nicht davonkommen lassen.

»Habe ich da richtig gehört? Ich bin jetzt dein Freund?«

»Da musst du dich verhört haben«, sagte sie, und ihre Stimme klang dabei gar nicht liebreizend. »Sieh zu, dass du den Film so schnell wie möglich entwickelt bekommst. Ich ruf dich an!«

Und schon wurden die Rücklichter des in der Glückstraße davonflitzenden Polo immer kleiner, und ich spazierte alleine nach Hause. Die Nacht war lau, der Himmel sternenklar, und ich trug unter dem Arm die Kassette mit dem Röntgenfilm, in dem womöglich bahnbrechende Erkenntnisse schlummerten.

Nach langem Kampf

Der Mann war zu Hause im Bett gestorben. Ein langer und qualvoller Tod muss es gewesen sein. Krebs, gegen den die Chemotherapie nichts ausrichten konnte, multiples Organversagen, bei lebendigem Leib in Verwesung übergegangen. Immerhin zu Hause, im Ehebett, zu dem uns seine Ehefrau führte, deren Gesicht vom tagelangen Weinen rot geschwollen war.

Die Luft im Zimmer war abgestanden und roch intensiv nach Medikamenten und Fäkalien. Der Tote lag auf dem Rücken, seine dürren Arme und Beine ragten aus einem Pyjama, der über seinem aufgetriebenen Bauch spannte.

Wir waren schon früh um neun an diesem Mittwoch hinaus nach Buckenhof gefahren, um den Toten einzusammeln. Frau Duschner war am Montag braun gebrannt und bestens gelaunt – zudem mit Fotos von mehreren wahrlich barocken, mit Schnitzereien und Beschlägen überladenen Edelsärgen im Gepäck – von ihrer Dienstreise nach Italien zurückgekehrt.

Auf Geheiß von Hausmayr fragte ich die Witwe danach, was wir dem Toten anziehen sollten. Sie war auf die Frage vorbereitet und holte im Handumdrehen einen Anzug aus dem Badezimmer.

»Er hat ihn gestern noch selber rausgesucht …«, sagte sie mit erstickter Stimme und brach wieder in Tränen aus.

Hausmayr zerrte dem Verstorbenen den Pyjama vom Körper und prüfte den Zustand der Windeln, die zum Vorschein kamen. Er schnappte sich ein weißes Hemd, das er dem Toten, der ja dabei leider nicht mehr sehr viel mithelfen konnte, mit großer Geschicklichkeit überzog. Dann steckten wir gemeinsam die Beine, die bereits anfingen zu erstarren, in die Hose, und die Arme ins Jackett. Ich fand, dass das Ganze bereits erstaunlich gut aussah, und ging davon aus, dass wir den armen Kerl nun endlich abtransportieren und dieses schreckliche Zimmer verlassen konnten. Das Schlafzimmer lag zu ebener Erde im hinteren Teil der Doppelhaushälfte. Eine Terrassentür führte hinaus in den Garten. Wir hatten uns schon darauf verständigt, mit dem Sarg diesen Weg zu nehmen, da der Flur zu verwinkelt war. Im Moment war die ganze Fensterfront mit einem dichten weißen Vorhang verhängt, um neugierige Nachbarn daran zu hindern, uns beim Herrichten des Verstorbenen zu beobachten.

»Etz bindma ihm no a Krawattna rum«, entschied Hausmayr.

Ich fühlte mich dermaßen das Gegenteil von wohl in dieser stickigen Todesklause und erlaubte mir, was extrem selten vorkam, zu widersprechen.

»Wollen wir das nicht machen, wenn wir zu Hause sind? Ich meine, in der Schenkstraße?«

»Was gscheng ist, ist gscheng«, sagte Hausmayr, womit mein Vorschlag als abgeschmettert gelten durfte. »Etz schaumer auch glei, ob du des mit dera Krawattna scho hinkriegst.«

Das hieß für mich, dass ich den Knoten der Krawatte, die der Tote tragen sollte, vorzubinden hatte, indem ich mir das rot, blau und grün gepunktete Schmuckstück vor dem Spiegel im Badezimmer selbst umlegte und einen einfachen Windsor knüpfte, aber nicht zuzog. Stattdessen nahm ich die Krawatte wieder ab und zeigte sie Hausmayr.

»Eimampfrei«, lobte er und packte den Toten an den Schultern. Doch als er mit einem »Hauruck!« den Oberkörper anhob, knickte der Kopf des Verstorbenen nach vorne, der Mund klappte auf, und ein Schwall von Blut und vergorenen Eingeweiden tropfte über die weiße Hemdbrust.

»Sackelzement!«, fluchte Hausmayr. »Das war fei net sehr hilfreich«, fügte er an den Toten gerichtet hinzu, »aber du wirst ja ein Hemd zum Wechseln haben.«

Er ließ den Körper ganz sanft zurück aufs Bett sinken und wies mich an, im Schrank nach dem benötigen Kleidungsstück zu suchen.

Doch ehe ich an den Knauf fassen konnte, flog mit einem lauten Knall die Schranktür auf, und ein Mann sprang heraus. Ein paar Sekunden lang herrschte totale Stille im Raum, niemand rührte auch nur den kleinen Finger. Wir standen da wie vom Blitz getroffen und starrten die Gestalt an wie eine Marienerscheinung. Eine sehr kugelige Marienerscheinung freilich, weil es das war, womit sich mir dieser Mensch im Bruchteil einer Sekunde einprägte: ein runder, kurz rasierter Kopf, am Kinn ein stoppeliger Fünftagebart, ein Bauch wie ein Fass, darunter zwei steckendünne Beinchen – auf denen er, als die Schreckstarre von ihm abfiel, wie eine gesengte Sau aus dem Zimmer und mit höllischem Gepolter durch den Flur zur Haustür rannte, indem er unterwegs mit der Garderobe zusammenstieß. Hausmayr wäre nicht Hausmayr gewesen, wenn er nicht gedankenschnell reagiert und dem Flüchtenden mindestens ebenso polternd nachgesetzt hätte.

»Was ist denn jetzt los?«, rief die Witwe, die mir im Flur entgegenkam, aber ich hatte keine Zeit für Erklärungen, zumal ich ja selber keine Idee hatte, was sich hier gerade abspielte. Ich stürzte raus auf die Straße, wo ich gerade noch sah, wie Hausmayr dem Flüchtenden auf den Rücken sprang, woraufhin beide zu Boden gingen.

»Hab i di!«, schrie Hausmayr triumphierend und bog dem Schrankmann den Arm kraftvoll auf den Rücken, dass die Gelenke hörbar knackten.

Erstaunlich schnell kam ein halbes Dutzend Bewohner aus den benachbarten Doppelhäusern herbeigeeilt, aber dann ging mir auf, dass sie alle schon gewartet hatten, und zwar auf uns. Die Szene, derer sie nun Zeugen geworden waren, übertraf natürlich ihre Hoffnungen bei Weitem.

Die Erlanger Stadtpolizei brauchte lediglich neun Minuten, bis sie vor Ort aufkreuzte. Dennoch hatten wir bis dahin aus dem Einbrecher bereits das Wichtigste herausgequetscht – buchstäblich, denn Hausmayr blieb stur auf dem Schrankmann sitzen, den einer der Nachbarn erkannte und behauptete, es sei ein alter Arbeitskollege des Verstorbenen, ein Rumäne, und er, der Nachbar, sei sich sicher, die beiden schon häufig im Garten sitzen gesehen zu haben.

Nur mühsam gelang es dem am Boden Liegenden, sich zu artikulieren. Er wiederholte ein ums andere Mal den Satz: »Hab ich nur Zigarette! Hab ich nur Zigarette!«

»Du hast nur Zappzarapp wollen!«, schrie ihn der Nachbar an. »Willst uns das sagen? Zappzarapp!«

Schließlich kam die Wahrheit ans Licht. Der Arbeitskollege hatte den Krebskranken tatsächlich in den letzten Wochen auf dem Sterbebett mit Zigaretten versorgt. Wenn die Ehefrau außer Haus war, hatte er sich durch den Garten geschlichen und mit seinem dem Tode geweihten Freund geraucht. Die Witwe stand etwas abseits und hatte die ganze Zeit die Hand vor den Mund gepresst, als wolle sie sich selbst am Losbrüllen hindern, ehe sie endgültig zusammenbrach.

»Er hat ihn umgebracht!«, schrie sie. »Keine einzige Zigarette hätt er rauchen dürfen, nicht eine einzige! Das war sein Todesurteil! Er hat ihn umgebracht!«

Zwei Nachbarinnen führten sie weg, und Hausmayr übergab den Arbeitskollegen den Polizisten. Hausmayr sah auf die Uhr – es war höchste Zeit, unsere Arbeit zu erledigen. Wir gingen zurück ins Haus, gefolgt von einem der Beamten, der dann tatsächlich, während wir zugleich dem Toten ein frisches Hemd anzogen und – diesmal erfolgreich – den vorgeschnürten Binder umlegten, im Nachttisch das Feuerzeug und die Schachtel Kippen fand. Die hatte der Rumäne heimlich wegschaffen wollen, als ihn unser Eintreffen überraschte. Weil die Ehefrau die Balkontür verschloss, als wir klingelten, war ihm der Fluchtweg versperrt gewesen.

Mir kam die Idee, die Gelegenheit beim Schopf zu ergreifen, und ich machte mich an den Wachtmeister ran: »Das ist aber schon ungewöhnlich, ein Eindringling in einer Wohnung, in der gerade jemand gestorben ist.«

»Wie meinen Sie das?«, fragte der Polizist.

»Es ist doch so: Wenn jemand allein zu Hause stirbt, könnte doch jeder Einbrecher kommen und sich bedienen.«

»So etwas ist mir noch nie untergekommen. Normalerweise sind die Wohnungen verschlossen, wenn wir ankommen, und die Feuerwehr muss die Türen öffnen.«

Irgendwie fühlte ich mich da als Teil einer kleinen Gruppe Auserwählter, der ein Geheimnis für sich behalten muss, obwohl alles in mir danach drängte, darüber zu reden. Obschon wir alles andere als sicher sein konnten, ob das Röntgenbild einen echten Beweis liefern würde, war ich doch inzwischen felsenfest davon überzeugt, dass in dieser Stadt durchaus frisch Verstorbene reihenweise bestohlen wurden – und die Polizei, zumindest offiziell, nichts davon ahnte. Und dass der Täter, den wir suchten, sich nicht damit begnügte, alte Frauen zum Rauchen zu verführen, um sie schonend zu töten.

Wir verstauten den Leichnam behutsam im Sarg und trugen ihn so schnell es ging durch den Garten zum Auto. Hausmayr setzte mich am Langemarckplatz ab, ehe er zum Krematorium in Regensburg fuhr. Am Nachmittag ging es dann zu einem anderen Klienten runter zum Neustädter Friedhof, wo wir nur sehr selten eingesetzt wurden und ich meine nun schon achtundvierzigste Beerdigung absolvierte – ab halb zwei, sodass Hausmayr gerade noch rechtzeitig wieder vor Ort war.

Die letzten zwei Tage hatte ich vergeblich versucht, Udo ans Telefon zu kriegen, um ein Treffen zwecks einer Übergabe des Films zu vereinbaren. Tilda hatte wiederum bereits dreimal bei mir angerufen, aber ich hatte sie vertrösten müssen. An ihrer Stimme hatte ich gemerkt, wie ihre Laune, die unmittelbar nach der Röntgenaktion bestens gewesen war, sich immer mehr eintrübte. Wie eine dieser Gewitterwolken, die derzeit fast jeden Tag über der Stadt auftauchten, wo sich noch einen Moment zuvor makelloses Blau am Himmel ausgebreitet hatte, und immer schwerer und dunkler wurden, bis sie von ihrem eigenen Gewicht auseinandergerissen wurden und eine unermessliche Ladung Wasser aus ihrem Bauch auf Erlangen herniederprasseln ließen. Tilda hatte gedrängt, dass wir uns woandershin wandten, aber ich hatte ihr so geduldig ich konnte erklärt, dass unser Problem das gleiche war wie das eines Amateurfotografen, der beim Photo Porst Nacktaufnahmen abgibt. Wir mussten absolut sichergehen, dass niemand, den es nicht wirklich etwas anging, das Röntgenbild vom Kopf der Toten sah.

Meine Sargträgerkollegen vor Ort waren Georg-Wilhelm, Lars und Henry. Treffpunkt war ursprünglich am Physikalischen Institut, aber wir versammelten uns dann doch direkt am Friedhof, weil Frau Duschner, die mich gerade noch erwischte, ehe ich das Haus verließ, hektisch umorganisiert und uns eine halbe Stunde früher bestellt hatte. Im Gegensatz zu draußen, wo die heiße Luft über den Gräbern flimmerte, war es angenehm kühl in der Aussegnungshalle, und es roch nach Erde und dem abgestandenen Wasser in den Blumenvasen.

Es war natürlich reiner Zufall, aber die Verstorbene hieß genauso wie meine Oma. Meine eigene Großmutter hatte ich nicht mehr gesehen, als sie gestorben war, und ich hatte damals aus irgendeinem Grund nicht einmal weinen können. Aber jetzt plötzlich schossen mir die Tränen in die Augen, ein Jahr später, und der Augenblick war alles andere als günstig. Einen Moment lang gruselte mich zudem die Vorstellung, dass dort draußen womöglich immer jemand am Leben war, der so hieß wie der Mensch, der gerade bestattet wurde. Klar, dies lag in der Natur der Dinge, aber die Verbindung des Namens mit der Person, die dazugehört, war doch so stark, dass ich lange zögerte, einen Blick auf die Verstorbene zu werfen, die meiner eigenen Großmutter im Leben vermutlich nie begegnet war.

Der Sarg stand noch offen in der Leichenhalle, die Familie nahm Abschied, danach schlossen wir die Kiste mit der toten Frau und trugen erst den Sargtransportwagen die Treppe hinunter (»zum Aufwärmen«), danach den Sarg selbst, luden ihn auf und fuhren damit zur Kirche, wo der Gottesdienst stattfand. Und ich darf Frau Duschner zitieren: »Ihr seht immer wieder gut aus!«

Die Familie war klein, die Kirche geräumig, der Gottesdienst zu lang und der Pfarrer ein Schwachkopf. Er sprach total wirres Zeug, kreuz und quer Bibelzitate und Trostworte, syntaktisch und grammatikalisch zum Grausen, mit Redepausen an den unmöglichsten Stellen. Er wirkte wie betrunken, doch zumindest einen treffenden Ausspruch machte er: »Es war ein Leben wie tausend andere – nichts Besonderes.«

Der Eintrag in mein Notizbuch lautete wie folgt: »Der Pfarrer rekapitulierte die offiziellen Kontakte der Verstorbenen mit Vertretern der Kirche. Ihr Konfirmationsspruch – wie auch immer er lauten mochte – begleitete sie ihr Leben lang. 1933 heiratete sie Oskar Bär, Tischlermeister aus Bubenreuth, der 1957 starb. Sie hatte einen Sohn, Erich, der wiederum eine Frau aus Belgien heiratete, wohin die alte Mutter, die bis 1988 in ihrem Haus neben der Herz-Jesu-Kirche wohnte, oft mit Sohn und Schwiegertochter in Urlaub fuhr. 1991 zog sie ganz zum Sohn, wo sie geistig und körperlich immer stärker abbaute. Sie wurde von der Schwiegertochter gepflegt, die sich zusätzlich um den gesundheitlich angeschlagenen Mann kümmerte. Es gibt eine Enkelin, die wiederum zwei Urenkel auf die Welt gebracht hatte. Auffällig: In der Bank vor uns saß ein weißhaariger Herr, der zu spät gekommen war und einen eleganten grauen Anzug trug. Er hatte einen Krückstock bei sich, mit dem er sich äußerst geschickt ein Gesangsbuch angelte. Wir erkannten in ihm sofort den letzten Liebhaber der Dahingeschiedenen.«

Hinterher durfte ich mir natürlich ein paar dämliche Sprüche anhören, weil ich am Sonntag zusammen mit Tilda aus dem Billardkeller entschwunden war. Die Nachfrage, ob ich am nächsten Tag »überhaupt noch gerade laufen« konnte, war noch das Harmloseste.

Zu meiner großen Erleichterung gelang es mir immerhin, am folgenden Vormittag Udo die Kassette mit dem Röntgenfilm zu übergeben. Keine Ahnung, warum ich nicht eher draufgekommen war, aber ich spazierte einfach die paar Hundert Meter zur Zahnklinik, fragte nach seinem Büro und klopfte dort an die Tür. Udo redete und bewegte sich wie ein Automat: ruckartig, rechtwinklig und monoton – was ihn nicht davon abhielt, ganz fürchterlich aufzuschneiden. So ziemlich alles, was er zu irgendeiner Zeit tat, beschrieb er als das Beste und Größte, was je einer getan hatte, und sei es nur, eine neue Zahnbürste einzukaufen. Normalerweise fand ich ihn unerträglich, aber nun, als er ohne mit der Wimper zu zucken die Kassette entgegennahm und versprach, sie gleich »von seinem absolut besten Mitarbeiter« im Labor entwickeln zu lassen, gelang es mir sogar, etwas Ähnliches wie Sympathie für ihn zu empfinden.

»Wann wird dein Kumpel die Aufnahmen fertig haben?«, fragte Miss Ungeduld, die nach Dienstschluss als Erstes von zu Hause aus bei mir anrief.

»Keine Ahnung«, setzte ich entgegen. »Übermorgen? Vielleicht am Freitag ...?«

»Du musst da unbedingt gleich morgen nachhaken!«

»Hm. Du könntest ja mithelfen und mich früh mit ein paar frischen Hörnchen überraschen? Dann trinken wir Kaffee bei mir und gehen gemeinsam zu Udo ...«

»Geht nicht, ich muss morgen früh zu einer Schießübung.«

»Dann könntest du natürlich auch gleich bei mir übernachten ...«

»Vergiss es!«

Der Handel mit Udo hatte sich angenehm einfach gestaltet. Dafür, dass er den Film entwickelte und niemandem sagte, was darauf zu sehen war (und am besten den Film selber erst gar nicht anschaute), wollte er lediglich einen Abend lang Bier ausgegeben bekommen. In einer Kneipe seiner Wahl. Sonst nichts. Weder musste Tilda ihre Verführungskünste einsetzen, noch war eine Reservierung im

Alten Simpl oder im *Da Pippo* notwendig. Bier auf unsere Kosten, bis Lokalschluss – das ließ sich bewerkstelligen.

Udos Wahl fiel dann auf den *Star-Club* drei Häuser gegenüber von *Alberts Kaffeehaus*. Eine schwer verräucherte Kaschemme, die von Späthippies und Provinzrockern frequentiert wurde. Wo man Darts spielte und Kitzmann-Pils für zwei Mark dreißig die Halbe trank.

Ich traf mich am Freitag schon um sieben mit Udo, der bestens gelaunt war und in einem braunen Pappumschlag den entwickelten Film mitgebracht hatte.

»Du darfst definitiv niemandem davon erzählen«, schärfte ich ihm nochmals ein.

»Keine Sorge! Ich besaufe mich jetzt auf deine Kosten, bis ich mich an nix mehr erinnern kann!«

»Dafür bin ich dir wirklich sehr dankbar.«

»Nichts zu danken. Ich hatte nicht einmal Zeit, selber einen Blick darauf zu werfen. Inzwischen habe ich fünf feste Mitarbeiter und noch ein ganzes Rudel Studenten. Weißt du, da bin ich rund um die Uhr beschäftigt. Wir arbeiten ja gerade an einem extrem wichtigen Projekt, zusammen mit Partnern aus ganz Europa, eine völlig neue Sache: Titan-Implantate, als Ersatz für Zahnwurzeln, damit werden wir die Stomatologie revolutionieren ...«

Ich schaltete während des folgenden Monologs auf Durchzug. Zahnärzte waren mir seit jeher suspekt gewesen, alleine der Tatsache wegen, dass sie einen Beruf gewählt hatten, bei dessen Ausübung man täglich stundenlang anderen Menschen in den Mund schauen musste. Unter der Studentenschaft galten Zahnmediziner als bessere Handwerker, die sich nicht so sehr durch akademische Genietaten als vielmehr durch nur wenig mehr als rohe Muskelkraft auszeichneten.

Ich konnte es kaum erwarten, nach Hause zu kommen, um den Film anzusehen, aber Udo hatte viel zu erzählen, und ein Pils folgte dem anderen. Nach acht oder neun Bieren hörte ich auf mitzuzählen und blendete Udo komplett aus. Stattdessen beobachtete ich eine Weile ein Pärchen, das direkt neben uns an einem Stehtisch plauderte und einander mit Kosenamen bedachte, die besser das Schlafzimmer nicht verlassen hätten: Mausespast und Blutbärchen. Und so sahen sie auch aus. Immerhin: In anthropologischer Hinsicht hatte sich der Abend für mich schon gelohnt.

Tilda war nicht bereit gewesen, an dem Treffen teilzunehmen. Womöglich saß ihr der Vorfall im *Brazil* noch in den Knochen, vielleicht hatte sie auch einfach etwas anderes zu tun. Am Ende, als Udo schon lallte und es ans Zahlen ging, wurde mir klar, dass ich auf der Rechnung alleine sitzen bleiben würde. Auch am nächsten Tag, als Tilda aus Nürnberg herüberkam und wir uns in der *Brasserie* in der Fußgängerzone trafen, machte sie keinerlei Andeutungen, dass sie sich an den einundzwanzig Bieren beteiligen wollte (von denen ich lediglich acht getrunken hatte).

»Wahnsinn!«, sagte sie, nachdem sie minutenlang den Film angestarrt hatte. »Und was bedeutet das nun für uns?«

Die Lichtverhältnisse in der abgeschiedenen Ecke, in die wir uns zurückgezogen hatten, waren natürlich nicht optimal, auch wenn man den Film gegen die Fensterscheibe zur Straße hielt. Dennoch bestand an der »Diagnose« kein Zweifel.

»Ganz einfach«, sagte ich. »Da steckt ein Stück Metall im Gehirn, das dort definitiv nicht hingehört. Fünf Zentimeter, mindestens! So wie es aussieht: die abgebrochene Spitze von irgendetwas Langem und Dünnem.«

»Das sehe ich auch! Ich meine doch: Wie führt uns das jetzt zum Täter?«

»Ich schätze, ohne Obduktion lassen sich da keine weiteren Hinweise ableiten.«

»Welches Material ist es?«

»Keine Ahnung, kann ich nicht sagen. Metall. Vielleicht eine Nadel. Vielleicht eine Kanüle.«

»Also etwas Medizinisches? Etwas, das man in einer Apotheke kaufen kann?«

Ich wusste, worauf diese Frage abzielte. Richard hatte mit Sicherheit Zugang zu sämtlicher Gerätschaft, deren einziger Zweck es war, in menschliche Körper gesteckt und gestochen zu werden.

»Könnte es nicht ein Fehler bei der Aufnahme sein?«, hakte Tilda nach.

»Nicht auszuschließen. Halte ich aber für sehr unwahrscheinlich. Was überlegst du?«

»Ich frage mich, wie viel Beweiskraft diese Aufnahme hat. Immerhin: Die Frau schaut die Radieschen erst seit ein paar Tagen von unten an, aber ob das Bild reicht, um eine Exhumierung zu veranlassen? Das haut mir der Staatsanwalt doch so was von um die Ohren! Ein Scherz von irgendwelchen verstrahlten Physikstudenten, wird er sagen.«

Mit Staatsanwälten kannte sich Tilda besser aus als ich. Für mich persönlich gab es jedoch jetzt keinen Grund mehr, an der Mordhypothese zu zweifeln. Wir hatten ein klares Bild, wie der Täter vorging: Er benutzte stählerne Kanülen, die er den alten Frauen durchs Ohr ins Hirn stieß. Die Wunde verschloss er mit Tempotaschentüchern, Wachs und Ohrenschmalz. Danach raubte er seine Opfer in aller Ruhe aus. Und er hielt sich an alte Frauen, da er ihnen in jedem Fall körperlich überlegen war, denn es war wohl keine alltägliche Übung, einen Menschen von hinten zu packen und die Stahlnadel seitlich in den Schädel zu stoßen.

»Ich muss mir die Sache gründlich durch den Kopf gehen lassen«, sagte Tilda und beendete unser Treffen. »Und ich muss dringendst wieder zurück ins Präsidium.«

Den Film nahm sie mit größter Selbstverständlichkeit mit, aber ich registrierte mit Genugtuung, dass sie wenigstens meinen Kaffee bezahlte.

Wo auch immer das verdammte Virus hergekommen war, am Montag bekam ich Fieber, und am Dienstag lag ich im Bett und musste einen Auftritt in Steudach sausen lassen. Meine Schleimhäute fühlten sich an wie Schwämme, die tropften und trieften. Ich bereitete mir mit dem Wasserkocher, der – in bequemer Reichweite vom Bett aus – in der Nische mit dem Waschbecken stand, eine Tasse Tee nach der anderen zu. Ich schmeckte rein gar nichts, und der heiße Tee, den ich mir in den Schlund goss, lief nur wenige Minuten später wieder aus meiner Nase heraus, mit Fiebertemperatur und leicht eingetrübt von den Überresten der Einzeller, die mein HNO-System zu ihrem Wirkungsort erkoren hatten.

Ich lag auf dem Rücken, machte nichts außer zu schniefen und aus dem schrägen Dachfenster zu starren. Über mir zogen putzige kleine Wolken den Himmel entlang, und ich dachte nach. Dachte noch einmal gründlich darüber nach, was ich wusste. Oder genauer gesagt: Was ich selbst gesehen und was mir Tilda erzählt hatte.

Wir hatten bei vier toten Frauen extrem verdächtige Spuren entdeckt. Bestattungen Duschner war längst nicht das einzige Beerdigungsunternehmen in der Stadt, in der Woche wurden sechs, sieben oder acht alte Frauen auf den verschiedenen Friedhöfen beigesetzt, und auch wenn Tilda versucht hatte, an so vielen Bestattungen teilzunehmen, wie sie schaffte, gab es eine gewaltige Dunkelziffer.

Nie zuvor hatte ich mir Gedanken über diesen Begriff gemacht: Dunkelziffer. Wahrscheinlich, weil ich als Naturwissenschaftler schon alleine die Idee, die dahintersteckte, aus tiefstem Herzen ablehnte. Die implizierte Behauptung, man könnte eine exakte Zahl für etwas nennen, das man nicht zählen konnte. Etwas zu beziffern, das einer genauen Bestimmung komplett unzugänglich war. Denn unser faktisches Wissen bestand aus den knapp eine Handvoll Fällen, für die wir sehr starke Verdachtsmomente hatten. Aber ob die wahre Anzahl der Opfer des Serienmörders das Doppelte oder das Zehnfache betrug, war nichts als haltlose Spekulation. Wenngleich nicht weniger beängstigend. Ich vermutete, dass hier der eigentliche Sinn einer Dunkelziffer lag: Sie diente dazu, Angst zu schüren, indem harmlose Menschen wie meine Eltern darüber in der Zeitung lasen und zum Schluss kamen, dass in der Stadt praktisch jeder Einwohner früher oder später gemeuchelt wurde.

In den meisten Fällen gab es wenige oder gar keine Angehörige, und vermutlich wurden immer größere Mengen an Bargeld und das entwendet, was im Polizeideutsch so schön als »Wertgegenstände« bezeichnet wird. Geld war das Motiv des Täters, und er musste einen Weg gefunden haben, um zwei Probleme zu lösen: Vor der Tat musste er seine Opfer aufspüren und zu einem geeigneten Zeitpunkt umbringen – und nach der Tat musste er irgendeinen Kniff anwenden, wodurch bisher noch kein einziges Mal der Verdacht entstanden war, dass es sich um Gewaltverbrechen handelte. Er presste ihnen zum Beispiel ein Kissen auf Mund und Nase, bis sie ohnmächtig waren. Das dauerte vermutlich selten lange. Dann legte er sie ins Bett – zumindest hatte Tilda in unseren Fällen das in Erfahrung gebracht – und stach ihnen sehr dünne Nadeln durch den Gehörgang ins Gehirn. Die kleinen Wunden verschloss er mit Wachspfropfen, sodass niemand daran zweifeln konnte, dass ein Herzinfarkt oder ein Schlaganfall die Todesursache gewesen war.

Interessanter erschien mir das erste Problem, die Auswahl der geeigneten Opfer. Der Täter musste regelmäßig mit alten Menschen zu tun haben. Das hatten allerdings einige Leute, angefangen vom Postboten über den Hausarzt und die Zeugen Jehovas bis zu den Zivis vom Essen auf Rädern.

Oder der Lieferdienst einer Apotheke. Das wohldosierte Gift der Verdächtigung, das mir Tilda verabreichte, tat inzwischen seine Wirkung, und ich betrachtete Richard mit anderen Augen als noch vor ein paar Monaten. Es stimmte schon: Er hatte ein Motiv und besaß das notwendige Hintergrundwissen über alleinstehende Rentnerinnen. Nur – wer einmal gesehen hatte, wie er versuchte, eine Bierflasche mit dem Feuerzeug zu öffnen oder das Schloss seines Fahrrades aufzusperren, der wäre nie und nimmer auf die Idee gekommen, dass er eine dünne Stahlnadel punktgenau in das Ohr eines Menschen rammen konnte, ohne sich selbst schlimme Verletzungen zuzufügen.

Ich machte mir Vorwürfe: Warum hatte ich Dussel nicht selbst alle Informationen gesammelt? Aber mein Bauchgefühl sagte mir, dass es irgendwo noch einen Hinweis geben musste, den wir bisher übersehen hatten. Es war falsch von Tilda, um nicht zu sagen unprofessionell, die Sache im Alleingang lösen zu wollen. Trotz Ausbildung und hellem Verstand konnte auch ihr etwas entgehen. Ich fand, es war Zeit für mich, weniger Respekt vor ihrem Beruf zu haben.

Erst am darauffolgenden Montag war ich wieder fit genug, um an einer Bestattung in Großgründlach teilnehmen zu können. Dort war ich bisher erst einmal gewesen, aber die Ortschaft gehörte auch schon zu Nürnberg, lag also außerhalb unseres eigentlichen Einsatzgebietes. Auch Tilda war gebucht, doch hatten wir uns nicht viel zu sagen. Sie konnte oder wollte mir nichts Neues berichten, und ich würde sie erst an meinen Überlegungen teilhaben lassen, wenn ich mir sicher war, dass ich – wie es in den Vorabendkrimis immer so schön heißt – eine heiße Spur entdeckt hätte. Oder wenigstens irgendetwas, das Tilda übersehen hatte. Wobei ich insgeheim befürchtete, an einem toten Punkt angelangt zu sein, was ich jedoch niemals zugegeben hätte.

Wir standen vor Beginn der Show etwas gelangweilt in der Umkleidekabine des Pfarrers herum, als der diensthabende Priester eintraf. Er war neu im Geschäft, noch recht jung, und er interessierte sich sehr für uns. Er fragte uns regelrecht Löcher in den Bauch: welche Fächer wir studierten, welche Aufgaben wir während der Beerdigungsfeier hätten, wo unsre Eltern lebten, usw., usf. Wir überließen Georg-Wilhelm das Reden, der sich ein Vergnügen daraus machte, dem Pfarrer komplett frei erfundene Antworten zu geben. Richard verschwand um die Ecke und tauchte erst im allerletzten Augenblick wieder auf.

»Wo warst du denn?«, fragte ich ihn. »Es geht los.«

»Ich hab das Gefasel einfach nicht mehr ertragen«, sagte er.

»Gib's zu, du hast einen Joint reingezogen!«

»Ne, Quatsch, echt! Nie im Dienst und so.«

Es galt, eine Frau mittleren Alters zu Grabe zu tragen. Sie hinterließ drei minderjährige Kinder, hatte zu Lebzeiten leidenschaftlich Handball gespielt und überraschte uns mit viel Gewicht, als wir den Sarg auf den Wagen luden. Die Dame starb laut Priester »an einer langen, schweren Krankheit«, Krebs, wie wir vermuteten. Die Trauergemeinde war wie immer bei solch tragischen Fällen sehr groß. Dementsprechend unpassend fand ich die Anmerkung des evangelischen Jungpfarrers, der über dem aufgebockten Sarg, der unter einer Lawine von Blumen beinahe verschwand, verkündete: »Wir können nicht genau sagen, wo Katja Dübler jetzt ist.«

»Vor dir, du Dussel!«, hätte ich ihm am liebsten zugerufen. »Im Sarg!«

Aber ich hielt mich an meine Regel, mich nicht einzumischen, wenn Menschen, die an eine jungfräuliche Geburt eines dreiteiligen imaginären Wesens glaubten, das Steinplatten vom Himmel reichte und aus brennenden Büschen sprach, über den seelischen Aufenthalt verstorbener Menschen spekulierten ...

Im Anschluss auf dem Weg zu Tobias' Auto gerieten wir prompt in eine abstruse Diskussion darüber, was wohl schlimmer sei: Krebs oder Autounfall? Diese Woche würden wir für beide Fälle Beerdigungen abwickeln, das heißt: Heute hatten wir unheilbaren Krebs in Großgründlach und am Mittwoch Verkehrsunfall mit Todesfolge auf dem Zentralfriedhof. Richard und ich waren für Autounfall, weil es schnell ging, Egidius entschied sich aus wissenschaftlichen Gründen für Krebs. Tobias meinte nur, dass wir jetzt komplett einen an der Klatsche hätten.

Während wir redeten, spazierten wir die Brucker Straße, die genau genommen zum Wetterkreuz führte, Richtung Ortsausgang nach Tennenlohe, wo Tobias im Wohngebiet sein Auto geparkt hatte. Als wir um die Ecke bogen, kam uns schon Tildas Polo entgegen; sie winkte uns flüchtig durch die Scheibe zu, dann setzte sie den Blinker nach links, die Bremslichter leuchteten rot – aber der Wagen fuhr, obwohl sie das Pedal bis zum Boden durchdrückte, ungebremst über die Straße direkt in den Graben.

Tilda hatte im letzten Moment die Handbremse gezogen, aber das Bodenblech war über den Asphalt geschrammt, und die vorderen Räder hingen frei in der Luft. Wir schafften es zu viert gerade so, das Auto wieder auf die Straße zu wuchten. Tilda machte einen für ihre Verhältnisse recht hektischen Eindruck, als sie aus dem Wagen stieg und immer wieder von der linken auf die rechte Seite und zurück wechselte, um sich die Lenkung und die Bremsen hinter den Vorderreifen anzusehen. Auf die Idee, die Motorhaube zu öffnen, kam sie nicht. Das machten dann Hausmayr und ich (als Sohn eines Bauunternehmers), da wir wohl die Einzigen waren, die den Anflug einer Ahnung hatten, welche Schläuche und Motoren welchem Zweck dienten.

Unterdessen hatten alle begonnen, wild durcheinanderzureden. Da die Straße zum Glück sehr schwach befahren war, konnten wir uns ungestört um den kleinen Polo scharen, der dastand wie ein verschrecktes Rehkitz, das sich in eine Grillparty verirrt hat.

»Scheiße!«, fluchte Tilda immer wieder. »Verfickte Scheiße!«

Richard hüpfte erst hinter Tilda her, wobei er pausenlos »Eieieiei« sagte und den Kopf schüttelte, als litte er unter gewissen kognitiven Einschränkungen. Dann drängte er sich zwischen Hausmayr und mich, um in den Motorraum zu starren, nicht ohne jedoch mit seinem debilen »Eieieiei« fortzufahren. Der Beinahe-Unfall schien ihn beinahe mehr verstört zu haben als die eigentliche Leidtragende.

Tobias und Egidius waren auf die schlaue Idee gekommen, den Weg, den Tilda gefahren war, zurückzuverfolgen, und hatten frische Flecken auf dem Asphalt entdeckt, die womöglich von einer »auslaufenden Betriebsflüssigkeit« stammten, wie Egidius sich ausdrückte. Er hatte natürlich auch gleich eine passende Geschichte auf Lager, die sich in der nördlichen Oberpfalz zugetragen hatte, wo sein Vater herstammte: »Im Nachbarort steht heute noch ein Haus, das ungünstig an der Kurve gelegen ist. Das stand wohl schon dort, als es die Kurve noch gar nicht gab, sodass die Straße einen kleinen Bogen machen musste, als sie gebaut wurde. Eine Zeit lang muss da alle paar Monate ein Fahrzeug gegen die Ecke gerumpelt sein. Und angeblich hatten einmal bei einem Wagen die Bremsen versagt und er war ins Wohnzimmer gebrettert, während die Familie auf dem Sofa saß und fernsah. Seitdem ist der Rollladen zur Straße Tag und Nacht herabgelassen.«

»Das ist ganz wunderbar«, mischte ich mich ein, »aber momentan haben wir ein anderes Problem: Die Bremsschläuche von Tildas Auto sind undicht. Das hätte ins Auge gehen können.«

»Ins Auge gehen?!«, fuhr mich Tilda an. »Das war höllisch gefährlich – da wollte mich jemand um die Ecke bringen!«

»Langsam, Madla, immer schö langsam«, beschwichtigte sie Hausmayr. »Ich hab des scho zweimal g'habt, dass mir der Marder die Schläuch durchbissen hat.«

Tildas Polo mit dem grünen Peace-Symbol jederzeit und überall wiederzuerkennen war natürlich kein Kunststück, darüber waren sich alle einig – insofern es um menschliche Beobachter ging, wie Egidius einwendete, bei Tieren mochte das womöglich ganz anders aussehen. Etwa bei Mardern oder Wieseln oder Siebenschläfern und Eichelhähern und wie das Viechzeuch alles hieß, das nun reihum verdächtigt wurde.

»Ich muss dringend zurück in die Arbeit«, seufzte Tilda schließlich.

»Ich nehm dich mit nach Tennenlohe, da kannst in den 30er-Bus steigen«, bot ihr Hausmayr an.

Wir schoben mit vereinten Kräften den Wagen in eine Parklücke, dann gab es für uns nichts mehr zu tun, und wir gondelten zurück in die Stadt. »Was ein Mist«, schimpfte Tobias, »diese Viecher!« Vorsichtshalber probierte er beim Losfahren die eigenen Bremsen, aber alles war in Ordnung.

Am übernächsten Tag hatte die Werkstatt das Auto wieder flottgemacht, wie Tilda uns berichtete, nachdem sie uns am großen Eingangsportal des Zentralfriedhofs empfangen hatte, direkt unter dem klassizistischen Giebel von 1895 mit dem Engelskopf und den beiden aus Stein gehauenen vierblättrigen Kleeblättern, über deren Bedeutung ich schon das eine oder andere Mal gerätselt hatte.

»Wahrscheinlich wirklich ein Marder«, sagte Tilda, aber sie warf mir einen verschwörerischen Blick zu. Ich ahnte, dass wir nachher eine Aussprache haben würden.

Die Aufstellung war beinahe dieselbe wie am Montag, nur nahm diesmal Lars die Position von Richard ein, den ich nicht hatte erreichen können, obwohl ich es mehrmals versucht hatte. Einer seiner Mitbewohner meinte, er sei spontan verreist, eventuell nach Holland, aber vielleicht auch gar nicht.

Da der Anlass für die Bestattung ja wieder ein Verkehrsunfall war, sprach Egidius vom »Gesetz der Serie«. Diesem war die Geschäftsführerin einer McDonald's-Filiale zum Opfer gefallen. Lars kannte die Verstorbene und einige der Anwesenden noch von dorther aus seiner Zeit als studentischer Billiglohnarbeiter.

Wir erfuhren, dass die Filialleiterin dreimal verheiratet gewesen war, und zwar jedes Mal mit einem Amerikaner. Am Schluss lebte sie mit einem vierten Mann in wilder Ehe, über dessen Herkunft wir allerdings im Unklaren gelassen wurden. Dementsprechend skurril setzte sich die Trauergesellschaft zusammen: junge, etwas übermüdet wirkende McDonald's-Mitarbeiter in Anzügen von der Stange, daneben coole Typen mit Sonnenbrillen, langen Haaren und Kaugummi im Mund, die durch die Bank irre angezogen waren – teils wie amerikanische Touristen, teils wie Shakespeare-Darsteller. Oder auch Zuhälter und Gebrauchtwagenhändler. Auch ein schwarzer G. I., der einen dunkelblauen Blazer mit silberner Krawatte trug, befand sich darunter. Ich überlegte, wann ich zuletzt tagsüber einen dunkelhäutigen Menschen gesehen hatte? Klar – in Erlangen konnte man auf dem Truppenübungsplatz, der zwischen der Hartmannstraße und dem Südgelände der Universität gelegen war, regelmäßig schwarzen G. I.s zusehen, wie sie in grün-braun gefleckten Kampfanzügen Lasergewehre aufeinander abfeuerten, während langhaarige Studenten auf Klapprädern zwischen ihnen hindurchflitzten. Aber sonst ... Ich war schon ein rechtes Landei, das wurde mir mal wieder deutlich vor Augen geführt!

Welche sinnlosen Spekulationen über die Beziehungen der Trauernden zu der Verstorbenen wir auch anstellen mochten, sie alle vereinten Kummer und Schmerz um die verunfallte Sechsundfünfzigjährige, die zu Lebzeiten keine ungesellige Person gewesen sein durfte – sodass wir aufgrund von Spannungen zwischen ihren Ex-Männern den Sarg erst ins Grab hinunterlassen durften, nachdem der letzte Lebensgefährte den Schauplatz verlassen hatte. Ungeachtet dieser Sperenzchen lief alles prima. Nur Frau Duschner machte uns Sorgen, sie wirkte überarbeitet und müde ... und irgendwie alt.

Was mir alles andere als super getaugt hatte, war der freikirchliche Sprecher gewesen, der sich am Grab produziert hatte: Die Eitelkeit quoll ihm aus jeder Pore seines Körpers, und die knallroten, dem Anlass absolut nicht angemessenen Schuhe, die er trug, taten ein Übriges. Er sprach im Wesentlichen von sich selbst, seinen Gedanken und Gefühlen, strich sich dabei pausenlos mit einer eitlen Geste seine Haarlocke aus der Stirn, entwickelte jedoch nicht viel mehr als einen nebulösen Jenseitsglauben, der etwa demjenigen eines Dreijährigen entsprach, dem man weismacht, alle Menschen träfen sich im Himmel wieder und hätten sich ganz, ganz lieb. Ein Möchtegern-Pfaffe, der nach nichts anderem gierte, als nach Aufmerksamkeit für seine eigene Person. Und nach der Herrschaft über eine Menge von Leuten, die nicht einfach gehen können, sondern ihm zuhören müssen – den aber sein Egoismus abhielt, sich von einer amtlichen Kirche bestallen zu lassen, und der sich weigerte, die Regeln und Lehren zu akzeptieren, die nun mal in einer religiösen Organisation den Priestern verbindlich vorgeschrieben waren; und die einzige Berechtigung, sich über eine Gemeinde zu erheben und über sie die Deutungshoheit auszuüben.

Nachdem sich die Menge aufgelöst hatte, machte ich mit Tilda einen kleinen Spaziergang über den Friedhof. Ich hätte ja den Schlossgarten bevorzugt, wo wir uns völlig unauffällig auf die Wiese hätten legen können. Doch Tilda bestand darauf: hier und jetzt. Meine Kollegen gingen inzwischen schon fest davon aus, dass sie und ich ein amouröses Verhältnis hatten, sodass sich dieser übermütige Haufen ohne weitere Spötteleien davonmachte.

»Ich sehe nur eine Möglichkeit: Wir müssen den Mörder auf frischer Tat ertappen«, sagte Tilda.

»Das heißt, zuerst muss wieder jemand sterben?!«, protestierte ich.

»Bist du jetzt Sargträger oder nicht? Klar muss jemand sterben. Ständig, ununterbrochen, der Nachschub muss rollen.«

»Das ergibt überhaupt keinen Sinn«, erläuterte ich. »Wir können nicht jede Nacht neben jedem Bett jeder alten Dame Wache schieben. Absolut aussichtslos.«

»Aber wir können ihn nur erwischen, nachdem er *frisch* zugeschlagen hat. Wenn wir immer erst im Nachhinein Wachspfropfen und Nadelspitzen in der Leiche finden, kann es praktisch jeder gewesen sein, der irgendwann vor der Tat Kontakt mit dem Opfer hatte.«

»Du hast immer noch Richard auf dem Kieker ...«

»Ferdinand, mir geht die Zeit aus. Richard hat sich an mich herangemacht. Er wollte Drogen von mir kaufen. Er muss mich irgendwo in Nürnberg gesehen haben, bei einer Ermittlung in der Bahnhofspassage, wo wir uns regelmäßig mit den Junkies herumschlagen müssen.«

»Gut. Hör her. Wir machen das anders ...«

»Und noch etwas«, unterbrach sie mich. »Ein Kollege hat mich erkannt. Er war in den letzten beiden Wochen auf irgendeiner der Beerdigungen, und ich muss ihn übersehen haben. Er sprach mich in der Kantine darauf an, und mir fiel keine Ausrede ein. Ich weiß, er wird meinem Chef Bescheid sagen, und dann ist mein Alibi mit der Krankengymnastik im Arsch und ich kriege einen Höllenärger!«

Wir blieben neben einem der Wasserbecken stehen, wo an einem schmucklosen Stahlrahmen ganze Bündel von Gießkannen in allen denkbaren Farben angeschlossen waren.

»Warum sagst du nicht einfach noch mal, ich wäre dein Freund und du hättest mich unterstützen müssen?«

Doch Tilda war wirklich resistent gegen alle Arten von doppeldeutigen Botschaften. »Das glaubt mir doch kein Mensch! Wo sollst du denn plötzlich herkommen?«

»Ja klar, aber wenn du mich ausreden lassen würdest ...«

»Und das Allerschlimmste: Der Mechaniker, der sich mein Auto angesehen hat, meinte, es hätte schon ein Tier sein können, aber dann eines mit sehr scharfen Zähnen, mit denen es einen Schlauch glatt durchschneiden konnte.«

Ich atmete tief durch. »Also: Bei mir im Haus wohnt eine alte Dame, Frau Pirckheimer. Alleinstehend, gebrechlich, sicherlich nicht arm, schätze ich, so wie sie gekleidet ist. Kriegt regelmäßig Besuch von allen möglichen Fahrdiensten – summa summarum: ein perfektes Opfer für unseren Omakiller.«

Diese Überlegung schien Tilda zu gefallen. Sie kniff die Augen zusammen und sah mich aufmerksam an.

»Das klingt gar nicht so dumm – wir stellen eine Falle! Lass uns mal weiter überlegen. Wir geben allen, die infrage kommen, den Hinweis, dass deine – wie hieß sie noch mal? – Frau Pirckheimer große Mengen Geld in der Wohnung aufbewahrt. Der Postbote – den übernimmst du. Rotes Kreuz und Essen auf Rädern mache ich. Richard und die anderen Kuriere von der Apotheke – dabei könnte uns Laura helfen! Sie arbeitet doch in einer Apotheke, richtig?«

»Genau, ich ruf sie an. Und zur Sicherheit sage ich sogar noch den Sanitätern Bescheid.«

»Aber halt!«, rief Tilda. »Wir müssen die Frau vorher warnen. Am besten, sie ist überhaupt nicht zu Hause, sonst gibt es wirklich noch einen Mord, den dann wir zu verantworten hätten. Aber wo sollen wir die arme Frau unterbringen? Vielleicht tagelang? Wochenlang?«

»Genau richtig. Bloß jetzt spitz mal die Ohren, was der schlaue Ferdinand entdeckt hat.«

»Da bin ich aber gespannt!« Sie legte dabei in ihre Stimme einen herausfordernden Tonfall, so als freute sie sich darauf, das, was ich gleich bekannt geben würde, nach

Strich und Faden zu zerpflücken – was mich nicht überraschte, denn Leichtgläubigkeit war etwas, das sie sich in ihrem Beruf sicherlich nicht im Übermaß gestatten konnte.

»Du hast mir doch neulich die Sterbedaten der vier Frauen durchgegeben, bei denen wir Pfropfen im Ohr fanden. Das war nicht viel Information, aber ich habe mir die Tage im Kalender angesehen, und weißt du, was ich entdeckt habe?«

»Nein, natürlich nicht!!« Eine gewisse Ungeduld vermochte Tilda nun nicht mehr vollständig zu unterdrücken.

»Das war auch als rhetorische Frage gemeint. Alle vier Frauen starben in der Nacht von einem Montag auf einen Dienstag – wenn ich davon ausgehe, dass sie gleich gefunden wurden, aber das müsste sich mithilfe deiner Akten verifizieren lassen.«

Tilda machte jetzt endlich große Augen, so wie ich es mir gewünscht hatte.

»Immer der gleiche Wochentag ...! Das ist genial! Wir wissen, wann wir die Falle stellen müssen.«

»E-xakt«, grinste ich. »Wer immer es ist, wir werden ihn sozusagen im vierdimensionalen Raum-Zeit-Kontinuum festnageln.«

»Was?«

»Ich komme mir vor wie Felix Krull ...«

»Wie wer?«, fragte Tilda.

Da öffnete sich schon die Tür vor unserer Nase.

»Hallo, Frau Pirckheimer, wir würden Ihnen gerne ein paar Fragen stellen. Dürfen wir kurz reinkommen?«

Am Sonntagnachmittag hatte es bei uns im vierten Stock geklingelt. Ich hatte auf die Taste für den Öffner gedrückt und oben gewartet, bis Tilda keuchend ihren Fuß auf den letzten Absatz setzte. Sie bestand darauf, sich keine Sekunde zu lange aufzuhalten, obwohl ich ihr anbot, bei mir im Zimmer noch einen Tee zu trinken.

»Ich bin nicht hier, um eine Studentenbude zu besichtigen«, sagte sie. »Zieh dir noch Schuhe an, was soll die alte Frau sonst von dir denken? Am besten wäre es natürlich, du würdest dir endlich eine anständige Frisur verpassen lassen.«

Kurze Zeit später drückte ich den Klingelknopf an der Wohnung im dritten Stock.

Wir hatten entschieden, dass Tilda mit der alten Dame sprechen würde, von Frau zu Frau, um es ihr nicht schwerer als nötig zu machen, uns zu vertrauen. Eine, wie sich sofort zeigte, vollkommen überflüssige Maßnahme.

»Junger Mann«, rief Frau Pirckheimer, »das ist eine schöne Überraschung! Kommen Sie doch bitte herein.«

Sie wies mir mit der rechten Hand den Weg ins Wohnzimmer, mit der linken schubste sie die Tür zu, sodass Tilda beinahe eingeklemmt wurde. Ich zwinkerte Tilda schnell zu, dann stand ich schon neben dem Sofa und dem Kaffeetisch. Frau Pirckheimer, die fast zwei Köpfe kleiner war als ich, wirkte in unmittelbarer Nähe unendlich schmal und zerbrechlich. Wie eine Wolke, die an einem schönen Sommertag über den Himmel zieht und für einen Moment die Sonne verdeckt, sah ich vor meinem inneren Auge, wie meine Hand sich nach Frau Pirckheimers zittriger Gestalt ausstreckte, sie an den dünnen, gelblichen Haaren packte, um mit der anderen eine stählerne Spitze völlig mühelos tief in ihr Ohr zu stoßen, direkt ins Gehirn, das dem Stich keinen Widerstand entgegenzusetzen vermochte. Ich schüttelte heftig den Kopf, um diese Gedanken zu verjagen.

Sie wird ein echtes Schneewittchen gewesen sein, dachte ich mir, vor fünfzig oder sechzig Jahren.

»Wie alt sind Sie, wenn ich fragen darf?«

»Siebenundachtzig, junger Mann!«

»Ach nein! Ich hätte sie auf siebzig geschätzt, höchstens!«, schmeichelte ich der alten Dame. Tilda verzog angewidert das Gesicht.

»Sie trinken schon ein Tässchen Tee – wie immer?«

»Ähm, ja, wie ...«

»... immer«, ergänzte Tilda.

Frau Pirckheimer entschwand in die Küche, und wir nutzten die Gelegenheit, die Einrichtung zu mustern – vor allem in Hinblick auf Gegenstände, die den Eindruck erweckten, sich zu Geld machen zu lassen. Und tatsächlich erschien es mir, als sei da einiges vorhanden. An prominenter Stelle im Regal kunstvoll bemalte Porzellanfiguren: eine tanzende Nymphe, ein paar springende Windhunde. Eine goldfarbene, kunstvoll verzierte Pendeluhr, hinter der gläsernen Schiebetür mehrere Schatullen, ein silbernes Kruzifix. Diese Dinge sahen mir nach wertvollen Antiquitäten aus. Daneben freilich auch Nippes und Zeug, das eher für den Flohmarkt bestimmt war, wie ein Gedenkteller anlässlich des Erlanger Volkslaufs- und Gehertags 1966 oder an der Wand eine Fotografie aus den Dreißigern, die unzweifelhaft Frau Pirckheimer und ihren Mann am Tag der Hochzeit zeigte.

»Weißt du, was ich mir vorhin dachte?«, sagte ich zu Tilda. »Ich versuchte mir vorzustellen, wie sie wohl vor siebzig Jahren ausgesehen hat.«

»Wie Schneewittchen – viel Arsch, kein Tittchen. Stimmt's? Ich kenne alle eure dreckigen Gedanken!«

»Das ist überhaupt nicht wahr!«, protestierte ich.

Aber schon trippelte mit kleinen Schritten die alte Dame wieder herein. Sie musste alles schon vorbereitet haben, ehe sie uns hereingelassen hatte, und balancierte eine verschnörkelte weiße Kanne und zwei Tassen auf einem silbernen Tablett, das sie vorsichtig auf dem Nierentischchen vor dem altväterlichen Sofa abstellte.

»Sehen Sie, die Münzen, die Sie mir letztes Mal anboten, haben mir gut gefallen. Sie erinnern sich? Mit unserem Bundeskanzler ...«

»Welcher Bundeskanzler?«

»Sie wieder mit Ihren Scherzen! Adenauer natürlich!« Frau Pirckheimer gab ein helles Lachen von sich, das gleichwohl brüchig wie ein trockener Ast klang. »Aber wenn Sie mich noch einen Augenblick entschuldigen – ich hole schnell die Zuckerdose.«

Kaum war sie erneut draußen, meldete sich Tilda zu Wort: »Das macht hier keinen Sinn für mich. Sie hat mich noch nicht einmal bemerkt, und es ist ausgeschlossen, dass wir mit ihr so etwas wie eine Falle für einen Serienmörder planen. Ich warte vor der Tür, o. k.? Schau zu, dass sich das Teetrinken nicht in die Länge zieht.«

Und schon war sie fort – wieder einmal.

Ich saß dann noch eine halbe Stunde neben Frau Pirckheimer und hörte mir konfuse Geschichten an, in denen auch ein junger Mann vorkam, der angeblich diese Woche vorbeikommen wollte, um einen Haufen Uhren zum Schätzen zu bringen.

Ich hörte aufmerksam zu und schlürfte rasch den Tee, der natürlich viel zu heiß war und mir die Zunge verbrannte. Nur einmal, als es um die Uhren ging, hakte ich nach, doch dann gab ich es auf.

»Sind das denn wertvolle Uhren?«, erkundigte ich mich. »Ich meine, mit Diamantlager und Golddeckel und so?«

»Ach, das weiß ich nicht so genau. Da muss ich meinen Mann fragen, der müsste eigentlich gleich nach Hause kommen ...«

Von Frau Nackenstauch wusste ich, dass Herr Pirckheimer seit fünfzehn Jahren tot war, aber es wäre zwecklos gewesen, auf den Tatsachen zu insistieren.

Tilda wartete tatsächlich draußen auf der Straße auf mich. »Wir ziehen das durch«, sagte sie entschlossen. »Montag in einer Woche. Wir warten einfach im Treppenhaus. Frau Pirckheimer wird nicht das Geringste mitkriegen. Ab kommendem Dienstag verbreiten wir die Gerüchte. Wobei«, sie setzte ein schiefes Grinsen auf, »wir uns gar keine Gerüchte ausdenken müssen. Im Schlafzimmer steht ein Nachtkästchen, da liegen mindestens zweitausend Mark in der Schublade. Und ein alter Wehrmachtsrevolver, aber schon so verrostet – ich würde das Ding nicht mehr benutzen.«

»Vor dir ist nicht einmal das Schlafzimmer einer alten Frau sicher ... hättest mir auch vorher Bescheid geben können.«

»Hallo? Muss ich dich um Erlaubnis fragen, wenn ich Polizeiarbeit mache?«

Nichtsdestotrotz: Tilda hatte gleich erkannt, dass wir uns noch acht Tage in Geduld üben mussten, denn der morgige Montag wäre zu knapp gewesen. Ein Gerücht zu streuen und dabei die eigenen Absichten zu verbergen war leichter gesagt als getan. Ich weiß nicht, wie Tilda die Story verbreitete, aber als ich Laura am Mittwoch in der Apotheke besuchte, war ich kurz davor, ihr schlicht und einfach die Wahrheit zu erzählen von unseren wochenlangen Nachforschungen und unserem Plan. Doch dann befürchtete ich, meine Geschichte könnte für eine Unbeteiligte so absurd klingen, dass sie nicht anders konnte, als sie an Dritte weiterzuerzählen, wodurch unsere schöne Idee gestorben wäre, ehe es losging. Gerade verabschiedete sich der Kunde, den Laura bedient hatte. Niemand sonst war im Laden, wir konnten ungestört reden, da hatte ich im letzten Augenblick den Einfall, mit ziemlich genau der halben Wahrheit herauszurücken.

»Ich weiß ja auch nicht«, druckste ich herum, »vielleicht sehe ich schon Gespenster.«

»Worum geht's denn?«

»Die senile Frau Pirckheimer bei mir im Haus im dritten Stock. Letzthin zeigte sie mir ihre Ersparnisse. Kein Sparbuch, weißt du, sondern Bargeld! Unmengen hat sie davon in ihrer Wohnung. Ich mache mir echt Sorgen, dass da nicht mal jemand auf dumme Gedanken kommt.«

»O je, sie wohnt alleine, oder?«

»Ja. Und ich dachte ... weil du kennst doch die ganzen Fahrer vom Lieferdienst. Ob die nicht auch mal ein Auge auf die alte Dame werfen könnten ...?«

»Klar, mach ich! Man weiß nie ...«

So verging die Woche, und meine Spannung wuchs wie in meiner Kindheit, wenn der Heilige Abend nahte. Stundenweise allerdings hatte ich ernsthafte Zweifel, ob das auch alles funktionieren könnte. Schließlich waren da nur Tilda und ich auf der einen und ein zweifellos brutaler und entschlossener Unbekannter auf der anderen Seite.

Als Tilda in der Woche darauf am Montagabend bei mir eintraf, nötigte ich sie in mein Zimmer, indem ich sagte, es wäre zu auffällig, wenn wir jetzt schon im Treppenhaus oder auf der Straße abhängen würden. Immerhin war es draußen noch hell. Vermutlich war sie genauso aufgeregt wie ich und deswegen beinahe eine Stunde früher da als ausgemacht.

»In diesem Loch haust du?«, fragte sie naserümpfend.

»Siehst du nicht, wie schön es hier ist, direkt unter dem Dach? Niemand schaut rein, draußen vor dem Fenster nur die Krone der Kastanie, die Wolken ziehen über uns dahin …«

»Schön und gut – ich würde es hier keine halbe Stunde aushalten.«

Und so machten wir uns kurz nach elf Uhr daran, die Nacht auf der Treppe zu verbringen. Mir wurde sehr schnell langweilig, während Tilda vollkommen zufrieden damit zu sein schien, im Dunkeln zu sitzen und zu schweigen. Ich verkniff mir die Frage, ob es auf der Polizeischule einen Kurs für Im-Dunkeln-sitzen-und-still-sein gab, und schwieg eine Zeit lang mit, bis sich jede Minute zu einer Ewigkeit dehnte.

»Erzähl mir eine Geschichte, etwas Spannendes, damit ich nicht wegratze«, sagte ich schließlich, weil ich tatsächlich schläfrig wurde.

»Ich würde eher sagen, wir sind absolut still, sonst hören wir nicht rechtzeitig, wenn der Mörder ins Haus kommt«, widersprach Tilda.

»I wo, ich kenne die Geräusche im Treppenhaus, ich merke sofort, wenn jemand die Tür aufknackt. Na los! Erzähl mir etwas von deiner Familie!«

»Na gut«, sagte sie, nachdem sie eine halbe Ewigkeit nachgedacht hatte. »Eine gute Geschichte gibt es. Und zwar dass mein Opa nach dem Krieg ganz schnell entnazifiziert war, weil man ihn für einen Widerstandskämpfer hielt. Die Familie kommt vom Land, mein Opa war bei der Post und fuhr während des Krieges mit dem Fahrrad Briefe in die Dörfer. Als er eines Tages einen Hohlweg im Wald entlangradelte, stand er plötzlich einem Gespann gegenüber, das von einem dieser altertümlichen Traktoren gezogen wurde. Mein Opa beharrte darauf, dass nicht er sondern der andere zurückstoßen musste, und so gab ein Wort das nächste, bis mein Großvater seinen Gegner als ›motorisierten Odelkutscher‹ beschimpfte – welcher unglücklicherweise der Gauleiter des Landkreises war, sodass es nur drei Tage dauerte, bis das Telefon im Wirtshaus klingelte und ein Bub zum Haus meiner Großeltern gerannt kam und rief, der Herr Schönwiesner müsse nun zum Militär, es ginge direkt an die Front.«

»Ich sehe schon: alter Beamtenadel!«

»Still! Hörst du?!«, unterbrach mich Tilda mit scharfem Ton.

Tatsächlich klapperte drei Stockwerke tiefer etwas im Schloss. Hartnäckig war dieses Klappern, Metall kratzte auf Metall, ein schweres Gewicht drückte an die Haustür, die nur lässig knackte, aber sich weigerte aufzugehen.

»Da kommt jemand! Es ist so weit!« Tildas Stimme verriet ihre Erregung. Das Jagdfieber hatte sie gepackt.

Ich schloss meine Augen, um besser hören zu können, obwohl mich nichts anderes als tiefschwarze Dunkelheit umgab. Immer noch stieß Metall auf Metall, bis mit einem hellen Knirschen die Tür endlich nachgab – und das Licht im Treppenhaus aufflammte. Mit schweren Schritten schleppte sich der Werkstoffwissenschaftler von gegenüber hinauf in den vierten Stock. Er war sturzbetrunken und bemerkte uns erst gar nicht, als er einen Absatz unterhalb eine Verschnaufpause einlegen musste. Ich befürchtete schon, er würde sich vor uns auf die Treppe übergeben, aber dann kniff er ein Auge zusammen, riss den Arm in die Höhe und deutete auf irgendeinen Punkt rechts oberhalb von Tildas Kopf.

»Dino!«, lallte er. »Was sitzt du hier auf der Treppe? Geht mich ja nix an, aber warum liegst du nicht mit der Tussi im Bett? Oder hast du keinen Schlüssel ...?«

»Oben ist es ... äh«, stammelte ich, ohne eine vernünftige Erklärung parat zu haben.

Doch Tilda war geistesgegenwärtig genug. Sie legte ihren Arm um meine Taille, schmiegte sich an mich und schnurrte wie ein verliebtes Kätzchen. Ihr Geruch stieg mir in die Nase und jagte mir einen angenehmen Schauer den Rücken hinunter.

»... noch zu früh, willst du sagen«, brachte sie meine Erklärung zu Ende. »Wir wollten die Vorfreude noch etwas verlängern. Es ist auch echt romantisch hier ...«

»Ha!«, rülpste mein Nachbar. »So lange warte ich nicht! Ich muss sofort ins Bett!«

»Viel Erfolg!«, wünschte ihm Tilda und hatte ihren Arm schon wieder auf ihre Seite zurückgezogen. Oben krachten Türen, dann schaltete die Zeitautomatik wieder die Dunkelheit ein.

»Eigentlich eine Superidee«, sagte ich. »Wollen wir uns auch oben hinlegen?«

»Vergiss es!«, stieß sie hervor.

Womit unser Gespräch dann fürs Erste beendet war. Gegen drei verstummte über uns dann auch die Musik, die aus dem Zimmer meines Mitbewohners gedudelt war. Michael Jackson vermutlich, mit das unausstehlichste Zeug überhaupt auf diesem Planeten. Tilda ließ ein erstes Anzeichen von Müdigkeit erkennen: Sie gähnte lautstark.

»Und, wie? Jetzt bist du dran!«, sagte sie. Ich brauchte einen Moment, dann begriff ich: Sie wollte jetzt im Gegenzug eine Geschichte von mir hören.

Ich dachte nach. Vor zwei oder drei Wochen hatte ich mit Hausmayr quasi im Vorübergehen eine Verstorbene in Nürnberg abgeholt. Am Eingang des Pflegeheims in der Frankenstraße wurden wir von einem Pfleger erwartet, der uns in den Keller führte. Die Tote war aus ihrem Zimmer dorthin verfrachtet und auf einem groben Holztisch unter einem weißen Laken aufgebahrt worden.

Nur zwei blasse, verkrüppelte Altfrauenfüße und der Kopf ragten hervor. Das Kinn der Alten war mit einer Mullbinde hochgebunden, das Gesicht aufgequollen, zerfurcht, blutlos und schimmernd wie Wachs. Ich spürte bei diesem Anblick schon im Voraus in den Händen, wie sich nachher – durch die Einweghandschuhe hindurch – das kalte, schlaffe Fleisch der Unterschenkel anfühlen würde, wenn ich mit Hausmayr den Körper in den Sarg heben würde. Die Augen der Toten waren nicht ganz geschlossen, zwischen den weißen Wimpern schimmerten die Augäpfel wie zwei Eiskugeln hindurch. Hausmayr stellte den Koffer ab, in dem sich die kosmetischen Utensilien befanden.

»Halb so wild«, kommentierte er die offen stehenden Lider. »Des pich ma zu.«

Der Raum wurde von einer einzelnen Neonröhre an der Decke beleuchtet; draußen vor dem einzigen, schmalen, oben gelegenen Fenster des Kellers färbten sich am Himmel die Wolken rosarot. An den Wänden links und rechts des schlichten Tisches kauerten in den Schatten ein paar Aktenschränke. Außerdem stand da ein Mülleimer aus weiß lackiertem Blech mit einem Deckel und einem Fußtrethebel. Hausmayr verzichtete wie üblich auf die Handschuhe und zog das Laken von der Leiche.

Die alte Frau lag wie ein in der Wärme zerlaufener Kuchen auf der Tischplatte. Sie hatte nur einen Arm. Vom anderen Arm war nicht einmal ein Stummel übrig geblieben, und ich fragte mich, ob das Hausmayr, der immer an den Schultern einer Leiche anpackte, vor Probleme stellen würde. Mir war es letztendlich egal, denn für mich war bedeutend, dass beide Beine vorhanden waren. Doch erwies sich meine Sorge als völlig überflüssig, denn Hausmayr verschränkte die Hände und packte die Verstorbene mit aller Kraft unter dem Nacken, sodass ihr Kinn auf die Brust gedrückt wurde. Die weiße Mullbinde hatte ich auf Anweisung von Hausmayr abgenommen, er selbst hatte mit einer klebrigen Flüssigkeit dafür gesorgt, dass die Augen nun vollständig geschlossen waren.

Am Ende schob Hausmayr der Verstorbenen noch das künstliche Gebiss zwischen die Zähne, das uns der Pfleger in einer Plastikschale in die Hand gedrückt hatte. Hausmayr krönte seine Tätigkeit mit einer zufriedenen Bemerkung: »Passt, wackelt und hat Luft.«

Schließlich ruhte die Dame glücklich im Sarg, wir schraubten den Deckel fest und schoben die Kiste auf der zusammenklappbaren Lafette über eine Rampe zum Leichenauto.

»Bitte zurücktreten, die Türen schließen!«, befahl Hausmayr und knallte den Kofferraumdeckel zu.

Er ließ mich kurz vor der Innenstadt aussteigen und fuhr gleich weiter zum Friedhof, der in einem Dorf außerhalb gelegen war. Ich hatte vergessen zu fragen, wo und wann die Bestattung sein würde, und kann daher nicht einmal ausschließen, dass ich die einarmige Dame ein paar Tage später selbst zum Grab getragen habe.

Als Tilda im Dunkeln auf der Treppe sitzend von ihrem Opa erzählt hatte, hatte ich an die Einarmige denken müssen, warum auch immer, aber dann war mir eine andere Geschichte eingefallen, die erst ein paar Tage zuvor, bei meinem wöchentlichen Anruf zu Hause, meine Mutter ohne besonderen Anlass zum Besten gegeben hatte. »Du weißt das doch«, hatte sie gesagt, »das hab ich doch schon tausendmal erzählt.« Hatte sie jedoch meines Wissens nicht, sodass ich in den Genuss der Historie gekommen war und diese nun an Tilda weiterberichten konnte: Der Großvater meiner Mutter war an einem gewöhnlichen Wochentag zum Friseur um die Ecke gegangen, um sich rasieren zu lassen. Er setzte sich in den Friseurstuhl und drückte seiner Enkelin, also meiner Tante, die ihn begleitet hatte, einen Zwanzigmarkschein in die Hand, um Kalbsschnitzel fürs Mittagessen zu kaufen, sein Lieblingsgericht. Als die Tante nach einer Viertelstunde wiederkam, saß der alte Herr immer noch in dem Stuhl, um seinen Kopf war ein weißes Tuch geknotet, dessen Enden, so beschrieb es die Tante, nach oben wie Hasenohren abstanden. Er war während des Rasierens gestorben, und der Friseur hatte den Kiefer festgebunden, damit der Mund nicht offen stand, wenn die Leichenstarre einsetzte. Die Familie wurde danach in einen Prozess verwickelt, der sich bis in die Sechzigerjahre hinzog. Denn der Friseur hatte für die gute Stunde, die es gedauert hatte, bis der Leichenwagen eingetroffen war, auf eine Erstattung des Verdienstausfalls geklagt.

»Ist dir eigentlich bewusst, dass ihr euch Tag und Nacht mit dem Tod beschäftigt, aber nie auch nur ein einziges Wort über das Leben danach verliert?«, fragte Tilda in vorwurfsvollem Ton.

»Wieso sollte ich etwas diskutieren, das es nicht gibt?«

»Das ist so ignorant ... Millionen, quatsch: Milliarden von Menschen glauben an etwas jenseits dieser Welt.«

»Dann irren eben Milliarden von Menschen. Es gibt keinerlei logische Gründe ...«

»Pssst! Ich hab was gehört!«

Es war sicher schon nach halb vier – diesmal konnte es eigentlich niemand sein, der von einer Kneipe nach Hause kam, denn um eins war Sperrstunde gewesen.

Wir erstarrten und hörten mit klopfenden Herzen, wie sich unten fast lautlos das Schloss öffnete und sich jemand vorsichtig in den Flur tastete – ohne das Treppenhauslicht einzuschalten. Die Schritte änderten auf den hölzernen Dielen der Treppe ihre Klangfarbe, ich begann mitzuzählen. Zehn Stufen pro Absatz, zwei Absätze bis zum ersten Stock, vier bis zum zweiten, sechs bis zu Frau Pirckheimers Wohnung. Es wurde still, absolut still im Treppenhaus. Ein oder zwei Minuten lang hielten wir den Atem an. Und dann geschah alles sehr schnell.

Unter uns fiel klappernd ein Werkzeug auf den Boden. Ich sah darin ein Signal, erhob mich blitzschnell und streckte den Arm nach dem Lichtschalter aus, der kaum wahrnehmbar rötlich im schwarzen Nichts glomm.

»Nicht!!«, wisperte Tilda, die meine Absichten ahnte, doch es war zu spät. Die Sechzig-Watt-Glühbirnen flammten auf wie Bühnenscheinwerfer und blendeten uns augenblicklich. Tilda sprang auf und nahm zwei Stufen auf einmal die Treppe abwärts, aber kaum hatte sich die gleißende Helligkeit aus meinen Augen verflüchtigt, musste ich mit ansehen, wie Tilda auf dem ersten Absatz stürzte und zur Seite rollte.

»Scheiße!«, schrie sie. Ich schnellte los nach unten, wo der Unbekannte ebenfalls begonnen hatte, die Treppe hinabzupoltern. Mit einem halben Gedanken wurde mir klar, dass diese Aktion einen gewaltigen Anschiss seitens der Vermieterin zur Folge haben würde, aber schon fasste ich ans hölzerne Treppengeländer und rutschte mehr, als dass ich rannte, nach unten. Immerhin war das mein Haus, und ich hatte reichlich Erfahrung darin, so wenig Zeit wie möglich mit Treppensteigen zu vergeuden, weil ich häufig fahrlässig spät für einen Termin dran war.

»Alles klar?«, rief ich noch, und Tilda antwortete: »Scheiße, nein! Fuß eingeschlafen!«

Da hüpfte ich schon über die letzten drei Stufen ins Erdgeschoss und sah gerade noch, wie von außen eine Hand die Haustür gegen den Widerstand des Schließmechanismus zuzog. Das war ein kritischer Moment: Wenn der Eindringling es nicht beschädigt hatte, würde dieses Schloss einschnappen. Mein Schlüssel lag natürlich noch oben auf der Treppe. Nun zahlte es sich aus, dass die Nackenstauchs, denen bei der Instandhaltung ihres Hauses der eigene Geiz im Wege stand, seit Monaten die Reparatur des Riegels hinauszögerten. Mit zwei Sprüngen hatte ich den Türgriff erwischt und die Tür aufgerissen. Im Licht der zwei Natriumdampflampen, die über die Straße gespannt waren, sah ich rechts eine Gestalt, die sich im Eilschritt Richtung Bohlenplatz entfernte. Die Person, die so etwas wie eine schwarze Kapuzenjacke trug, drehte kurz den Kopf, sah mich und begann zu rennen. Ich konnte das Gesicht nicht erkennen, aber ich begriff sofort, dass ich bei einem Wettlauf keine Chance hatte.

Einer blitzartigen Eingebung gehorchend riss ich eines der herrenlosen Fahrräder, welche – sehr zum Ärger meiner Vermieter – seit Jahren in den Fahrradständern neben der Hofausfahrt vor sich hin rosteten, aus dem Verhau und sprang auf den Sattel. Mit unglaublichem Dusel hatte ich ein unabgesperrtes Estrella-Damenrad erwischt, dessen Reifen noch ausreichend Luft hatten, dass ich tatsächlich Fahrt aufnehmen konnte.

Der Mann, der vor mir flüchtete – dass es ein Mann war, war nicht gewiss, aber Größe, Gestalt und Bewegungen ließen mich das vermuten –, begann regelrecht zu sprinten, aber auch ich legte noch mal einen Zahn zu. Als er am Ende des Parks die Obere Karlstraße erreichte, bog er scharf nach links, wo zwischen Bäumen die Schatten des Hauses der evangelischen Kirche über dem Platz lagen. Die hastende Gestalt übersah dabei allerdings eines der niedrigen Eisengeländer, die um die Rabatten gezogen waren, wohl um Hunde zu hindern, gewisse Geschäfte in den Blumen zu erledigen – und schlug der Länge nach auf den Boden. Ich nahm einen unterdrückten Schmerzenslaut wahr, der sich wie ein geknurrtes »Uff!« anhörte, und wollte schon triumphieren, da ich nur noch wenige Meter entfernt war.

Es gibt Leute, die das Glück, das ein Mensch im Leben hat, mit einem Stück Seife vergleichen: Nahezu unmerklich, von einem Wagnis zum nächsten nutzt sich Fortuna ab, bis sie plötzlich verschwunden ist. Ich maß solchen metaphorischen Erklärungsansätzen keine übertriebene Bedeutung bei, konnte jedoch in diesem Fall den Fakt nicht ignorieren, dass, nachdem die Verfolgung der obskuren Gestalt bislang allen Hindernissen zum Trotz recht erfolgreich verlaufen war, mein Glück schlagartig zu Ende ging. Während ich wie ein Wilder kurbelte, berührte ich mit meinen eleganten, spitz zulaufenden schwarzen Lederschuhen den Asphalt, und mein linker Fuß wurde unter das Pedal gezogen. Vielleicht wäre mir auch ein sauberer Salto gelungen, wenn ich nicht mit der Hüfte am Lenker hängen geblieben wäre. So jedenfalls schmiss es mich mit voller Wucht vom Rad, das sich scheppernd überschlug und mitten in der Rabatte landete, indessen ich mich vor Schmerz auf der Straße krümmte. Der Flüchtende stand derweil schon wieder auf seinen Beinen und verschwand um die südöstliche Ecke der Kirche.

»Leck doch fett!«, brüllte ich wütend – wütend auf die Straße, auf das Rad, auf die Schuhe. Wütend auf die Stadt und den Erdkreis. Und vor allem war ich wütend auf mich selbst.

»Wo ist er? Hast du ihn gesehen?«, stürmte Tilda auf mich ein. Keuchend und hinkend hatte sie den Schauplatz meines Scheiterns erreicht.

»Keine Ahnung! Ich bin grad etwas abgelenkt worden.«

»Da haben sich offenbar die beiden richtigen Deppen getroffen!«, schrie sie.

»Hey! Mich hat's gerade voll auf die Fresse gehauen!«, schrie ich zurück. »Ich hab mir den Lenker in die Hüfte gerammt und wahrscheinlich die rechte Hand gebrochen ... Du könntest zum Beispiel kurz fragen, ob ich mich vielleicht ernsthaft verletzt habe?!«

»Solange du so blöd daherreden kannst, ist vermutlich alles in Ordnung. Dass der Typ jetzt fort ist, ist echt scheiße. Beinahe hätten wir den gehabt! Warum muss ich Idiotin auch mit solchen Amateuren zusammenarbeiten!«

»Oh Mann – hoffentlich lebe ich noch lange genug, um mich bei dir zu entschuldigen! Zumindest sind mir nicht die Füße eingeschlafen.«

»Sehr lustig, du Scherzkeks! Außerdem bin ich mir absolut sicher: Da war ein zweiter Mann. Er ist gerade um die Ecke verschwunden, als ich auf die Straße trat.«

»Ja, das dachte ich mir schon«, stöhnte ich.

Tilda nahm wahrscheinlich an, dass ich nur so dahinredete, aber da täuschte sie sich. Als ich auf die Straße gekracht war, im Bruchteil einer Sekunde nur, war mir alles klar geworden. Ich wusste, wo ich den Mörder finden würde.

Tildas Kaltherzigkeit verletzte mich zutiefst, die ständige Hervorkehrung ihrer angeblichen Überlegenheit kränkte mich, und nicht zuletzt war ich immer noch unglücklich in sie verliebt.

Unser Plan wäre beinahe aufgegangen, wir waren ganz dicht an den Killer herangekommen und hatten keinerlei Zweifel mehr daran, dass es hier um ein kapitales Verbrechen ging.

Andererseits jedoch war der Täter jetzt gewarnt. Vielleicht hatte er uns sogar erkannt, sodass sich die Situation quasi ins Gegenteil verkehrt hatte und nun *er uns* eine Falle stellen konnte. Das Schlimmste jedoch war, dass ich nicht die geringste Ahnung hatte, wie es weitergehen sollte, und definitiv keine Lust mehr hatte, mich mit Tilda auseinanderzusetzen. Mein Verstand sagte mir, dass ich sie so schnell wie möglich aus meinem Herzen verjagen musste, doch wollten meine Gefühle natürlich alles andere als auf die Vernunft hören. Die Sache einfach auf sich beruhen zu lassen war ausgeschlossen, und so entschied ich, auf eigene Faust weiterzuermitteln.

Tilda war wortlos in die Nacht davongestapft, nachdem sie zugesehen hatte, wie ich mich vom Boden aufgerappelt und das Fahrrad aus dem Blumenbeet geborgen hatte. Ich hatte mich, wie es in dem Dorf, wo ich herkam, alle Männer machen, die sich verletzt haben, erst einmal ins Bett gelegt. Die Schäden an meinem Körper begutachtete ich erst, als ich am Morgen aufwachte. Das helle Licht des Tages zeigte, dass meine Hose am Knie aufgerissen war, auch im Hemd klaffte ein Riss. Hinzu kamen natürlich Abschürfungen am Bein und an der Taille ein gewaltiger Bluterguss. Mein Handgelenk war arg verstaucht, es war über Nacht angeschwollen und schmerzte, aber ich konnte alle Finger bewegen und beschloss, dass ich glimpflich davongekommen war und alle Blessuren von alleine vergehen würden. Meine Mutter hätte wahrscheinlich nur gesagt: »Das geschieht dir gescheit recht, du bist selber schuld daran, und jetzt jammere nicht« – eben die urfränkische Art, mit der sie ihr Mitgefühl auszudrücken geruhte.

Keine Nachricht von Tilda – obschon ich eigentlich mit einem frühmorgendlichen Anruf gerechnet hatte. Wie es der Zufall wollte, war ich an diesem Tag komplett ausgebucht und hatte zu kämpfen, meine Termine einzuhalten. Vormittags eine Beerdigung, nachmittags eine Beerdigung. Über Mittag wollte ich noch mal Laura in der Apotheke aufsuchen, um mich nach einer gewissen Sache zu erkundigen, die sich allerdings inzwischen wohl erledigt hatte.

Nach einer längeren Pause ging es mal wieder nach Frauenaurach: eine nicht einmal sechzigjährige Frau im billigsten Sarg. Kein großer Bahnhof, nur eine Aussegnung. Mit dem Bus erreichte ich gerade noch rechtzeitig den idyllischen Gottesacker, wo schon Tobias und Henry warteten sowie Georg-Wilhelms kleiner Bruder Peter aus Bubenreuth, den wir gerade einarbeiteten.

Die Pfarrerin, die im Waldkrankenhaus praktizierte, wo die Dahingeschiedene die letzten zwei Jahre betreut worden war, und die nicht einmal den Friedhofsdiener kannte, sprach davon, dass die Verstorbene »seit einer Krankheit in ihrer Kindheit betreut werden musste«. Was auch immer ihr widerfahren war, Gehirnhautentzündung, Scharlach – wer weiß. Eine geistig Behinderte also auf ihrem letzten Weg ohne Verwandtschaft oder Freunde. Tatsächlich waren wir vier die einzigen Gäste der Trauerfeier und bemühten uns redlich, angeführt von der Pfarrerin, ein paar Verse aus dem Gesangbuch zu singen. So beschämend der geringe Aufwand, den das Heim aufbrachte, war: Wir jedenfalls lieferten einwandfreie Arbeit ab, obschon ich Schmerzen hatte (ich trug den Sarg auf der rechten Seite mit der heilen Hand) und alles andere als mit voller Aufmerksamkeit dabei war. Beim Singen in der Kapelle und beim anschließenden Gang zum Grab handelte ich vielmehr wie von einem Autopiloten gesteuert. Ich war schwer übermüdet, und in meinem Kopf spielte sich immer wieder der Film von den Ereignissen der gestrigen Nacht ab.

Henry gab mir Eckhard Henscheids *Wir standen an offenen Gräbern* zurück, das ich ihm geliehen hatte. Ich steckte es achtlos in die Tasche. Henry wollte ein Gespräch über das Buch beginnen: Ob es nicht bemerkenswert sei, wie sich der Blick auf eine Angelegenheit oder Tätigkeit veränderte, wenn man sich selbst damit beschäftigte? Ob Henscheid selbst auch aktiv beerdigt hätte? Welchen Eindruck das Buch auf mich gemacht hätte, wenn ich nicht selbst schon so oft hinter den Kulissen, die um die offenen Gräber herum aufgestellt waren, an der Aufführung mitgewirkt hätte? Zumindest darauf hatte ich eine Antwort parat: »Ich glaube, ich fände den Text nicht einmal halb so lustig ...«

Die anderen merkten aber bald, dass ich schlechte Laune hatte, und ließen mich in Frieden. Dann mussten wir zu allem Überfluss noch auf den Bus warten, weil Tobias vergessen hatte uns mitzuteilen, dass er uns zwar zum Friedhof hin-, aber nicht mehr zurückfahren konnte. Er hatte einen Termin in Herzogenaurach, wo er sich bei Schaeffler als Lagerist bewarb.

Peter verkürzte uns die Warterei mit Geschichten von einer Vietnamreise, die er letzten Winter unternommen hatte.

Er beschrieb die abenteuerliche Fahrt im Bus zu einem Ort mit unaussprechlichem Namen, und die ganze Story erinnerte mich unwillkürlich an meine Schulzeit, an die Jahre zwischen der fünften und der elften Klasse. Es gab im Tal keinen Linienbus. Allerdings fuhr jeden Morgen um sechs Uhr früh in Neuhaus ein Bus ab, der die Dörfer des Oberen Pegnitztals bis hinunter nach Hohenstadt abklapperte und in den Käffern all jene Bewohner einsammelte, die gewisse mentale Defizite aufwiesen. »Mongoloide«, wie die Träger eines Trisomie-21-Defekts damals genannt wurden, und andere »Idioten«, wie man sich in ganz unverstellter Weise ausdrückte, also all jene, die von signifikant verminderter Intelligenz betroffen waren – infolge von Problemen mit der Sauerstoffversorgung während der Geburt, Hirnhautentzündungen, Gendefekten aufgrund von über die Maßen überschaubaren Verwandtschaftsverhältnissen und Ähnlichem. Ich und eine Handvoll andere Gymnasiasten wurden freundlicherweise auch mitgenommen und in Hersbruck abgesetzt, während die anderen nach Günthersbühl in eine spezielle Werkstatt zur Arbeit gekarrt wurden.

Wir hatten viel Spaß miteinander während der Fahrten, denn die Behinderten waren durch die Bank fröhlich und entspannt – oft im Gegensatz zu uns Lateinschülern, die uns das Bauchgrimmen plagte angesichts von Extemporalen und Klausuren und die wir nie ganz sicher waren, dass der Tag nicht mit einer hinterhältigen Abfrage starten und blitzschnell in ein Fiasko ausarten würde. Mehr als einmal hatte ich unsere Mitfahrer beneidet, als wir am Gymnasium aussteigen mussten, während sie jubelten und sich freuten, dass sie noch eine Runde Bus fahren durften.

Am Hugenottenplatz ließ ich die anderen ziehen und schaute rüber zur Schloss-Apotheke. Ich wollte Laura um eine Schmerztablette anhauen, damit ich die nachmittägliche Veranstaltung überstehen würde. Und ich wollte mich nach Richard erkundigen, doch Laura begrüßte mich bereits mit den Worten: »Du kommst zwei Minuten zu spät – eben war Richard noch hier. Er hat nach dir gefragt.«

»Richard! Ist er wieder aufgetaucht! Was hat er gewollt? Wo hat er denn gesteckt?«

»Er sagte etwas von einer Operation an seinem Ohr«, antwortete Laura. »Er hatte einen Verband am Kopf. Wahrscheinlich wollte er Bescheid geben, dass er zurzeit nicht sargtragen kann. Alles o. k. mit dir?«

»Ja, alles o. k.«, wiegelte ich ab. »Mich stresst diese Beerdigerei gerade irgendwie. Ich habe Angst, dass die Dinge anfangen, mir über den Kopf zu wachsen.«

Laura half mir mit einer Paracetamol aus, dann verabschiedete ich mich hastig, denn bevor es noch mal losging, wollte ich kurz nach Hause und nachsehen, ob Tilda eine Nachricht hinterlassen hatte.

Hatte sie nicht. Sie war nach meinem Sturz dermaßen herzlos gewesen, dass ich ansatzweise Hass auf sie empfunden hatte, aber dieses Gefühl war über Nacht verflogen, und ich hatte den dringenden Wunsch, mit ihr zu reden. Stattdessen begegnete mir, als ich wieder auf dem Weg nach unten war, Frau Pirckheimer im Treppenhaus.

»Immer in Eile, der Herr Max! Geht es wohl zu einer Vorlesung?«, fragte die alte Dame fröhlich.

»Sagten Sie Max?«

»Sie werden sich doch an Ihren eigenen Namen erinnern? Wissen Sie nicht mehr, wie Sie uns immer die leckeren Braten vorbeibrachten, aus dem Wirtshaus Ihrer Eltern?«

»Ja, vielen Dank. Ihnen auch noch einen schönen Tag!«

»Das ist sehr liebenswürdig von Ihnen, junger Mann! Auf Wiedersehen!«

Mochte die alte Dame noch so verwirrt sein – das konnte kein Zufall sein. Nun war ich mir absolut sicher. Das würde ich Tilda erzählen! Aber nicht sofort – was gerade ja sowieso unmöglich war. Aber ich fand, dass es für sie langsam an der Zeit war, sich für meine Mithilfe zu revanchieren.

Auch die Veranstaltung um dreizehn Uhr entpuppte sich als Aussegnung. Der Pfarrer sprach sehr leise und erging sich in selbstgefälligem Gewäsch, aber die Menge der Trauernden war imposant. Ein »Heimatfreund« des Toten verlas einen Nachruf, der reinste Realsatire war. Außerdem hatte der Vertriebenenverein zwei Frauen mit Fahne und zwei alte Krauterer, die Kränze trugen, abgestellt.

Eine herrlich melancholische Stimmung kam auf, als wir den Sarg in den Kofferraum schoben, aus dem heraus schnulzige Musik vom Band erklang. Alle wurden ganz ernst, nur Hausmayr hatte denselben emotionslosen Ausdruck wie immer in seinem Metzgersgesicht, als er sich hinter das Steuer setzte und in Richtung Krematorium davonbrauste. Ein Kombi mit verlängertem Kofferraum, dessen hintere Fenster mit Gardinen verhängt waren, offiziell Bestattungskraftwagen genannt, gehörte sicherlich zur Grundausstattung eines jeden Beerdigungsunternehmens. Mir war gleich bei der ersten Aussegnung geradezu schmerzhaft ins Auge gestochen, dass der Leichenwagen von Bestattungen Duschner nicht schwarz war. Ich schätze, dass Frau Duschner persönlich sich gegen die traditionelle Farbe, die man instinktiv erwartete, entschieden hatte, und, ihrer Neigung zum italienisch-überladenen Prunk nachgebend, zu den silbernen Zierleisten und den damastartigen

Vorhängen in den Seitenfenstern jenes grottenhässliche metallische Violett ausgesucht hatte, in dem der Opel leuchtete. Möglicherweise spielten sogar gewisse Rücksichten für den Fall eines Weiterverkaufs eine Rolle.

Wir beendeten die Show, machten noch schnell das Blumenzeugs, ehe das wolkige und angenehm kühle Wetter wieder umschlagen konnte, und fuhren ab. Peter würde ein guter Mitarbeiter werden. Wir konnten ihn auch dringend gebrauchen, denn ab September – wenn auch nur sporadisch – würden wir zusätzlich Aufträge eines seit Neuestem mit Duschners befreundeten Beerdigungsunternehmens bekommen, das den überaus originellen Namen Bestattungen Hunold trug.

Gegen vier kam ich endlich wieder zu Hause an und hatte nur noch den einen Wunsch, mich ins Bett zu legen und zwei Tage durchzuschlafen. Bloß klebte jetzt ein gelber Zettel an meiner Tür, der die Nachricht eines Mitbewohners verkündete: »Bitte Schönwiesner zurückrufen, dringend!«

Also würden wir es doch noch einmal miteinander versuchen, stöhnte ich innerlich, und wusste nicht, ob ich mich freuen oder davor fürchten sollte. Tilda eröffnete das Gespräch mit einer ausufernden Tirade über ihren Chef. Sie habe es eindeutig als Schikane empfunden, dass sie in der Nürnberger Müllverbrennungsanlage eingesetzt worden war – als Kripobeamtin vor Ort, während eine Hundertschaft Bereitschaftspolizei in den bestialisch stinkenden Müllbergen nach einem Küchenmesser stocherte, das womöglich als Tatwaffe in einem tödlichen Familiendrama eine unrühmliche Rolle gespielt hatte. Sie hatten von Sonnenaufgang bis -untergang in den Abfällen gewühlt, hatten tote Tiere, weggeworfene Ausweispapiere, Spritzen, mehrere Flaschen mit Salzsäure, eine Schachtel Patronen und einen Stahlhelm gefunden – aber kein Küchenmesser, auf das die Beschreibung gepasst hätte.

Ich bestand darauf, dass wir uns trafen, doch Tilda meinte: nicht in der Öffentlichkeit, sie habe bereits genug Ärger am Hals. Jede weitere zufällige Begegnung mit einem Kollegen würde ihre Situation noch verschlimmern. Schließlich verabredeten wir uns um zweiundzwanzig Uhr am Hinterausgang des Erlanger Bahnhofs, auf dem großen, schlecht beleuchteten Parkplatz an der Gerberei. Tatsächlich einer der besten Orte für ein konspiratives Treffen in Erlangen.

Am liebsten hätte ich bis dahin eine Runde die Augen zugemacht, aber obwohl ich mich komplett demoliert fühlte, konnte ich nicht einschlafen – die Gedanken rasten in meinem Kopf im Kreis, immer wieder stellte ich dieselbe Überlegung an und kam zu demselben Schluss. Als ich in der Nacht zuvor auf den Teer geknallt war, hatte ich eine Art Eingebung gehabt. Im Moment der physischen Bedrohung erlebte ich eine extreme Leistungssteigerung meines Gehirns, die mir beim Sturz nicht im Geringsten nützlich war und wie eine verirrte Flugabwehrrakete ein anderes Problem traf, das mich seit Tagen und Wochen beschäftigte.

Denn die entscheidende Frage war: Wieso nahm unser Täter ganz offensichtlich das Risiko in Kauf, dass doch einmal jemand auf das Blut im Ohr, die Wachspfropfen oder abgebrochene Nadeln im Kopf aufmerksam wurde?

Die Antwort musste natürlich lauten: Er hatte dieses Risiko ausgeschlossen, indem er, wenn nicht schon der Hausarzt einen natürlichen Tod attestierte, bei der Ausstellung des Totenscheins beteiligt war!

Und daher musste er in der Rechtsmedizin sitzen!

So erklärte sich auch die Regelmäßigkeit der Tatzeiten. Der Täter musste sicherstellen, dass er Dienst hatte, wenn es zur Obduktion eines seiner Opfer kam. Dass Max irgendwie mit der Sache zu tun hatte, konnte ich mir zwar nicht vorstellen, aber die Logik forderte, dass er zum Kreis der Verdächtigen gehörte. Und eine Idee, wie ich den finalen Beweis erbringen würde, hatte ich auch schon.

Darüber grübelnd lag ich also hellwach im Bett, bis es mir reichte und ich etwas tat, das ich zuvor noch nie getan hatte: Ich stibitzte zwei Dosen Bier aus dem Gemeinschaftskühlschrank auf dem Flur, natürlich mit der festen Absicht, bei nächster Gelegenheit für Ersatz zu sorgen. Der Bluterguss an meiner Hüfte begann stark zu pochen, sodass ich viel zu früh zum Bahnhof aufbrach und unterwegs noch zwei Pils in einer Eckkneipe hinterherschüttete.

Demzufolge war ich leicht angetrunken, als ich dann doch geringfügig verspätet eintraf und für einen Moment ratlos auf dem Großparkplatz herumirrte, ehe ich im Schatten eines Gebüschs Tilda erspähte. Ich winkte, doch sie gab mir ein Zeichen, dass ich zu ihr in Deckung kommen sollte.

»Ich bin total erledigt«, eröffnete sie das Gespräch.

Ich zog geräuschvoll die Luft in die Nase, weil mich irgendein seltsamer Geruch irritierte.

»Ja«, sagte sie genervt, »ich stinke immer noch nach Müllkippe. Zweimal habe ich schon die Haare gewaschen, aber vorhin im Zug hat sich sogar ein älteres Pärchen von mir weggesetzt …«

»Man riecht fast gar nichts«, antwortete ich, um ihre Laune zu verbessern.

»Spar dir dein süßliches Gerede! Ich bin nur hierhergekommen, weil ich von dir wissen muss, wo dieser Richard steckt. Hat er eine Freundin, deren Adresse du mir geben kannst? Weißt du, wo er seine Drogen kauft?«

Falls sie sich jemals einer solchen befleißigt hatte, so gab Tilda nun alle Zurückhaltung auf und kehrte die knallharte Ermittlerin heraus. Das Gespräch würde wie üblich nicht gerade direkt in eine romantische Richtung führen, so viel stand fest. Ich spürte einen fiesen Druck im Kopf.

»Ich weiß, wer der Täter ist«, behauptete ich, ohne auf sie einzugehen.

»Was heißt das: Du weißt es? Hast du einen Beweis?«

»Nein, ich habe nur ein wenig nachgedacht.«

»So, so, Mister Neunmalklug. Und was hast du dank deiner Genialität herausgefunden?«

»Pass auf: Wir haben diese Sache zusammen angefangen und bringen sie jetzt auch zusammen zu Ende – einverstanden?«

»Einen Sack voll feuchter Federn werde ich! Und ich werde mir jetzt deinen Junkie-Freund Richard vorknöpfen! Der dir gestern entwischt ist, das sage ich dir!«

»Das ist der Falsche, bitte ...«, setzte ich an. Doch sie ließ mich nicht zu Wort kommen.

»Nein, mein Lieber! Du magst dich ja vielleicht mit Bestattungen auskennen – mehr oder minder. Aber die Kriminalistik überlässt du besser den Profis, o. k.? Wie sagt man: Schuster, bleib bei deinen Leisten!«

Es wäre wahrscheinlich vorherzusehen gewesen, aber wie bei jeder anderen Naturkatastrophe gab es nichts, was wir hätten dagegen unternehmen können, als es so weit war. Die wochenlange Anspannung, die in der totalen Enttäuschung unserer missglückten Dingfestmachung gipfelte, entlud sich nun wie eine Lawine nach tagelangen Schneefällen. »Wenn ich dir doch sage ...«

»Alleine diese Aktion gestern Nacht«, höhnte sie, »wie es dich vom Fahrrad gehauen hat – lächerlich!«

»Was ist los? Warum bist du so garstig? Ein ständiges Gemeckere ist das, kein gutes Haar lässt du an mir. Hast du in Nürnberg einen Lover sitzen, der eifersüchtig ist?«

Aus einem spontanen Impuls heraus brachte ich den Liebhaber ins Spiel, obwohl oder vielleicht sogar weil Tilda mir noch nie etwas über ihr Privatleben verraten hatte. Aber ich bereute es sofort. Ich machte mich gerade zum Narren, das sah ich selbst. Tilda schaltete prompt die Lautstärke um ein paar Stufen herunter. »Ferdinand, sei mir nicht böse. Ich merke doch schon lange, dass du auf mich stehst, aber du bist beim besten Willen nicht mein Typ.«

Der professionell-besänftigende Tonfall, in dem sie das sagte, wäre für ein vierjähriges Kind, das laut schreiend ein Eis fordert, oder einen durchgedrehten Raver, der nackt durch die Fußgängerzone tanzt, angemessen gewesen.

»Aber das habe ich doch schon längst kapiert ...«

»Ja? Bist du dir sicher? Weißt du, ich bin jemand, der sich gerne einmal verrennt. Ich bin stur, uneinsichtig, lasse mich von meinen Gefühlen hinreißen. Und da brauche ich einen echten Kerl: Einen, der mich auch mal aufhält, einen, der mir sagt, wo's langgeht, einen, der keine Rücksicht auf mich nimmt. Manchmal wünsche ich mir sogar, da wäre einer, der mir eine aufs Maul haut, wenn ich wieder Unsinn vorhabe ... Und nicht so ein Schaf wie dich! Mir geht dieses ständige Betüddeln und Rücksichtnehmen und Fragen, wie es mir geht, voll auf die Kerbe, sorry. Es tut mir leid. Du bist viel zu sanft, zu verständnisvoll. Das nervt mich total, ich kann das nicht ab. Verstehst du?«

Ja, klar: Ich hatte also von Anfang an keinerlei Erfolgsaussichten gehabt. Und ja, klar: Ich war für sie ein Stück weit nützlich gewesen, aber das war jetzt definitiv vorüber. So als ob ich neben mir stünde, beobachtete ich mich selbst und fragte mich, wie ich mich eigentlich fühlte – war ich traurig? Frustriert? Nein, stellte ich fest: Wie das mit Kesseln, die unter Dampf stehen, bisweilen eben so geht – sie bleiben ruhig, bis der Druck ein bestimmtes Maß übersteigt, und dann explodieren sie. Ich war mit einem Mal stinksauer.

»Dann fahr doch zur Hölle, du blöde Kuh!«, schrie ich. Kurz überlegte ich, ob ich sie beim Wort nehmen und ihr hier und jetzt eine Ohrfeige verpassen sollte. Gerade noch rechtzeitig besann ich mich.

Stattdessen ging ich einfach weg. Mit schnellen Schritten erreichte ich die Unterführung und hastete die Rolltreppe hoch zum Bahnhofsvorplatz.

Tildas Offenbarung hatte mich hart getroffen, mein Stolz war verletzt, ich war wie betäubt. Die einzige positive Begleiterscheinung war, dass ich meine körperlichen Blessuren komplett vergessen hatte. Ich ärgerte mich maßlos über mich selbst. Völlig verrannt hatte ich mich, war blind und taub gegenüber allen Hinweisen gewesen, die ich überaus zahlreich bekommen hatte. Ich war noch zu aufgewühlt, um die Schuld bei mir zu sehen. »Was für eine eingebildete Schnepfe!«, fluchte ich immer wieder.

Mit hängendem Kopf stapfte ich quer durch die Stadt zurück in die Marquardsenstraße. Ich achtete nicht auf den Weg, bemerkte keinen der wenigen Nachtschwärmer, die außer mir unterwegs waren, war vollkommen in mich selbst versunken. Bis ich vor der Tür stand, den Schlüssel aus der Hosentasche fischte und damit auf das Schloss zielte.

Da öffnete sich die Tür wie von alleine, und als ich aufsah, blickte mir Max entgegen, der sich gerade aus dem Nackenstauch'schen Haus schleichen wollte.

Wir starrten uns eine Ewigkeit lang an, interpretierten die Blicke, die zu Gedanken wurden, und als dann die Gedanken zur Erkenntnis kristallisierten, welche Absichten der jeweils andere hatte, gab es für mich nur eines: auf und davon zu rennen.

Ich machte auf dem Absatz kehrt und flitzte los, die ganze Strecke vor zur Krankenhausstraße, in die ich rechts einbog, weil ich hoffte, dass dort noch Menschen unterwegs waren. Hinter mir hörte ich die unregelmäßigen Schritte meines Verfolgers, die nicht näher kamen, aber auch nicht verstummen wollten. Mir schlug das Herz bereits bis zum Hals, aber stehen zu bleiben kam nicht infrage, denn ich hatte das lange, schmale Filetiermesser in Maxens Hand aufblitzen sehen, mit dem ich unter keinen Umständen Bekanntschaft machen wollte. Ich kam am Katholischen Kirchenplatz heraus, machte einen Haken nach links, weil ich kurz überlegte, mich an der Kinderklinik vorbei der Innenstadt zu nähern, aber alle Straßen waren leer und verlassen, keine alte Sau schien um diese Uhrzeit mehr unterwegs zu sein. Daher wandte ich mich wieder nach rechts, überquerte die Neue Straße auf Höhe der Gründerzeitvilla, in welcher der Chef der Radiologie residierte, und rannte blindlings über den Parkplatz und zwischen den Bäumen hindurch Richtung Kopfklinikum. Dessen Gebäude ragten kantig und brutal in den Himmel wie das Hauptquartier eines stalinistischen Geheimdienstes. Irgendwo zwischen diesem Klotz und dem quer verlaufenden Ziegelbau der Humangenetik führte ein Pfad zur Schwabach. Meine Idee war, mich in dem Gebüsch zu verstecken, wobei das Rauschen des Flusses jedes Geräusch, das ich machte, übertönen würde.

Doch so weit kam ich nicht. Auf halbem Weg über die Wiese musste ich einfach stehen bleiben, es ging nicht anders, weil ich unerträgliches Seitenstechen bekommen hatte. Max hatte mich, obwohl er mit einem Fuß hinkte, in Windeseile eingeholt und sprang mir, während ich nach vorne gebeugt dastand und einen Schwall Bier ausspie, auf den Rücken. Mit dem Gesicht ins trockene Gras gepresst konnte ich kaum atmen. Dennoch hielt ich die Luft an, als die Klinge meinen Hals berührte.

Max keuchte nicht weniger als ich und brauchte ein paar Augenblicke, um wieder genug Luft zum Sprechen zu haben.

»Ich habe niemanden umgebracht!«, stieß er hervor. »Ich schwör's! Und ich war dagegen, das Auto der Polizistin zu sabotieren. Aber ihr müsst ja eure Nasen immer tiefer in unsere Angelegenheiten hineinstecken! Damit ist jetzt endgültig Schluss! Du hast es nicht anders gewollt!«

Mir blieb nichts übrig, als in den Erdboden hineinzumurmeln. »Mh-mh-mh!«

»Was?!«, schrie er. Aber er nahm das Messer von meinem Hals, sodass ich den Kopf zur Seite drehen und nach Luft schnappen konnte. Max kniete auf meinem Steißbein, und mein Bluterguss begann so heftig zu pochen, dass ich befürchtete, er werde jeden Moment aufplatzen. Und Max drehte meinen rechten Arm auf den Rücken, sodass ich keine Chance hatte, diesen Wahnsinnigen abzuwerfen.

»Warum hast du nicht einfach das Geld gestohlen und die alten Frauen am Leben gelassen?«, fragte ich, doch sofort bereute ich es.

»Ich! Habe! Niemanden! Umgebracht!«, brüllte er mir ins Ohr und zog mich am Arm, dass es in meiner Schulter knackte.

»Ist ja gut, ist ja gut«, versuchte ich ihn zu beruhigen. Ich dürfte selbst stark nach Alkohol und Erbrochenem aus dem Mund gestunken haben, aber sein Atem roch noch viel schlimmer, bitter und ätzend, und ich begriff, dass er auf irgendeiner Droge war.

»Ich hasste meine Eltern dafür, dass sie nicht in London lebten. Versteh mich nicht falsch: Ich hätte mir niemals andere Menschen als Vater und Mutter gewünscht – aber sie hätten mich doch wenigstens in irgendeinem cooleren Ort zur Welt bringen können als in Eschenfelden in der Oberpfalz!?«

»Verstehe ich. Glaub mir, ich kenne das, ich komme auch aus einem Kaff.«

»Aber du mit deiner schmutzigen Pennerattitüde, du brauchst kein Geld! Du hast überhaupt keine Ahnung!«

»Ja, stimmt. Ich habe keine Ahnung«, quetschte ich hervor.

»Und warum dann zum Teufel musst du mit dieser entsetzlichen Kommissarin mir hinterherschnüffeln? Alles kaputt gemacht habt ihr! Alles kaputt!! Dafür wirst du mir büßen!!« Max steigerte sich in eine Raserei hinein, die getrost amtlich genannt werden konnte.

Ich merkte, wie sich in meinem Magen ein eiskalter Klumpen bildete. Ich realisierte, dass hier jemand eine gewisse Grenze überschritten hatte, jenseits derer Argumentieren nichts mehr half. Denn es mochte vielleicht stimmen, dass Max bisher niemanden umgebracht hatte, aber das ließe sich hier und jetzt im Handumdrehen ändern. Bloß wollte ich in der Erstaufführung nicht die Rolle des Opfers spielen.

Häufig schon hatte ich darüber nachgedacht, wie ich mir den eigenen Tod gestalten würde – insofern ich da ein Mitspracherecht eingeräumt bekäme. Mir wurde plötzlich ganz leicht zumute, und meine Gedanken schweiften ab, was nur ein oder zwei Sekunden in Anspruch genommen haben dürfte, die mir aber wie etliche Minuten vorkamen.

An einem Tag im Frühjahr, lange nach Einbruch der Dunkelheit, hatte mich Hausmayr angerufen, ob ich nicht eine halbe Stunde Zeit hätte, er müsse jemanden aus dem städtischen Klinikum abholen und bräuchte Hilfe beim Beladen. Implizit hieß das, ich konnte mir noch schnell einen Fünfziger extra verdienen, also musste ich nicht lange nachdenken, obwohl ich mich eigentlich auf einen Besuch im Billardkeller des Wohnheims eingestellt hatte. Zwanzig Minuten später fand ich mich zusammen mit Hausmayr in einem hellgrün gefliesten Kellerabteil wieder, vor uns ein steriler Metalltisch, darauf eine unförmige Masse unter einem weißen Tuch.

Im Prinzip nichts Erwähnenswertes, aber als Hausmayr das Tuch vom Gesicht der alten Frau zog, die am Morgen desselben Tages gestorben war, erschütterte mich der Anblick nachhaltig: Mir wurde auf einen Schlag klar – was mir im Nachhinein auch von den Experten bestätigt wurde –, dass diese Frau wochenlang auf der Intensivstation gelegen hatte, ohne dass es je Aussicht auf Besserung gegeben hätte. Ihre beiden Arme waren vom Handgelenk bis zu den Ellenbeugen zerstochen, doch das Schlimmste waren die tiefen, rillenartigen Abdrücke, welche die Schläuche für die Beatmung und künstliche Ernährung dauerhaft in ihr Gesicht gegraben hatten.

Welchen Sinn mochte dieser immense hochtechnisierte Aufwand zur Behandlung einer Frau gehabt haben, die meiner Schätzung nach über achtzig Jahre alt war? Was hatten sich wohl die Ärzte gedacht, als sie dem friedfertigen Großmütterchen diese Torturen antaten, die derartig grausame Spuren hinterlassen mussten? Was mochte die Verstorbene selbst noch in ihren letzten Lebenswochen von der medizinischen Totalversorgung mitbekommen haben? War sie bei Bewusstsein gewesen? War sie einverstanden damit, dass sie, auf die Gefahr schrecklicher Verunstaltung hin, Tag für Tag am Leben gehalten wurde, gehalten von Pumpen und Kabeln, von Dutzenden Drogen im Blut und im Gewebe, von elektrischen Sensoren und sterilen Kunststoffröhrchen?

Jedenfalls: Ich für meinen Teil beschloss alles zu tun, um nicht auf einer Intensivstation sterben zu müssen. Ich hatte mir damals geschworen, immer Gift für den Notfall bei mir zu haben. Doch selbst wenn ich weniger nachlässig gewesen wäre und mir rechtzeitig einen Vorrat zugelegt hätte, hätte es mir im Moment nichts genutzt, überhaupt nichts ...

In meinen Ohren schwoll ein Rauschen an, das zunächst weit entfernt geklungen hatte, doch nun immer gewaltiger und dröhnender wurde, und plötzlich blendete mich ein gleißendes Licht, weißer als weiß, so wie bei einem schnellen Blick direkt in die Mittagssonne. Ich fragte mich, ob das schon der Tod war, und wunderte mich, weshalb ich den Schnitt oder Stich des langen, schmalen Messers nicht gespürt hatte. Ich wartete ganz ruhig auf den Schmerz, der unmöglich ausbleiben konnte, als zu allem Überfluss eine donnernde Stimme zu sprechen begann, von oben herab und in einer für mich unverständlichen Sprache. War das Hebräisch?, fragte ich mich und ärgerte mich über die Jahre, die ich mit Latein vergeudet hatte.

Dann bemerkte ich den Wind, der mir um die Ohren blies, und dass Max nicht mehr auf meinem Hintern saß, sondern in geduckter Haltung zu den nächstgelegenen Büschen hastete. Als ich mich endlich zur Seite gedreht hatte und nach oben blickte, sah ich den Rettungshubschrauber, der sich gerade anschickte, an exakt derselben Stelle zu landen, wo ich lag. Und wo es selbstverständlich sein gutes Recht war: auf dem Landeplatz des Klinikums.

So schnell ich in meinem lädierten Zustand konnte, schlich ich zwischen den Krankenhausbauten hindurch, hinunter zum Fluss und dort den Trampelpfad am Ufer ostwärts zur Palmsanlage, wo mir nur ein Hundebesitzer begegnete, der im Halbschlaf seiner zottigen Zwergschnauzer-Dackel-Collie-Mischung nachtrottete. Obschon ich mich alle paar Schritte umdrehte, konnte ich keinen Verfolger ausmachen. Vorerst war ich Max entwischt, dem ich wohl auch ohne jedes medizinische Fachwissen eine mordsmäßige Psychose attestieren durfte.

Doch wie sollte es nun weitergehen? Einmal ausgekommen, dazu nur dank eines ausgewachsenen Hubschraubers, hieß nicht, dass Max das Interesse an mir verloren hatte. Es gab keinen Zweifel: Ich musste das Problem jetzt lösen, ein für alle Mal. Und zwar mithilfe der Polizei. Wobei ich nicht an Tilda dachte, sondern an ordnungsgemäß uniformierte Streifenbeamte, die in einem grün-weißen Dienstfahrzeug vorfuhren und Max verhafteten, mit Blaulicht und gezogenen Pistolen und allem Drum und Dran.

Die 110 wäre schnell gewählt, doch stellte sich die Frage, wohin ich die Polizei beordern sollte – zu mir nach Hause? Aber da würde Max jetzt definitiv nicht sein, nachdem er vor nicht einmal einer Stunde dort vergeblich nach mir gesucht hatte. Auf die Idee, dass er mit dem Messer Frau Pirckheimer buchstäblich an den Kragen gegangen sein könnte, kam ich nicht. Ich wusste instinktiv, dass er es auf mich abgesehen hatte.

Eine kriminalistische Weisheit, die vermutlich absolut jeder Mensch auf der Welt kennt, lautet: Der Täter kehrt immer zum Tatort zurück. Ich musste nur kurz darüber nachdenken, während ich den Anstieg vom Tal hinaufhastete, am Aromagarten linker Hand und der Hindenburgstraße rechts vorbei bis zum Kreisverkehr und da nach links in die Universitätsstraße. Wenn ich eine Chance hätte, Max zu stellen, dann dort, wo er sich in Sicherheit fühlte. In der Rechtsmedizin.

Durchgeschwitzt und verdreckt stand ich schließlich vor dem hässlichen Klotz von Zweckbau, dem man als einzige Zier eine völlig sinnentleerte braune Verschalung des obersten Stockwerks spendiert hatte: dem Institut für Rechtsmedizin am Eck der Toten in der Universitätsstraße. Das Licht im Keller brannte, die Glastür des Eingangs stand offen. Von der Vorlesung her kannte ich den Weg in den Obduktionssaal, der im Souterrain lag. Ich zögerte einen Augenblick, denn mir war durchaus bewusst, dass es sich um eine Falle handeln konnte, aber mir war jetzt alles egal, ich wollte die Sache zu Ende bringen.

Als ich den hellgrau gefliesten, von einer Reihe Neonröhren an der Decke perfekt ausgeleuchteten Saal betrat, drang wie immer der Verwesungsgeruch, den auch die großzügigste Verwendung von Formaldehyd nicht überdecken konnte, mit seiner vollen, ekelerregenden Heftigkeit in meine Nase. Doch im Gegensatz zu meinen früheren Besuchen hier lief laute Musik aus einem Ghettoblaster, der neben all den blitzenden Instrumenten, Handschuhspendern, Desinfektionsmittelflaschen, Glasschränken, Metalltischen und Plastikeimern auf dem Fensterbrett stand und – wie auch die daneben positionierte Topfpflanze – wie ein Gegenstand aus einer anderen Welt wirkte. Aus der Welt der Lebenden freilich, insofern Musik nur für lebende Menschen Sinn ergibt. Momentan konnte ich allerdings außer mir kein anderes lebendes Wesen hier entdecken – wenn man die Pflanze einmal nicht mitzählte. Anscheinend war abgesehen von meinem eigenen in diesem Raum nur ein einziger weiterer menschlicher Körper anwesend, wiewohl ein toter, vollständig bedeckt von einem blauen Leintuch auf einem der drei Obduktionstische liegend.

Ich erkannte das Lied, das aus den Lautsprechern plärrte: Die Toten Hosen sangen ihren Hit *Herzlichen Glückwunsch* – ausgerechnet, dachte ich. Keiner von uns mochte diese Band. Für mich konnte der Sänger nichts anderes als zu einer monotonen, in ewig demselben Tempo geholzten Musik aus vollem Hals Texte grölen, die ich als dümmlich erachtete. Erst wenige Tage zuvor hatte ich mit Egidius über seinen Plan geplaudert, das Jahr 2100 zu erreichen, und über die Frage, wozu jemand eigentlich so alt werden wollte – was ja The Who mit ihrer Zeile »hope I die before I get old« klar und deutlich verworfen hatten –, waren wir bei den Hosen gelandet, die ja bekanntlich verkündet hatten: »Solange Johnny Thunders lebt, bleib ich ein Punk.«

»Ich hoffe, die meinen das wirklich«, hatte ich gesagt, denn Johnny Thunders war im vorigen Jahr gestorben. Egidius jedoch hatte vehement widersprochen: »Blödsinn! Du wirst sehen, die werden ewig den gleichen Stiefel dreschen, weil es denen nur ums Geld geht – die Who hüpfen ja auch noch herum und sind bestimmt schon über fünfzig! Zumindest die, die noch am Leben sind.«

Ich ging die drei Schritte zum Fenster und drückte auf die Stoptaste des Kassettendecks. Aber ich wusste: Irgendjemand musste vor meinem Eintreffen die Starttaste gedrückt haben, jemand, der jetzt verschwunden war. Oder sich hier irgendwo versteckt hielt. Mein Herz klopfte bis zum Hals, als ich, unschlüssig, was ich nun anstellen sollte, zu dem Schreibtisch trat, der am anderen Ende des Raumes unter dem Oberlicht zur Straße stand. Die graue Plastikschreibunterlage war fast komplett mit Papieren bedeckt; ich identifizierte offizielle Schreiben von Behörden, Laborberichte und Ähnliches, aber obenauf lag ein querformatiger Wochenkalender mit Spiralbindung, den ich mir genauer besah. In der ersten Zeile jeder Spalte, direkt neben der Abkürzung des jeweiligen Wochentages, war von Montag bis Mittwoch »Prof. van den Gedrochten« beziehungsweise am Donnerstag und Freitag »PD Stinzing« geschrieben. Unmittelbar darunter schlossen sich verschiedene Kürzel an wie etwa »PR«, »AM« oder »KvG«. Es war der Dienstplan des Instituts. Und in der zweiten Spalte, am Dienstag, stand »MS« – Max Schmitt.

Plötzlich hörte ich Schritte draußen auf der Treppe. Ich zuckte zusammen und fuhr rasch herum. Zu meiner großen Erleichterung tauchte Tilda in der Tür auf, die ich angelehnt gelassen hatte.

»Dachte ich es mir doch«, sagte sie statt einer Begrüßung.

»Zwei Deppen – ein Gedanke. Stimmt's?«

Sie runzelte voller Missfallen die Stirn. »Ich bin hier, weil mir Richard alles erzählt hat. Der lief mir doch wie vom Himmel geschickt auf dem Bahnhofsvorplatz über den Weg und spuckte alles aus, als ich ihm den Polizeiausweis unter die Nase hielt.«

»Oh!«, sagte ich erstaunt. »Was darf ich unter ›alles‹ verstehen?«

Tilda grinste hämisch. »Dein lieber Freund Richard versorgte deinen lieben Freund Max mit den Adressen alleinstehender Damen. Und wurde im Gegenzug fürstlich mit dem Gift belohnt, das er und die ganze Bande pausenlos in sich hineinstopfen. Da schaust du, was?«

In der Tat, damit hatte sie mich tatsächlich auf dem falschen Fuß erwischt. Also doch Richard, für den ich meine Hand ins Feuer gelegt hätte. Abgesehen davon war ich heilfroh, dass Tilda hier war, denn dieser Saal, taghell erleuchtet und wie ausgestorben, war mir hochgradig unheimlich. Immerhin konnte sie nicht wissen, dass Max nicht mit den wohlwollendsten Absichten hinter mir her war.

Als hätte sie meine Gedanken gelesen, fragte Tilda: »Aber apropos Max: Ich hatte gehofft, ihn hier zu finden.«

»Wenn Sie an der richtigen Stelle suchten, würden Sie Herrn Schmitt auch finden.«

Tilda stieß einen kurzen, schrillen Schreckenslaut aus. Wir erstarrten und schauten dorthin, wo die von einer tiefen Stimme gesprochenen Worte hergekommen waren – vom Tisch, auf dem der Körper unter dem blauen Tuch lag. Nicht die geringste Bewegung war zu erkennen, aber es gab keinen Zweifel. Tilda zog eine Pistole aus der Jacke und schritt entschlossen zu dem vermeintlichen Leichnam.

»Hast du dich hier überhaupt gründlich umgesehen?«, knurrte sie mich an. Sie hielt die Waffe mit beiden ausgestreckten Armen vor sich und zielte auf den Kopf, dessen Form sich durch das Leinen abzeichnete.

»Jetzt zieh das Tuch weg!«, befahl sie mir.

Ich tat, wie mir geheißen, obwohl nicht nur meine linke Hand zitterte, als ich unendlich vorsichtig nach einem der Zipfel griff, während ich in jedem Moment damit rechnete, dass irgendetwas Grässliches geschehen würde. Eine kalte tote Hand, die mich packte, aufflatternde Aasvögel, Blut und Eiter, die mir ins Gesicht spritzten – keine Ahnung.

Aber nichts geschah, außer dass wir jetzt das Gesicht der Person, die völlig reglos vor uns lag, sehen konnten und darin den Chef der Gerichtsmedizin erkannten.

Einmal noch zuckte ich zusammen und machte einen Schritt zurück, als der Professor nach drei oder vier Sekunden abrupt die Augen aufschlug und uns ansah.

»Guten Tag!«, sagte er. Seine Pupillen waren groß wie Untertassen und reagierten nicht im Geringsten auf das gleißende Licht von der Decke. »Vielleicht sollten Sie auch in Nummer sieben einen Blick werfen.«

Wir brauchten ein ganzes Weilchen, ehe wir verstanden, was er meinte: Schublade Nummer sieben, an der langen Rückwand des Saals, wo sich die Kühlfächer für die Leichen in drei Reihen übereinander entlangzogen.

»Nur zu«, forderte uns der Professor, der sich noch keinen Millimeter bewegt hatte, auf. »Schauen Sie selbst.«

In der Nummer sieben fand ich dann Max, mausetot, die Augen weit aufgerissen, das Gesicht in einer Grimasse der Angst erstarrt. Tilda, die mit der Waffe im Anschlag beim Professor stehen geblieben war, rief herüber: »Und – was?«

»Es ist Max«, antwortete ich. Die Leiche war splitternackt, und ich schaffte es nur mit Mühe, den Blick von dem Filetiermesser abzuwenden, mit dem ich schon engeren Kontakt gehabt hatte und das Max bis zum Griff in der Brust steckte.

»Tot. Erstochen«, fügte ich hinzu. Eine fast greifbar dichte Traurigkeit kam über mich.

»Endlich ein sauberer Mord, mit dem ich arbeiten kann!«, jubelte Tilda.

Diese Worte trafen mich fast noch härter als das Bewusstsein, dass vor mir ein Mensch lag, mit dem ich vor gar nicht allzu langer Zeit getrunken und Musik gehört hatte. »Bist du total verrückt?!«, schrie ich. »Das ist Max, der da liegt, kalt und steif!«

»Sie beide haben recht«, mischte sich da der Professor ein. »Rufen Sie bitte die Polizei. Ich kann nicht mehr, ich will alles zugeben, alles erzählen. Hauptsache, dieser Albtraum nimmt ein Ende.«

»Die Polizei steht bereits vor Ihnen«, sagte Tilda. »Vielleicht wären Sie jetzt so freundlich und steigen von diesem Tisch herunter.«

Der Professor reagierte, aber seine Bewegungen waren langsam, als müsste er sich durch zähflüssige Grütze kämpfen. Er zog sich das Tuch vom Körper und setzte sich auf. Er trug ein hellblaues Hemd, dessen rechter Ärmel bis zur Achsel hochgekrempelt war. Um den Oberarm hing lose verknotet eine rote Krawatte, mit der er sich die Venen abgebunden hatte. Eine Einwegspritze kullerte vom Tisch und fiel auf den Boden.

»Warum?«, platzte es aus mir heraus. »Warum das alles?«

»Das können Sie in aller Ruhe im Präsidium erklären«, ging Tilda dazwischen, doch der Professor warf ihr einen strafenden Blick zu. Er schwang die Beine von der Edelstahlplatte und klaubte ein Feuerzeug aus der Tasche seiner Anzughose. Es hatte den Anschein, als würde er von Minute zu Minute munterer. Er zündete sich eine Zigarette an, ohne Tildas Blick auszuweichen.

»Dieser junge Mann ist einer meiner Studenten.« Er deutete mit dem Daumen über die Schulter, doch es blieb unklar, ob er mich oder Max meinte. »Und ich würde nur zu ungern einen meiner Studenten stehen lassen, ohne ihm seine berechtigten Fragen zu beantworten. Mein Assistent, Herr Schmitt, hatte Geldsorgen. Sehr ernsthafte Geldsorgen sogar. Er wurde von der Russenmafia bedroht, weil er seine Schulden nicht zahlen konnte, und als er überhaupt nicht mehr weiterwusste, verfiel er auf die törichte Idee, wiederum mich zu erpressen. Wegen meiner diversen Leidenschaften, die sich nicht mit dem Betäubungsmittelgesetz in diesem Land vertragen. Ich machte ihm ein Angebot, das er nicht ausschlagen konnte, wenn Sie verstehen, was ich meine? Wir hatten beide Geldnöte, was lag also näher, als sich zusammenzutun? Und ich kann Sie beruhigen: Das Konzept stammte von mir, Herr Schmitt assistierte mir lediglich. Er nahm Kontakt mit den Frauen auf, flößte ihnen Vertrauen ein, bereitete unseren Besuch vor. Wenn es dann so weit war, sicherte er den Eingang und stand Schmiere. Insofern ist er tatsächlich beinahe unschuldig.«

»Schön und gut, aber es gibt doch noch einen feinen Unterschied zwischen Raub und Mord.«

»Die Tötung unserer Opfer übernahm ich selbst, denn ich wollte das mit vollendeter technischer Präzision erledigt wissen. Dimitri, der uns bei alldem beriet und unterstützte, was den Weiterverkauf ...«

»Der Typ aus dem Aufzug!«, rief ich, da mir das kleine Malheur mit der Wodkaflasche wieder einfiel.

»Aufzug?«

»In der Gerhart-Hauptmann-Straße. Sie wohnen doch dort, oder nicht? Und an dem Abend, als im elften Stock die WG-Party war, hatten Sie mit Dimitri Streit im Flur.«

»Ja, stimmt. Sie kennen Dimitri? Ich bin mir nicht sicher, ob das ein Umstand ist, zu dem ich Sie beglückwünschen sollte ... Aber wie auch immer: Er riet uns dringend, die Sache gründlich zu machen, also ohne Zeugen zu hinterlassen. Genau genommen nötigte er uns dazu. Er sagte: ›Wenn du nicht alte Frau, dann ich!‹ Und dabei machte er diese Geste mit dem Zeigefinger, den er schnell von links nach rechts an seinem Hals vorbeisausen ließ. Sie müssen verstehen: Der junge Herr Schmitt und ich – wir beide waren komplett von diesem Herrn abhängig. Es schien mir manchmal so, als empfände er größtes Vergnügen bei der Vorstellung, dass wir in der Gerichtsmedizin unsere eigenen Opfer obduzieren mussten.

Ich sagte mir immer: Die Frauen zu töten war auch ein Akt des Mitleids. Ich kann mich sehr gut in meine Opfer hineinversetzen und wusste daher, dass sie sich nach einem Überfall nie wieder sicher fühlen würden. Die wenigen Jahre, die sie in der Regel noch vor sich gehabt hätten – wenn überhaupt –, hätten sie in ständiger Angst gelebt, wieder und wieder das Geschehene im Geiste noch mal durchmachend, ohne Aussicht, das Trauma je zu überwinden. Dafür waren sie alle zu alt gewesen, wie ich Herrn Schmitt auch immer wieder versicherte. Ich bin felsenfest überzeugt, nicht weniger als menschlich und voller Nächstenliebe gehandelt zu haben, als ich sie rasch und ohne Vorwarnung ... Verstehen Sie? Gerade Sie beide haben doch auch eine ausgeprägte Berufsehre, nicht wahr? Meine Richter werden es anerkennen müssen: Ich bin Mediziner mit Leib und Seele.«

»Aber weshalb auch Max?«

»Junger Mann! Gehen Sie nie ins Kino? Früher oder später geraten zwei Kriminelle, die zudem ein Drogenproblem plagt, sich immer in die Haare. Weil einer aussteigen will und für den anderen zum Risiko wird – beispielsweise. Ich hatte ihn gewarnt, aber Sie wissen ja, wie es ist: Mit letzter Kraft klammern wir uns an ein morsches Brett, während wir ohne Aussicht auf Rettung orientierungslos in einem schier unermesslichen Ozean der Dummheit treiben.«

Tilda hatte genug gehört. »Um diesen Dimitri kümmere ich mich später in aller Ausgiebigkeit. Ich bringe Sie jetzt zur Wache«, sagte sie. »Denken Sie, dass Sie die paar Meter ohne Hilfe gehen können?«

Tilda zauberte ein paar Handschellen aus ihrer Tasche und ließ sie ganz klassisch, wie im Detektivfilm, um die Handgelenke des Professors schnappen. Als ob sie die Choreografie zuvor geprobt hätten, erhob sich dieser und ließ sich von Tilda gehorsam zum Ausgang dirigieren. Ich weiß nicht mehr, was ich erwartete hatte, aber ich ahnte zu meiner größten Bekümmerung, dass ich von diesem Moment des Triumphs an keinerlei Bedeutung mehr für Tilda haben würde.

»Ich begleite dich«, sagte ich, »nur auf Nummer Sicher.«

»Keine Sorge, mich beschützt die Kleine hier«, lehnte Tilda mein Angebot ab und hielt mir ihre Dienstpistole unter die Nase. »Und du tust mir den Gefallen und wartest hier, bis die Spurensicherung eintrifft.« Sie zuckte nicht mit der Wimper, aber sie seufzte, ehe sie ihr Schlusswort sprach: »Ich hoffe sehr, dass wir uns nie wiedersehen. Es tut mir irgendwo schon leid, aber ich bin eben bei der Mordkommission, ein Wiedersehen dürfte also mit Sicherheit keinen schönen Anlass haben ... also, leb wohl!«

Den Institutschef mit dem Lauf der Waffe vor sich her bugsierend, verließ sie den Saal.

Ich fühlte mich wie betäubt, und das Einzige, was ich sicher wusste, war, dass ich ein neues Blumenmädchen anheuern musste. Einen Aushang würde ich machen, dachte ich, am Schwarzen Brett des Studentenwerks. Da, wo alles einmal begonnen hatte. Nächste Woche würde ich meine sechzigste Beerdigung absolvieren, aber ich konnte mir im Moment überhaupt nicht vorstellen, dass mir noch mal zum Feiern zumute sein würde. Umgekehrt – und diese Tatsache brannte mir auf der Seele wie das heiße Bügeleisen auf einem weißen Hemd – würde ich in Tildas Leben keinerlei Spuren hinterlassen. In dieser gewissen Hinsicht hatte ich aufgehört zu existieren.

Und als ich dann auf der Eingangstreppe saß, tief in mich versunken, schellte neben mir eine Fahrradklingel. Ich sah auf und erkannte Laura, die noch in ihrem weißen Apothekerkittel steckte.

»Hey, Dino!«, rief sie fröhlich. »Was machst du denn hier?«

»Nix«, sagte ich. »Absolut nix. Auf den nächsten Toten warten, schätze ich.«

»Und? Was meinst du? Was für einer wird es sein?«

»Keine Ahnung. Aber wahrscheinlich auch ein ganz normaler Mensch. Wie immer.«

»Ich kann in der Hitze unter dem Dach nicht schlafen und wollte jetzt mit ein paar kalten Dosen Bier zum Kanal radeln, ein großes Loch in den Sternenhimmel glotzen. Kommst du mit?«

Das musste sie mich nicht zweimal fragen. Dass Tilda in Wahrheit eine Kriminalpolizistin war, erzählte ich Laura erst, als wir an der Böschung über dem Ufer saßen und die Verschlüsse der Bierdosen hatten knacken lassen. Das uralte Licht der Sterne zeichnete bizarre Figuren auf unsere Netzhäute. Ich erzählte ihr zudem, dass Tilda mit der scharfen Waffe, die sie bei sich getragen hatte, auch umgehen konnte. Zu guter Letzt hatte sich ihr doch noch eine Gelegenheit geboten, mir das eindrücklich zu beweisen.

Der Anlass war nämlich, dass plötzlich Dimitri, den der Professor vermutlich noch angerufen hatte, ehe Tilda und ich ihn unter dem Leichentuch hervorgezogen hatten, draußen auf der Straße stand – und ohne groß zu zögern und um Erlaubnis zu fragen den Professor niederschoss, eine Kugel in den Kopf, zwei in die Brust, eine in den Bauch. Woraufhin Tilda auch nicht mehr großartig Zeit in eine langwierige Befragung investierte, sondern Dimitri sauber niederstreckte. Eine Kugel in den Arm, eine in den Hals.

Der Notarzt hatte gesagt, er würde überleben, was mich gewaltig freute – für Tilda, die ja nicht zur Polizei gegangen war, um Menschen zu erschießen.

So wie ich auch nicht Bestattungshelfer geworden war, um Serienmorde aufzuklären. Sondern einfach deswegen, weil ... ja, warum eigentlich? Darüber würde ich noch einmal gründlich nachdenken müssen ...